10
18

12, AVENUE D'ITALIE. PARIS XIIIe

Sur l'auteur

Né en 1959 à Ankara, Mehmet Murat Somer a situé dans les quartiers chauds d'Istanbul, où il vit, ses romans noirs. Il a reçu une formation d'ingénieur, a longtemps travaillé dans la banque, et est aujourd'hui conseiller en management. Après *Hécatombe chez les élues de dieu*, son nouveau roman, *Meurtre d'un gigolo*, a paru aux Éditions du Masque en 2009.

MEHMET MURAT SOMER

HÉCATOMBE CHEZ LES ÉLUES DE DIEU

Traduit du turc
par Gökmen YILMAZ

10
18

« Domaine policier »

ÉDITIONS DU MASQUE

Titre original :
PEYGAMBER CINAYETLERI

ISBN : 978-2-264-04977-3

Naturellement, pour Dodom

Particularités de l'alphabet turc

La Turquie a remplacé l'alphabet arabe, en usage jusqu'en 1923 (passage du sultanat ottoman à la République laïque instaurée par Mustafa Kemal Atatürk), par l'alphabet latin. On retrouve donc la plupart des lettres de l'alphabet turc dans la langue française, à l'exception de celles citées ci-dessous :

c se prononce « dj » comme dans « djihad »
ç se prononce « tch » comme dans « tchador »
e se prononce « é » comme dans « école »
ğ ne se prononce pas mais sert à dédoubler la voyelle qui le précède
h est aspiré, donc se prononce toujours
ı correspond à l'onomatopée que l'on exprime lorsque l'on fait une grimace de dégoût, la bouche étirée
ö se prononce « eu » comme dans « heureusement »
r est roulé, à la manière italienne
s se prononce « s » comme dans « silence »
ş se prononce « ch » comme dans « chat »
u se prononce « ou » comme dans « oublier »
ü se prononce « u » comme dans « unique »
y se prononce comme dans « yaourt »

1

Ce matin, j'ai pris le journal et ma tasse en main et je me suis installé dans le fauteuil près de la fenêtre ; c'est le moment que je préfère dans la journée. Je ne bois pas plus de deux cafés quotidiens, dont un forcément en matinée. Enfin, ce que j'appelle « matinée » est en réalité ce que le commun des mortels définit par « midi ». C'est dû au fait que je me couche très tard ; il ne faut pas oublier que je suis un oiseau de nuit. Je suis tombé sur un article, en page trois, qui titrait : *Un travesti est mort brûlé*, ce qui me démoralisa au plus haut point. J'en perdis ma bonne humeur ainsi que toute envie de finir mon café, et la gorgée que j'ai avalée à ce moment me parut amère. J'ai posé ma boisson sur la table basse pour me concentrer sur l'article.

Les mésaventures que vivent les nôtres – les « filles » – m'affectent toujours beaucoup. Toutes ne vivent pas dans le confort comme moi. La plupart d'entre elles gagnent même leur pain sur le trottoir, et la vie rude qu'elles mènent les contraint à adopter une attitude agressive pour leur propre sécurité. Ces derniers temps, les cas de décès ont augmenté dans notre milieu. À cela, plusieurs explications : les conditions de vie qui deviennent de plus en plus difficiles, la multiplication des risques en tout genre, les joutes se transformant en rixes, les actes de violence qui sont monnaie courante et encore tout un tas d'autres raisons. Les crimes gratuits se banalisent de jour en jour, et les nôtres n'échappent évidemment pas à la règle ; elles se font tuer pour les deux ou trois sous qu'elles ont sur elles. Celles qui travaillent au bord de la route sont souvent victimes de conducteurs qui les fauchent, intentionnellement ou accidentellement, et celles qui vont avec plusieurs hommes en même temps n'ont pas idée de ce qui les attend. D'une manière ou d'une autre, elles sont trop souvent vouées à une fin tragique.

Chaque fois que je prends connaissance de ce genre de nouvelles, je perds aussitôt mon appétit. L'article consacré à ce meurtre était rédigé dans un style purement « travestophobe », comme on peut en lire, généralement, dans ce quotidien. Et comme chaque fois ils ont encore imprimé la photo version « homme » de la victime ; une photo qui, j'en suis persuadé, est loin de rendre honneur à la belle plante qu'il devait être de son vivant, en se travestissant. Il était d'autant plus laid qu'il s'agissait de la photo de sa carte d'identité. Son pseudonyme était Ceren… je ne le connaissais pas. Il n'était pas de ceux qui fréquentent la boîte de nuit que je gère. De son vrai nom Abraham Karaman, il avait à peine vingt-trois ans.

Je parcourus l'article du début à la fin. Il serait mort dans un incendie qui s'est déclaré dans son appartement de Tarlabaşı. Par miracle, il n'y avait personne d'autre dans l'immeuble décrépi. Selon les sapeurs-pompiers, ce pouvait être la conséquence d'un mégot non éteint ou encore d'un court-circuit.

Les nôtres sont de véritables tigresses quand la situation l'exige. Elles ont l'habitude du danger et ne se laissent pas faire si facilement. Mais il est vrai qu'elles peuvent aussi plonger dans un profond sommeil comme tout individu ayant abusé d'alcool ou de drogue ; et je crois bien que c'est ce qui est arrivé là. Le fait qu'il soit mort si jeune, dans la fleur de l'âge, me déchira le cœur. Peut-être a-t-il eu à peine le temps de goûter aux joies du travestissement.

J'abandonnai le journal sur la table pour diriger au-dehors mon regard vide. Je n'avais pas conscience de ce que je voyais ; j'étais plongé dans des souvenirs qui faisaient défiler devant mes yeux l'image des filles qui nous ont quittées ces dernières années. S'il y en a qui sont mortes autrement que de mort violente, je n'en ai pas souvenir. Les décès surviennent toujours à la suite d'événements dramatiques mais la police n'en est pas plus motivée pour enquêter et range rapidement les dossiers dans les « affaires classées ». Et quand aucun crime n'a été commis, les nôtres sont de toute manière désignées comme coupables. La presse a présenté l'affaire exactement sous cet angle : un minable travesti, être vil et dégénéré par excellence, a provoqué un incendie chez lui et y a péri… Fulminer contre ce torchon ne suffit pas à calmer mes nerfs ! Au bout d'un moment, je me secouai pour contrôler mes émotions. Malgré toutes les souffrances dont elle nous afflige, la vie continue.

J'avais pas mal de choses à faire dans la journée, notamment attendre Fatoş abla[1] pour ma séance d'épilation. Fatoş abla est un vieux travesti qui s'est construit, après s'être trouvé définitivement « hors circuit », une nouvelle carrière « pour continuer à vivre dignement », selon ses propres termes. Elle va chez les filles qui veulent se faire épiler le corps ou les sourcils,

---

1. Abla : « Grande sœur » dans le langage populaire turc. Terme qu'une personne utilise pour s'adresser à une femme ou à une fille plus âgée qu'elle. *(Toutes les notes sont du traducteur.)*

et pour celles qui le souhaitent, elle fait également des injections d'hormones à petites doses.

Mes sourcils sont naturellement dessinés et je n'ai encore jamais pris d'hormones ; ce n'est pas demain la veille que ça va changer ! J'aime les deux facettes de mon corps, la masculine et la féminine. C'est pourquoi je me contente uniquement de me faire épiler le corps.

Converser avec Fatoş abla est un vrai plaisir. Un coup, elle parle de ses souvenirs de jeunesse et on en pleure de rire ; l'instant d'après, elle nous arrache les poils en nous faisant crier à pleins poumons. J'ai beau me laisser épiler depuis des années, les jambes régulièrement, les bras et les fesses de temps à autre, je continue à souffrir le martyre, et mes yeux se remplissent de larmes de douleur chaque fois. Fatoş abla ne manque jamais de me le rappeler : « C'est pas évident tout ça, c'est quand même des poils de mec aussi durs qu'une brosse ! » Il est vrai que les bruns ont des poils durs mais chez ceux qui ont un teint clair, comme moi, ils sont aussi doux que du duvet ; du moins, les miens le sont. C'est peut-être parce que ma peau est trop sensible que j'ai aussi mal. Parfois, j'arrive à prendre sur moi, et d'autres fois, je pousse des hurlements à crever les tympans.

Fatoş abla arriva pile à l'heure. Vu que, avec l'âge, elle s'était calmée sur le maquillage et les soins qu'elle apportait à son corps, elle avait une apparence quelconque. Si je la croisais dans la rue, je me dirais que c'est une femme forte aux traits carrés. Elle portait une robe à manches courtes, couleur crème, imprimée d'énormes motifs de roses rouges. Un ample sac en osier pendait à son épaule et elle avait des sandalettes en cuir trop petites pour ses pieds, ce qui faisait déborder ses orteils devant et ses talons derrière. Elle était coiffée d'un chapeau de paille suranné sur lequel elle avait noué une bande du même tissu que celui de sa robe. Enfin, de grosses lunettes de soleil très foncées cachaient une partie de son visage. J'aurais parié qu'elle avait dû débourser une coquette somme d'argent pour les acheter, à l'époque.

Elle commença à sortir son matériel, et moi, à me déshabiller. Je pensai également à mettre une musique pour apaiser ma souffrance et couvrir les cris que j'allais pousser. Mon choix se porta sur un CD de chansons anciennes, de style pop turque, qu'un de mes amis m'avait compilées. Les titres phares de la fin des années soixante et du début des années soixante-dix commencèrent à égayer l'atmosphère. Je pris un certain plaisir à chantonner les morceaux dont je me rappelais les paroles. Non seulement Fatoş abla les connaissait absolument tous, mais elle me fit profiter de tous ses souvenirs d'époque sur les « infos people » concernant leurs interprètes. C'est dans cette ambiance pleine de gaieté que nous nous mîmes au travail.

Le CD démarrait sur *Aime-moi un peu*, une chanson assez rythmée de Gönül Turgut que j'admire également pour son physique. Et Fatoş abla de dire :

— Tu sais, cette Gönül Turgut, c'était LA star de l'époque. Même Ajda Pekkan l'imitait quand elle a fait ses premiers pas dans la chanson !

— Et après, qu'est-ce qu'elle est devenue ?

— Elle a arrêté de chanter quand elle s'est mariée. J'aurais bien aimé qu'elle continue.

— Elle a une voix d'alto… comme les nôtres, dis-je pour plaisanter.

— Cause toujours ! Je ne te laisserai pas insulter Gönül Turgut ! Comment peux-tu comparer sa voix de sirène à vos voix d'autruches ? Écoute bien et tu verras !

Et comme il fallait s'y attendre, elle m'a fait hurler bien comme il faut lorsqu'elle décolla la bandelette.

Nous eûmes ainsi l'occasion de comparer les voix ! Des chanteurs de l'époque, avec les scandales qui les avaient entourés, notre conversation en vint au décès de Ceren dont j'avais appris la nouvelle peu avant son arrivée. Fatoş abla en avait aussi entendu parler et me donna son point de vue tout en appliquant la cire tiède sur ma jambe :

— Mais Ceren n'habitait pas là-bas. Son appartement est juste à l'entrée de Cihangir, derrière l'hôpital allemand. J'y suis allée, je ne sais combien de fois, pour son épilation.

— Comment ça ? fis-je, stupéfait. Tu veux dire qu'elle n'est pas morte chez elle ?

— Apparemment, non. Comme je viens de te le dire, elle vivait à Cihangir. Plus précisément, sur l'avenue Sıraselviler. Même qu'une des nôtres, Afet, y a habité un moment, un étage au-dessus. Ce qui est sûr, c'est que Ceren n'habitait pas à Tarlabaşı, et encore moins dans un vieil immeuble abandonné.

Les jambes ne me faisaient pas vraiment mal mais je n'ai pas tardé à pousser des cris quand elle en arriva au bas-ventre. Elle s'arrêta un instant pour réfléchir… elle était parvenue à une conclusion :

— Je crois même qu'Afet y habite toujours. Elle ne fait plus appel à mes services, mais on s'est rencontrées dans les escaliers la dernière fois que j'y suis allée. Elle n'a même pas daigné me dire bonjour.

On sentait qu'elle ne portait pas Afet dans son cœur, mais ce n'était pas une raison pour s'en prendre à moi en me retirant la cire d'une manière aussi brutale ; la douleur me fit monter les larmes aux yeux.

— Laisse tomber, ai-je gémi en contenant un cri ; les débiles, c'est pas ça qui manque.

— C'est ce que je me suis dit aussi. Qu'est-ce que ç'aurait changé qu'elle me salue ? Rien !

— Les nouvelles n'ont aucun sens du respect et de la considération…

— Regarde-moi celle-là ! À t'entendre, on croirait que toi, tu en débordes !

Sur quoi, nous éclatâmes de rire. Mais mon bas-ventre me faisait réellement souffrir. Nous discutâmes encore de choses et d'autres et fîmes une pause afin de siroter un verre d'*ayran*[1] frais pendant que le lecteur de CD laissait échapper *Souvenirs* qu'Uğur Akdora avait composée et interprétée lors de la toute première participation de la Turquie à l'Eurovision. Nous convînmes que c'était une des plus belles chansons de l'histoire de la pop turque, et nous accompagnâmes, tout en douceur, la chanteuse.

— Cette fille aussi a disparu de la circulation, fis-je remarquer.

— Elle a l'âge de ta mère, cette *fille*, comme tu dis ! répliqua Fatoş abla. Je te ferai remarquer qu'elle n'a disparu nulle part. Jette un coup d'œil aux magazines et tu verras qu'elle est partout. Même sans photo, tu trouveras au moins quelques lignes sur elle.

— C'est elle qui s'est mariée avec un homme plein aux as et qui a arrêté la chanson ? demandai-je.

— Non, ma chérie, elle venait de la bourgeoisie. Elle s'est mêlée au peuple avec deux ou trois chansons et ensuite elle est retournée dans son monde.

À la fin de sa phrase, l'index pointant vers le haut, elle me fit comprendre que le monde auquel elle faisait allusion était celui de la haute société. L'épilation terminée, il n'y avait plus l'ombre d'un poil sur mon corps et Fatoş abla me fit un semblant de massage avec du jus de citron pour prévenir les irritations

1. Boisson à base d'eau, de yaourt et de sel.

dans les zones travaillées. Au moment de partir, elle ajouta :

— Eh bien, tu vois, maintenant ça me trotte dans la tête. Que pouvait donc faire cette fille dans cet immeuble en ruine ? Toute seule en plus… D'habitude, elle sélectionnait les clients et les lieux. Indépendamment du standing des logements, elle ne se promenait même pas dans certains quartiers qu'elle jugeait trop indignes de sa classe. Enfin, que Dieu accorde longue vie à ceux qui sont toujours de ce monde.

Et elle tourna les talons.

La question qui, au départ, n'avait pas particulièrement attiré mon attention occupa nettement mon esprit à cause du détail que Fatoş abla venait de soulever. Elle avait raison : que pouvait faire une de nos filles dans un immeuble abandonné, au beau milieu de la nuit, et toute seule de surcroît ?

2

Que pouvait donc bien faire Ceren dans cet immeuble abandonné ? En admettant qu'elle ait eu une raison de s'y rendre, pourquoi s'y est-elle attardée une fois son travail terminé ? Pourquoi ne s'est-elle pas enfuie quand l'incendie s'est déclaré ?

Je n'avais pas de réponses à ces questions mais je n'ai guère tardé à trouver des personnes qui m'en apporteraient. Aussitôt, j'ai décroché le combiné du téléphone, appelant en premier Hasan, notre serveur en chef, le « Maître de Club[1] » comme il aime à se qualifier. Il a beau travailler dans une boîte de travestis, il n'est pas pour autant homosexuel. En tout cas, c'est ce qu'il prétend, et nous, nous faisons semblant de le croire. Personne, y compris moi, n'a jamais eu vent d'une quelconque relation qu'il aurait eue, avec un garçon ou avec une fille. Il connaît bien toutes celles qui fréquentent la boîte et il est ami-ami avec chacune d'entre elles. Par ailleurs, il est toujours très bien informé sur les sujets du style « qui est qui ? – qui fait quoi avec qui ? – de quelle manière ? ». Il n'y a rien qu'il ne sache. Et lorsqu'une nouvelle lui a échappé, il ne lui faut pas longtemps pour rétablir

1. En français dans le texte.

la situation. Il est assez spécial dans son genre : une vraie concierge !

Lorsqu'il décrocha, il venait de se réveiller ; il me parla d'une voix des plus somnolentes : non, il n'avait pas entendu parler de la mort de Ceren… oui, il en était réellement affecté… non, il ne la connaissait pas très bien ; il l'avait aperçue une ou deux fois lorsqu'elle était en compagnie d'autres filles. D'après ce qu'il en savait, elle gagnait bien sa vie, et particulièrement ces derniers temps où elle avait la cote ; elle répondait aux besoins les plus morbides de ses clients. Elle s'était brouillée avec sa voisine, Afet. Il était donc peu probable que j'obtienne plus d'informations de la part de celle-ci. Généralement, elle sortait travailler avec une nouvelle dans le milieu répondant au pseudonyme de Gül. Non, Hasan ne la connaissait pas très bien non plus… oui, il allait se rendormir dès que nous aurions raccroché… non, il n'avait toujours pas vécu la moindre aventure ; c'est juste que le bébé du dessus n'avait pas arrêté de brailler toute la nuit et monsieur n'avait pas pu fermer l'œil. De toute façon, nous allions nous voir dans la soirée, au club.

Je n'ai pas obtenu les renseignements que je voulais mais j'ai quand même réussi à apprendre pas mal de choses sur Ceren, et en plus par une personne qui prétendait « ne pas très bien la connaître ». Il fallait tout de même que je tente de joindre Afet. Elle fait partie des filles qui fréquentent le club non pas régulièrement mais de temps en temps et son comportement est un tantinet insolent et impulsif. Généralement, elle coiffe en volume ses longs cheveux couleur aubergine, ce qui la fait paraître encore plus grande qu'elle ne l'est déjà. Et comme elle n'arrive pas à se tenir droite sur ses talons hauts, elle plie les genoux quand elle marche, se donnant ainsi un air encore plus agressif.

Elle décrocha son téléphone et m'annonça d'emblée qu'elle était trop occupée à cet instant pour me parler, puis me proposa de me rejoindre au club un peu tôt si je pouvais patienter jusque-là. J'acceptai et nous convînmes d'une heure.

Ces coups de téléphone me laissèrent sur ma faim et il me fallait encore trop attendre avant que les jeux télévisés, auxquels je suis accro, débutent. C'est pourquoi je décidai de m'installer devant mon ordinateur pour chatter, en compagnie d'un verre de thé glacé grand comme un vase et du börek[1] livré par le salon de thé.

J'aime cuisiner et j'y excelle, mais, ces derniers temps, le cœur n'y est pas. Le plat le plus élaboré que je puisse mitonner en ce moment est une viande accompagnée de salade. Ou encore, il m'arrive d'aller au restaurant et de manger équilibré mais il se trouve que je grignote entre les repas, et c'est bien là le problème. Si je continue comme ça, il va falloir que je renouvelle toute ma garde-robe, une taille au-dessus, et adieu ma silhouette d'Audrey Hepburn !

Les forums de discussion sur Internet connaissent un succès grandissant et accueillent toujours plus de visiteurs. En dehors des sites X hétéro, il y en a également qui sont consacrés aux lesbiennes, aux gays et aux travestis ; je suis à l'origine de la création d'un de ceux-là. Il s'intitule « Les Filles nées garçons » ; c'est également le titre d'un roman. Je l'avais acheté avec empressement pendant mes années de lycée, et quand j'ai compris que ce n'était rien d'autre qu'un mélodrame à deux balles, je l'avais abandonné dans

1. Plat composé de couches de pâte feuilletée garnies d'ingrédients tels que viande hachée, fromage, pommes de terre que l'on cuit au four.

un recoin de la maison avant même de l'avoir achevé. En lui-même, le livre était sans intérêt mais le titre nous cernait à merveille. Il m'arrive aussi d'entrer dans le forum et de participer à la discussion ou simplement de lire ce qui se dit. Et si je remarque quelqu'un qui a l'air intéressant – ce qui arrive obligatoirement quand j'y passe assez de temps –, je le convie aussitôt dans un salon privé.

L'intitulé de mon site nous vaut, par moments, la visite d'internautes homophobes. Ils profèrent des insanités et lancent des salves de menaces jusqu'à ce qu'ils se fassent exclure. Après quoi, nous polémiquons sur ce qui vient de se passer et nous nous accordons tous à affirmer que ces individus sont des homosexuels qui ne s'assument pas. Il est tout à fait possible, en y passant un peu de temps, de leur bloquer l'accès au site si on peut détecter leur point de connexion mais comme la plupart d'entre eux opèrent, chaque fois, à partir de lieux différents tels que des cybercafés ou leur poste de travail, en catimini, cet effort ne sert pas à grand-chose. Ils finissent toujours par trouver le moyen de revenir nous ennuyer.

Nous avons, par exemple, notre fanatique religieux qui se connecte sous le pseudonyme *Cihad-2000*. Il nous rend visite au moins une fois par nuit et sature l'écran de gros caractères nous annonçant que nous serons foudroyés, que le pays est dans cet état à cause d'individus tels que nous, qu'une pluie de pierres va nous tomber dessus et que nous brûlerons en enfer. Il va même jusqu'à ajouter que réciter le *besmele*[1] est considéré, en ce qui nous concerne,

1. Contraction du mot « Bismillahirrahmanirrahim » qui signifie « Au nom de Dieu le miséricordieux », contenu dans le premier verset du Coran et que les musulmans pieux récitent, pour demander

comme un péché et que nous salissons le nom de Dieu dans nos bouches impures. Il crache tout son venin en deux minutes maximum : il s'invite dans notre forum, casse l'ambiance avec ses infamies et s'en va, aussitôt sa « e-croisade » terminée. Certaines fois, s'il ne trouve rien d'autre à faire, il repart pour un tour. Je pense que le choix du pseudo *Cihad2000* est une manière de nous signifier son djihad. Toutefois, il se comporte d'une manière des plus correctes dans les autres forums d'homosexuels. Quand il se sent à l'aise, il participe même à des *chats* et ne tarit pas d'éloges sur ses propres qualités, notamment celles concernant les systèmes informatiques, domaine qu'il a l'air de bien connaître. Apparemment, il mettrait au point des programmes alternatifs qui peuvent accomplir le même travail que les originaux. Pour résumer, il n'en finit pas de se vanter. Lorsqu'il me pose des questions me concernant, j'y réponds dès lors qu'elles ne sont pas trop personnelles.

Étant donné que nous utilisons respectivement les mêmes pseudonymes à chaque connexion, nous nous connaissons plus ou moins via le Net mais jamais sans être allés au-delà, et c'est très bien ainsi vu ce qu'il écrit sur nous. Si j'ai bien compris, il est jeune, il n'a pas l'air d'avoir une grande expérience de la vie et il sublime avec force son homosexualité. Il arrive que certaines de nos filles lui répondent dans le même style pugnace que le sien et tout dégénère sur l'écran. Ces désagréments me font craindre qu'un jour mon site ne soit définitivement fermé.

Cihad2000 pointa le bout de son nez dès le début de ma connexion. Je sentais qu'il allait encore se

---

la protection de Dieu, avant d'entreprendre des actions de la vie courante comme prier, se mettre à table, travailler, etc.

déchaîner. Du fait qu'il envoie tout ce qu'il a à nous dire d'un seul bloc, préparé à l'avance, et qu'il se retire aussitôt après, ce n'est pas évident de lui répondre. Du coup, tous les internautes cessèrent, comme chaque fois, leur pianotage afin de lire ses messages. Et moi, pendant ce temps, j'ai jeté un coup d'œil à la liste des noms d'utilisateurs ; j'en vis quelques-uns dont je connaissais l'identité. Avec les pseudos très évocateurs, voire carrément empruntés au langage pornographique, qu'ils se sont choisis, la plupart d'entre eux se la jouent macho.

En passant en revue ces noms sur le côté droit de l'écran, mon regard fut attiré par ce qu'avait écrit *Cihad2000*. Il parlait d'un travesti mort dans un incendie et disait de lui qu'il avait enduré l'horreur de l'enfer dans sa vie ici-bas. Il attisa ma curiosité ; je décidai d'y concentrer toute mon attention. C'est la première fois qu'il donnait autant de détails. Il est évident qu'il avait lu l'article dans le journal et qu'il en profitait pour vider son sac de frustrations.

VOUS ALLEZ TOUS BRÛLER DANS D'HORRIBLES SOUFFRANCES ! (Il avait écrit ces caractères en rouge.)

PERVERS QUE VOUS ÊTES !

VOUS QUI AVEZ CHOISI LA VOIE DU MALIN PLUTÔT QUE CELLE DE DIEU,

L'ENFER VOUS ATTEND !

LE MÉCRÉANT QUI A PÉRI AUJOURD'HUI N'EST NI LE PREMIER NI LE DERNIER !

INCROYANTS QUE VOUS ÊTES, PRÉPAREZ-VOUS !

LE DJIHAD A COMMENCÉ ! VOTRE HEURE VA BIENTÔT SONNER !

Sa diatribe terminée, il se déconnecta, comme à son habitude ; soit un des internautes l'avait éjecté, soit il était parti de lui-même. Avec son message, il avait jeté un pavé dans la mare ; un vent de panique a gagné le forum de discussion. Les nouveaux qui ne le connaissaient pas encore ont bombardé l'écran de questions : qui est la personne qui s'est fait tuer ? où cela s'est-il passé ? comment ça s'est passé ? qui a fait ça ? sont-ce des fanatiques religieux ? s'en prendront-ils à nous aussi ?... Après un certain temps, la discussion reprit son cours normal. De mon côté, je rentrai mon code secret d'opérateur afin de visualiser les dialogues qui avaient été échangés avant que je ne me connecte. J'avais lu la fin de ce qu'il avait écrit et je voulais aussi voir le début :

MÉCRÉANTS ! INCROYANTS !

VOUS BLASPHÉMEZ TOUS CONTRE LE CIEL

VOUS VOULEZ CHANGER CE QUE LE SEIGNEUR TOUT-PUISSANT A CRÉÉ

VOUS SAVEZ PEUT-ÊTRE MIEUX QUE LUI L'ORDRE DE LA NATURE !

VOUS N'ÊTES QUE DES DÉGÉNÉRÉS !

VOUS ALLEZ TOUS ÊTRE FRAPPÉS PAR LA FOUDRE DIVINE !

VOUS ALLEZ RÉPONDRE DE VOS PÉCHÉS DANS CETTE VIE !

UN DES VÔTRES EST MORT AUJOURD'HUI !

ABRAHAM LE PÉCHEUR A ÉTÉ BRÛLÉ !

LE MONDE A ÉTÉ DÉBARRASSÉ D'UN IMPIE !

Voilà le genre d'horreurs qui a le don de me faire sortir de mes gonds. C'en était trop ! Pourquoi tant de haine ? Comment se fait-il que les êtres humains ressentent autant d'aversion envers leurs semblables ? Je commençais à avoir mal à la tête. Une des filles, que je connais uniquement via mon site, me demanda par un *chat* privé ce qui se passait car – je l'ai compris par la suite – elle n'avait pas lu les journaux. Je lui résumai la situation ; elle se mit dans le même état que moi et laissa exploser sa colère à son tour.

Mon moral était au plus bas et ma migraine allait crescendo. J'éteignis l'ordinateur et passai dans le séjour ; l'heure du jeu télévisé attendu approchait. Je n'éprouve aucun plaisir à regarder ces émissions mais, paradoxalement, j'en suis dépendant. D'un côté, trouver les réponses beaucoup plus souvent que les participants eux-mêmes me désole et d'un autre, je fulmine contre eux… contre leur nullité, et je les bombarde d'injures pour avoir eu le culot de se présenter à la télé, ignares qu'ils sont ! Mais je les regarde quand même. Ce doit être une forme de masochisme.

La première candidate ce soir-là était une étudiante d'Istanbul ; une espèce d'intello à lunettes, avec des cheveux lisses plaqués et séparés en deux par une raie, qui portait des vêtements ternes. Je lui soufflais les réponses tout en dégustant mon börek aux épinards. Je ne m'attendais évidemment pas à ce qu'elle m'entende mais si ça pouvait être le cas, dire qu'elle ne me porterait pas dans son cœur aurait été un grand euphémisme, au vu de toutes les insanités que je lui crachais. Je n'arrêtais pas de lui donner les réponses ou de les confirmer. Elle buta sur la cinquième question qui traitait des différentes formes musicales. Elle devait trouver laquelle, de la symphonie, de la sonate, de l'opus et de l'oratorio, se distingue des autres. Elle choisit l'oratorio et fut éliminée. Mon mal de tête empirait au point de nécessiter un comprimé. J'éteignis le téléviseur.

Je pris un antalgique et réfléchis au moyen d'évacuer mon trop-plein d'énergie. Le mieux était de faire un peu d'exercice. Je me défends pas mal en aïkido et en boxe thaï ; je peux venir à bout de n'importe qui du moment qu'il n'est pas armé. Cela me vaut une considération toute particulière dans le quartier.

J'ai beau m'habiller de la façon la plus féminine et tape-à-l'œil qui soit, les riverains me réservent les mêmes égards qu'aux hommes les plus respectés. Attraper et rosser vertement un voleur à la tire – dont le nombre n'a cessé d'augmenter ces derniers temps – m'a valu non seulement l'estime de Mme Hümeyra, dont j'ai pu ainsi récupérer le sac à main, mais aussi celle de tout le voisinage.

La chambre d'amis, généralement inoccupée, me sert de salle de sport. D'habitude, j'apprécie un accompagnement en musique mais cette fois mon crâne me disait qu'il n'en supporterait aucun. Me dépenser physiquement et augmenter un peu mon taux d'adrénaline allaient contrer efficacement ma migraine.

Après des mouvements simples d'échauffement, j'ai travaillé, en sautant en l'air, les coups de pied d'abord simples, puis doublés. Je peux même assener trois coups secs du même pied si je saute assez haut. Trois coups secs et brefs peuvent désarçonner l'adversaire lorsqu'ils sont consécutifs et ceux donnés à la tête sont particulièrement efficaces quand je prends un bon élan. J'ai continué par des coups portés avec l'avant et l'arrière du pied tout en exécutant une rotation sur moi-même. Ç'aurait été mieux avec quelqu'un en face de moi mais je me débrouillai avec les moyens du bord. J'ai enchaîné sur quelques mouvements de changement de pied en l'air ; j'ai encore des progrès à faire à ce niveau car il m'arrive d'être déséquilibré.

J'ai poursuivi la séance jusqu'à perdre haleine ; j'étais en nage et il ne restait plus trace de mon mal de tête. J'ai couru à la douche.

J'ai commencé à me préparer sans m'attarder car il fallait que je me rende au club plus tôt qu'à l'accoutumée. Quand mon moral n'est pas au beau fixe, je m'habille de manière simple : maquillage et tenue sommaires, à la va-vite. J'optai pour une minirobe années soixante-dix que j'ai trouvée dans les vieilleries de ma mère. C'est une imitation synthétique en jersey blanc pour le haut et en cuir verni rouge pour le bas, ouverte dans le dos et agrémentée d'une ceinture. J'avais l'impression d'être vêtue du drapeau national. Je complétai ma tenue avec des sandales. L'idée d'appliquer du vernis rouge sur mes ongles de pied, déjà recouverts de base incolore, me traversa l'esprit, mais la nécessité de les nettoyer d'abord un à un avec du dissolvant m'en dissuada aussitôt.

Si je continuais à traîner, j'allais arriver en retard à mon rendez-vous avec Afet ; il fallait sortir au plus vite. J'appelai la centrale de taxis et demandai une voiture. J'étais certain que Hüseyin – qu'on peut presque considérer comme mon chauffeur personnel – allait venir, et c'est ce qui arriva.

— Bonsoir…, me salua-t-il.

Il était là à attendre et à me scruter du regard, sa main droite en appui derrière le siège du passager. Tous les chauffeurs de la station savent bien qu'à cette heure-ci, habituellement, je vais au club. Hüseyin le sait aussi.

— T'attends quoi, on y va ? fis-je, perdant patience.

— Un p'tit bonsoir aurait été le bienvenu…

Je ne sais quel regard je lui ai jeté mais il se retourna et démarra.

— Je ne suis pas d'humeur ce soir, excuse-moi, dis-je.

Il me répondit, comme s'il se parlait à lui-même :

— J'en connais un qui pourrait te remonter le moral, mais tu n'en veux pas…

Il me faisait encore son numéro de charme ! Décidément, il ne perdra jamais espoir. De plus, il sait pertinemment que je n'apprécie pas que l'on me tutoie et c'est sans doute pour me narguer que tantôt il me tutoie, tantôt il me vouvoie. Il ne manque pas une occasion de me déclarer qu'il est fou de moi et moi, de mon côté, je m'évertue à le repousser chaque fois, mais il persiste encore et encore ! Il me colle dès qu'il le peut et me suit comme mon ombre. Quand il n'est pas distrait à force de me reluquer à travers le rétroviseur, il arrive à conduire sans zigzaguer.

Ce n'est pas faute de lui avoir dit, je ne sais combien de fois, qu'il n'est pas mon type d'homme. Il est vrai que nous l'avons fait une fois – une unique fois ! – par le passé, dans un moment de faiblesse de ma part et où lui avait besoin d'amour et d'attention. Personnellement, ça m'avait plus que suffi, mais il est devenu encore plus insistant depuis lors. Les hommes qui supplient m'insupportent ; ça ne passe pas ! Un homme, ça doit avoir de l'amour-propre mais lui, c'est un vrai pot de colle ! S'il en a tellement envie, il n'a qu'à me prendre par la main et m'emmener faire tout ce dont il rêve… Enfin, ce n'est que pure théorie car aucune personne me connaissant n'aurait le courage d'agir ainsi. Comme je viens de le dire, les riverains du quartier ne sont pas sans connaître mes performances en techniques de combat ; Hüseyin aussi est au courant. Mais peut-être espère-t-il que le temps, en passant, me fera changer d'avis.

3

Cüneyt, notre videur, m'accueillit à l'entrée. Comme il était encore trop tôt, il n'avait pas grand-chose à faire sinon tenir la porte aux quelques personnes qui entraient ou sortaient, mais d'une manière différente de celle qu'il me réserve à moi. Après tout, je suis en quelque sorte la patronne : je possède une part du club, quoique minime, mais sa gestion est entre mes mains.

Au moment où j'allais descendre du taxi, Hüseyin se proposa, comme à son habitude, de venir me prendre à la sortie. Et moi, pour ne pas faire défaut à la tradition, j'ai refusé.

— Vous ne lui faites pas de cadeau, le pauvre, ironisa Cüneyt.

Il eut droit, sur-le-champ, au regard assassin qu'il avait mérité.

— Vous avez raison, se reprit-il, c'est pas mes oignons…

— Effectivement, lui dis-je pour être concis.

Je n'apprécie guère ce genre d'inconvenance, surtout de la part de mes employés. Je ne devrais pas fermer les yeux sur ces agissements, mais j'ai une sympathie particulière pour ce Cüneyt. Avant tout, il est drôle, il me fait rire. Ensuite, il a un corps développé parce qu'il fait de la musculation presque tous les jours. C'est un point essentiel pour le personnel de sécurité dans un night-club. Il est aussi un peu naïf, non dans le sens de la niaiserie mais plutôt dans l'absence de mauvaises intentions ; il a bon cœur. Il voit les choses différemment et attache une importance relative à des sujets qui me paraissent sans intérêt. À mon goût, il prend son travail trop au sérieux.

La boîte était vide. Osman, le DJ, Şükrü, le barman, et Hasan, notre serveur, s'étaient accoudés à une table à discuter en petit comité. Ils se redressèrent en m'apercevant.

— Vous êtes bien en avance ce soir, fit remarquer Şükrü.

— J'ai un rendez-vous avec Afet, répondis-je.

— Je prépare tout de suite votre Virgin Mary, ajouta-t-il.

C'est une habitude. Il me faut mon Virgin Mary en main dès que j'arrive, mais je ne lui tins pas rigueur ; il ne pouvait pas savoir que j'allais venir si tôt.

Profitant de l'absence de clientèle, et surtout de la mienne, Osman avait mis du hard rock, son style préféré. La musique, qui n'était pas atténuée par le bruit de la foule, donnait l'impression de hurler encore plus fort dans l'espace vide. Ayant capté la sommation de mon seul regard, il courut aussitôt dans son perchoir afin de changer le disque. Nous restâmes seul à seul avec Hasan.

— Salut, m'accueillit-il, tu as pu apprendre quelque chose ?

— Pas vraiment, répondis-je. Mais ce qui est sûr, c'est qu'elle n'est pas morte chez elle. J'ai un mauvais pressentiment… je crois que c'est un meurtre…

— J'y ai pensé après qu'on a raccroché et… oui, je pense que tu as raison. Cette affaire n'a pas l'air très claire.

— La police ne fera rien. Si ça se trouve, ils ont déjà classé l'affaire.

— C'est vrai… mais il doit quand même y avoir les rapports des services municipaux et des pompiers.

Je renchéris :

— C'est vrai…

Nous restâmes un instant à nous regarder sans dire un mot. Pendant ce temps, Osman avait changé de disque et mis quelque chose du style « musique de salle d'attente », tout ce que je déteste ! Il se joignit à nous avec un sourire qu'il tentait de dissimuler. Son soda mandarine, dont il restait plus de la moitié du verre, l'attendait au milieu de la table. Personne d'autre que lui n'en boit au club, personnel et clients confondus, mais lui, c'est la seule boisson qu'il aime. C'est pourquoi l'on achète deux caisses tous les mois rien que pour lui.

— Qu'est-ce que c'est que cette musique ? lui demandai-je.

— Adiemus, c'est du new age… Un nouveau groupe… vous aimez ?

Il se moquait carrément de moi !

Le new age fait partie de ces genres musicaux auxquels je ne comprends absolument rien. Paul Mauriat, Franck Pourcel, Francis Lai et même Fausto Papetti en ont fait durant des années mais à cette différence près que c'était avec d'authentiques instruments de musique, pas avec des machines électroniques qui sortent des bruits synthétiques comme aujourd'hui. Alors qu'eux, les créateurs mêmes du style, ont été fustigés par leurs détracteurs pour leur innovation ; de nos jours, au contraire, le new age est littéralement mis sur le devant de la scène musicale, entre autres par les jeunes qui veulent se donner un genre. Vous pouvez m'expliquer la logique de la chose ? D'accord, je n'en raffole pas non plus, mais il n'empêche que je ne vois aucune différence entre les deux. Et vous ?

— Me casse pas les pieds maintenant et va mettre quelque chose de correct ! lui ai-je crié.

Il fit demi-tour pour retourner dans son box et je restai à nouveau seul avec Hasan.

— J'ai essayé de joindre Gül mais sans succès, reprit-il.

En dépit de cette tentative ratée, Hasan reste un garçon débrouillard et son cerveau fonctionne plutôt pas mal. Il a un fort penchant pour les commérages, de sorte qu'il est toujours au courant de tout. Il rapporte sans vergogne les confidences qu'on lui a faites, et s'il n'a pas trouvé matière à commérer, il la crée. Vous pouvez être assurés qu'une ruse se cache derrière tout ce qu'il dit ; on peut s'attendre à toutes sortes de méchancetés et de traîtrises de sa part. Par ailleurs, c'est l'indic numéro un de Sofya, qui est elle-même maîtresse en la matière.

Osman se retourna à mi-chemin et me demanda en criant :

— Vous voulez quelque chose de turc ou d'international ?

— Du turc ! Mais pas trop fort ! Et pas trop rythmé non plus !

C'est là qu'il allait me mettre du Mahsun[1] rien que pour me narguer. Tant mieux, comme ça j'aurais l'occasion d'aller lui montrer le revers de ma main ! Je cherchais, en plus, un moyen de canaliser mon énergie.

---

1. Mahsun Kırmızıgül : chanteur populaire, dans un registre influencé par la musique arabe, c'est-à-dire contant des amours impossibles sur des mélodies langoureuses.

— Comme tu le sais, continua Hasan, Ceren sortait travailler avec Gül ces derniers temps.

— C'est toi qui me l'as appris, dis-je.

Mon Virgin Mary arriva et, vu qu'il n'y avait toujours pas de clients, Şükrü s'installa aussi à notre table.

— Mais personne ne sait où elle se trouve, reprit Hasan et, se tournant vers notre barman :

— Şükrü, tu peux aussi m'apporter un soda avec des glaçons, s'il te plaît.

— Pourquoi tu ne me l'as pas dit quand j'étais au bar ? J'en viens !

— Excuse-moi, je n'y ai pas pensé…

Il faut être sacrément demeuré pour ne pas saisir que Hasan avait fait ça intentionnellement. Les autres se plaignent assez de ce qu'il prétend être mon remplaçant quand je ne suis pas présent, et de ce qu'il leur fait endurer. Mais, hormis ces défauts, il a aussi ce côté attachant qui rend inenvisageable de se fâcher avec lui ; ce doit être ce qu'on appelle « avoir du poil du Diable[1] ». Il se lie d'amitié avec tout le monde dès la première seconde – tout mon contraire – et malgré son comportement tyrannique, Şükrü se confie toujours en premier à lui qui, vous vous en doutez, vient aussitôt tout me rapporter.

— Mais qui est donc cette Gül ? demandai-je.

— Une nouvelle… Une p'tit'jeune… toute rose et jaune.

Şükrü nous avait rejoints avec le soda glaçons et se mêla à la conversation :

— Je l'ai vue une fois, c'est un vrai loukoum… à croquer ! C'est à ce point…, commenta-t-il avec des

---

1. Expression utilisée pour dire qu'une personne inspire de la sympathie.

étoiles dans les yeux. Mais je n'oserais pas y toucher, je ne suis même pas sûr qu'elle soit majeure.

— Comment ça ? fis-je.

— Elle doit avoir seize ans tout au plus, m'éclaira Hasan. Elle est déjà venue deux fois, on lui a refusé l'entrée.

— Elle n'a même pas encore de barbe, ajouta Şükrü.

Ils connaissent parfaitement mon point de vue à ce sujet : pas de clients mineurs ! Je ne veux pas d'histoires et, surtout, je n'ai aucune envie d'avoir affaire à la police pour ce genre de bêtises. Il y a effectivement des night-clubs qui les acceptent et leur servent même de l'alcool mais mon établissement n'est pas de ceux-là et ce n'est pas près de changer.

La porte s'ouvrit et Cüneyt fit entrer Afet. Elle avait coiffé ses cheveux sombres en chignon hyper serré, pour une fois. Les traits tirés de son visage étaient encore plus tendus que d'habitude. Le maquillage de ses yeux montrait ostensiblement qu'elle y avait consacré au moins une heure. Elle était vêtue d'un semblant de robe intégralement confectionnée avec moins d'un demi-mètre de tissu et son décolleté plongeant était entièrement parsemé de paillettes. Elle était à la limite de ce qui sépare la beauté du ridicule. Ses pieds sont trop grands pour un travesti mais elle les exhibe exprès, ses talons et ses orteils débordant de chaque côté de ses claquettes à talons compensés. Ses genoux fléchis donnaient l'impression qu'elle allait passer à l'attaque. Pour être tape-à-l'œil, elle l'était, mais elle était surtout à des années-lumière de l'essentiel à mes yeux : l'élégance.

En ma qualité d'hôtesse, je me suis levée pour aller l'accueillir. Nous nous envoyâmes des baisers en l'air.

— J'en reviens pas, j'ai appris la nouvelle après ton coup de fil… Ceren est morte, abla ! Crois-moi, je me suis sentie très mal sur le coup, a-t-elle dit d'entrée de jeu.

Nous nous sommes installées à une autre table que celle des garçons. Hasan vint aussitôt prendre sa commande.

— Un whisky sans glaçons. Vous avez du Johnny Walker ?

— Bien sûr, répondit Hasan.

— Oui, de celui-là, lui dit-elle et, se tournant vers moi : Il paraît qu'il y a eu un incendie chez elle. Je peux te dire que j'ai balisé parce qu'on habite le même immeuble. Ensuite, je me suis rendu compte que je divaguais. Je crois que j'aurais quand même remarqué un incendie dans mon immeuble, pas vrai, abla ?

Je n'apprécie pas qu'on m'appelle « abla », pas du tout même, mais ce n'était pas le moment de lui en faire la remarque ; je devais d'abord glaner toutes les informations possibles. Décidant de régler ça plus tard, je me suis contentée d'affecter un sourire.

Son whisky arriva et elle gratifia le serveur d'un sourire de remerciement. Elle ne put s'empêcher de faire une grimace en ingurgitant sa première gorgée.

— Mhmh… ça fait du bien, fit-elle.

Je me suis gardé de lui demander pourquoi elle avait grimacé si ça lui faisait tant de bien que ça.

— Tu as dû l'apprendre, elle est morte dans un immeuble abandonné de Tarlabaşı, la relançai-je.

— Mais qu'est-ce qu'elle pouvait bien faire là-bas ? C'est vrai qu'elle n'avait peur de rien, et elle faisait tout pour mettre le maximum d'argent de côté. Elle s'était mis en tête de se faire opérer. « Après ça, je m'achèterai un appartement, une voiture et je me dégoterai un beau mec », qu'elle me disait. Mais quand même, ma chérie, quelle idée d'aller dans un coin aussi paumé que Tarlabaşı avec un parfait inconnu ? J'ai pas raison ?

— Si.

— Ce que je vais dire n'est peut-être pas sympa, mais elle l'a mérité.

Je restais pétrifiée. Elle le remarqua.

— Enfin… je ne voulais pas dire ça… C'est que je lui en veux toujours. (Et, me désignant Hasan du regard, elle ajouta :) Il a dû te raconter.

Évidemment qu'il m'avait raconté ! mais je feignis le contraire :

— Je t'assure que je ne m'en souviens pas.

— C'était incroyable, tu sais ! Vraiment, je n'en pouvais plus. J'ai laissé passer une fois, deux fois, mais pas trois. Dès qu'elle me voyait porter quelque chose, tu pouvais être sûre que deux jours après elle était à ma porte pour me l'emprunter. Je me disais « c'est normal, elle est jeune, nouvelle dans le milieu, elle se découvre », et je lui prêtais le truc. Le problème avec elle, c'est qu'elle ne savait pas ce que signifie rapporter un objet emprunté. Tu pouvais dire adieu à tout ce que tu lui prêtais. Et encore, si au moins elle savait en prendre soin. Crois-moi, je ne suis pas radine, tu me connais.

Le trio formé par Hasan, Osman et Şükrü s'était agglutiné non loin de nous et tendait l'oreille. Pas un bruit ne venait troubler notre conversation.

— J'ai viré au rouge, reprit-elle, quand un matin, pendant que j'étendais le linge, je l'ai vue porter une tunique que j'avais payée une fortune chez Belkıs. Tu vois, je ne commente pas le fait qu'elle l'avait sur elle mais, quand même, faut pas exagérer, pas pendant qu'elle nettoie son balcon ! Aucun sens de la valeur des choses. Moi aussi, je gagne ma vie difficilement !

Elle montra, en claquant sa fesse de sa main, de

quelles difficultés elle parlait, ce qui fit ricaner les garçons à la table voisine.

— Tu as entièrement raison, dis-je avec un sourire de compréhension.

— En fin de compte, c'était rien d'autre qu'une opportuniste ! Quand elle avait besoin de quelque chose, elle était toute mielleuse avec ses « ma chérie », sinon même pas un bonjour. Tu vois, je ne supporte pas ce genre de comportement.

Je ne lui ai pas demandé pourquoi elle ne parlait plus à Fatoş abla.

La porte s'ouvrit et le premier groupe de filles apparut. Il peut paraître invraisemblable que quatre filles puissent faire, à elles seules, autant de bruit et, pourtant, c'était le cas. Nous nous saluâmes.

— Et, en plus, un jour, elle a racolé un client qui sortait juste de chez moi. C'est la goutte d'eau qui a fait déborder le vase.

Je dois avouer que je n'aime pas non plus ce genre d'agissement mais ce n'est pas pour autant qu'elle méritait de mourir.

— Abla, qu'est-ce qu'ils vont faire de son appartement, à ton avis ? Tu crois que les flics le mettront sous scellés ? me demanda-t-elle.

Apparemment, la situation ne la chagrinait pas plus que ça ; on aurait dit qu'elle avait surmonté toute tristesse, et que sa seule préoccupation était de savoir ce qu'allait devenir l'appartement d'en dessous.

— Non, je ne pense pas, lui répondis-je.

— Alors, ça va. C'est que je travaille à domicile ces temps-ci et il y a pas mal de passage entre les habitués et les occasionnels. Enfin, tu connais… J'ai aucune envie d'avoir les poulets sur le dos, avec tout ça.

Je la comprenais.

Un autre groupe de filles arrivèrent et, juste à leur suite, deux hommes du style « vendeurs de fruits et légumes ». Même si je ne raffole pas de ce genre de mecs, je les apprécie grandement en tant que clients. Ils se comportent correctement, sans faire d'histoires, ils offrent des verres et des choses à grignoter aux filles et, puisqu'il faut être parfait jusqu'au bout, ils laissent de gros pourboires. En clair, ils lâchent pas mal d'argent, ne créent pas de désagréments et s'en vont gentiment avec les filles qui leur ont plu.

Un des deux hommes ne m'était pas inconnu. Je le saluai d'un signe de la tête et il me rendit la pareille.

Les garçons regagnèrent leur poste. Sont arrivés ensuite deux jeunes de banlieue. Ils observèrent les lieux avec un mélange de mépris et de désir, et traversèrent la piste pour aller s'installer à une table près du mur, d'où l'on a une vue panoramique des lieux. Les filles passèrent à l'action. La plupart préfèrent naturellement les jeunes, même s'ils sont sans le sou. Elles se justifient en affirmant « c'est pour mon plaisir personnel ».

Le client qui vient tôt a deux raisons pour cela : la première est qu'il veut choisir la marchandise avant les autres et la deuxième, qu'il veut faire ce qu'il a à faire au plus vite afin de regagner son nid familial à une heure raisonnable. Les filles demandent toujours plus en début de soirée, quand la boîte pullule de monde, et si elles n'ont toujours rien trouvé à l'approche de la fermeture, elles se résignent à brader les prix.

Et voilà, le club se réveillait pour une nouvelle soirée de folies !

4

On ne voit pas le temps passer les soirs d'affluence, à tel point que l'aube vous embrasse sans que l'on s'en rende compte. Quand Osman passe les chansons que j'aime – il sait ce qu'il risque dans le cas contraire –, je ne me fais pas prier pour rejoindre la piste de danse. Toutefois, je ne danse jamais deux morceaux d'affilée car je transpire, ce qui me met dans un état pas très glamour. Mon fonctionnement c'est : une danse maintenant, une autre plus tard. Ainsi, il passe *It's Raining Men* des Weather Girls, même si c'est kitsch ; *Where is My Man* des Eartha Kitt ; *Toutes mes nuits blanches*, sa première version ; et aussi parfois *Une tout autre personne* d'Ajda Pekkan[1], et obligatoirement une de Grace Jones ou de RuPaul rien que pour moi. Je danse également sur les chansons du moment s'il y en a qui me plaisent.

Les filles et les clients utilisent la piste de danse comme arène d'exhibition. Celui qui veut faire son show y va et se laisse envoûter par le rythme endiablé de la musique. S'il connaît Osman, celui-ci dirige les spots sur lui et là, c'est la totale ! Mais si, au contraire, il a le malheur de ne pas être apprécié par notre DJ,

1. Chanteuse turque populaire.

ce dernier change le disque en plein milieu de la chanson ou le passe en version rapide ou encore en version lente. Et s'il ne peut rien faire de tout cela, il change la direction des spots, ce qui plonge les Narcisse en herbe dans l'anonymat de la foule.

Il y a certaines choses que je ne tolère pas, comme par exemple les filles qui se déshabillent au beau milieu de la piste. Si cela arrive, les lumières dirigées vers cet endroit sont immédiatement éteintes et les coupables sont mises en garde. Je refuse l'entrée à celles qui font cela régulièrement ; les habituées sont parfaitement au courant de cette disposition. Celles qui veulent montrer, çà et là, leur corps, peuvent faire tout ce qui leur chante aux tables du fond ; je n'ai aucune objection là-dessus. Libre à elles de se dénuder pour promouvoir la marchandise, du moment que ce n'est pas à la vue de tout le monde. Quant aux clients, peu se déshabillent. Il y en a bien certains, jeunes, fiers de leur corps, qui enlèvent le haut en dansant. Là non plus, je n'y vois aucun inconvénient. Tout au contraire, j'aime les reluquer quand c'est esthétique. Quant aux gringalets difformes qui parfois se risquent aussi à s'exhiber, je laisse le soin à Osman de s'en occuper. Pour ceux qui veulent aller plus loin, j'attends d'eux qu'ils aillent aux tables du fond. À la vue de tout le monde, c'est non !

Alors que la soirée battait son plein, Ahmet Kuyu, un acteur flétri avant l'âge, fit son apparition. Il est plus connu dans notre milieu pour son comportement brutal avec nos filles que pour ses films dont personne ne se souvient. À ce jour, celles qui ont eu le malheur de finir la soirée avec lui se sont toutes retrouvées défigurées par ses coups. Je connais également ses autres méfaits sadomasochistes et pervers à faire rougir. Il a réussi à entrer malgré mes instructions.

Cüneyt a dû l'accepter en voyant qu'il était accompagné de plusieurs personnes.

C'était un groupe hétéroclite de par les différences d'âge et de style, donc il y avait également des différences d'épaisseur de portefeuilles. À voir les égards particuliers d'Ahmet Kuyu pour un homme relativement jeune, on pouvait en déduire que ce devait être le V.I.P. du groupe. Celui-ci observait les lieux avec un regard où se mêlaient curiosité et mépris. Il avait une tenue décontractée mais de qualité… pas mon genre ! Son visage ne me paraissait pas inconnu mais je ne sus l'étiqueter dans mon esprit. Il aurait pu être – pourquoi pas ? – un producteur de téléfilms qui allait enfin permettre à Ahmet Kuyu de retourner sous les sunlights. L'idée n'était pas saugrenue en ce sens que l'acteur sadique n'avait plus joué depuis des années et n'avait même pas réussi à obtenir le moindre rôle dans la multitude des séries nazes qui occupent les écrans télé à longueur de journée.

Ils n'étaient pas accompagnés de femmes. Les hommes qui viennent en groupe en entraînent toujours, avec eux, une ou deux qui sont attirées par la curiosité. Elles veulent voir de plus près ces « dames » qui leur font de la concurrence, et leur monde s'écroule quand elles se rendent à l'évidence qu'elles ne font pas le poids. Il faut appeler un chat un chat et admettre que les nôtres sont plus féminines et plus belles que ces femmes ne le seront jamais. Elles ont une certaine prestance, un côté femme fatale, des manières et une technique du maquillage qui leur donnent cette longueur d'avance. Elles sont plus séduisantes et plus désirables. Plutôt que de montrer leur abattement, les visiteuses tournent la chose en dérision ; c'est la seule chose qui leur reste à faire ! Puisque la concurrence est rude, voire imbattable, le mieux est de s'en amuser et elles se mettent alors à rire. Elles croient se moquer des nôtres, mais elles savent parfaitement que c'est une manière de nier l'évidence : les hommes qui les accompagnent vont revenir une autre fois sans elles et finir la soirée en compagnie des nôtres. Prendre conscience de cette vérité brise leur cœur en mille morceaux. Ce n'est que justice rendue pour leur curiosité mal placée et, ce qui est sûr, c'est qu'elles ne reviennent plus jamais après !

Le groupe d'Ahmet Kuyu consommait sans compter. J'ai appelé Hasan d'un signe de la main et lui ai demandé qui était l'homme important. Hasan est une véritable encyclopédie mondaine.

— Adem Yıldız, m'éclaira-t-il, l'héritier de la chaîne *Salons de thé Yıldız*…

Dès que j'entendis son nom, son image – déjà vue dans les magazines consacrés au marché du travail – me vint à l'esprit. Mais oui, c'était l'héritier des *Salons de thé Yıldız*, que le père a développés en partant d'un seul petit salon dans un bas quartier de la ville et qui, aujourd'hui, sont présents partout, d'un bout à l'autre du pays !

Pour ce que j'en sais, c'est une famille conservatrice. On dit même que certains membres occupent des fonctions religieuses éminentes mais qu'ils n'en font pas étalage. On raconte aussi, à ce propos, que pour éviter le commerce de boissons alcoolisées, ils n'ouvrent pas de supermarchés et se contentent de rester sur le créneau originel du salon de thé, en élargissant simplement la gamme de leurs produits. Certains de leurs articles, qu'ils produisent sous leur propre label, tels que petits gâteaux, glaces, börek ou encore les loukoums, sont même fabriqués sous licence à l'étranger.

Les filles défilaient à leur table ; quand l'une se levait, une autre s'asseyait et ils offraient des verres à chacune. Ahmet Kuyu s'était investi du rôle d'entremetteur. Il invitait les filles à se joindre à eux, les présentait à Adem Yıldız, lançait des vannes qui ne faisaient rire que lui ; ensuite, il allait en pêcher d'autres. Leur petit manège était fatigant à voir ; je détournai mon attention.

Soudain, les noms d'utilisateurs *adam star, starman* et **adam,* des habitués de mon site, me vinrent à l'esprit. Adem Yıldız, *adam star, starman*[1]... tous ces mots ont la même signification. Je fis un effort pour essayer de me rappeler si j'avais vu ces trois noms en même temps et ce qu'ils avaient écrit mais je ne m'en souvenais pas ; ils n'avaient rien dû écrire de particulier qui m'ait marqué. Si c'était le cas, je m'en serais certainement souvenu. Était-il possible qu'Adem Yıldız se cache derrière ces trois pseudonymes ?

Je n'aimais pas la façon qu'il avait de regarder les nôtres ; c'était un mélange de désir et de haine. L'on se comporte certainement ainsi quand on a été élevé dans une famille aussi pieuse. Mais, d'un autre côté, il était difficile de croire qu'il voyait des travestis d'aussi près pour la première fois de sa vie ; oui, voir des travestis en *live* comme assister à un concert en *live*. Je n'apprécie pas du tout ceux qui viennent au club dans cet esprit, mais il est aussi vrai que c'est un lieu de commerce, et je dois en même temps penser à faire rentrer l'argent à flots.

Parmi les filles avec lesquelles j'ai discuté ce soir, pas une seule n'ignorait qui est Gül et à quel point elle est belle. Par contre, les avis étaient partagés sur le moyen de la joindre ; il y avait un éventail de

---

1. *Adem* est la version turque du nom biblique « Adam » et a une similitude de consonance avec le mot *adam* (homme) et *Yıldız* (étoile), ce qui donne « *homme étoile* ». *Adam star* et *starman* signifient aussi « homme étoile ».

réponses allant des bars à bière d'Aksaray aux trottoirs de Harbiye.

Sırma, connue pour son franc-parler, alla même jusqu'à admettre :

— Attends qu'elle ait un peu d'expérience et elle nous mettra toutes au chômage !

À l'évidence, j'étais la seule personne à ne pas connaître Gül et à ne l'avoir jamais vue.

Je sentis une main chaude et puissante se poser sur mon dos, juste au milieu, dans la partie dénudée. J'ai horreur que l'on me touche sans y avoir été invité ! Je me retournai avec rage et vis Ali accompagné d'un homme… fort séduisant…

Ali est le patron de la société pour laquelle je travaille en tant que consultant informaticien. Il est plutôt jeune et a pour principale occupation de gonfler son compte en banque. Même s'il ne comprend pas grand-chose aux systèmes informatiques, il excelle dans les négociations d'affaires. C'est ensemble que nous avons réalisé la majorité des projets qui lui ont assuré son train de vie. Notre activité principale consiste à mettre au point des systèmes de protection informatiques pour les grandes sociétés nationales, et même les multinationales. Ce qui veut dire que, tant qu'il y aura des *hackers* pour envoyer des virus informatiques, nous ne risquerons pas de manquer de travail. Nous accomplissons également d'autres tâches, beaucoup moins lucratives et demandant plus d'effort, telles que des créations de sites web ou la remise à jour de sites déjà existants.

Je ne suis pas vraiment habitué à voir Ali au club et encore moins quand je suis en tenue de travesti ; j'en fus surpris. Non qu'il ne m'ait jamais vu dans cet état – il lui est déjà arrivé de venir au club – mais je ne sais pour quelle raison, je me sentis quelque peu mal à l'aise.

— Bonsoir ! Tu es d'une beauté exquise, me dit-il d'emblée.

Quel menteur ! Je n'avais rien d'exquis du tout. J'avais essayé un look rétro et grotesque, et je dois dire que c'était assez réussi. À l'entendre, j'avais l'air d'une Vénus.

— Je voudrais te présenter Cengiz, un ami du squash, ajouta-t-il.

À voir la puissance de son corps, l'ami en question ne devait pas se contenter uniquement du squash. Je lui tendis la main.

— Enchantée, fis-je.

Il retint ma main plus longtemps que nécessaire… le message était reçu ! C'était un bel homme. Pas aussi jeune qu'il m'avait semblé au premier regard ; il devait facilement avoir la quarantaine, et même avoir entamé la deuxième moitié, mais avec son teint bronzé et son regard brillant et profond, le charme était au rendez-vous.

— Ali m'a tellement parlé de vous que j'ai eu envie de vous connaître, me dit-il.

— Et que vous a-t-il dit à mon sujet ?

Ali répondit lui-même à ma question :

— Tu n'ignores pas toutes les belles choses que je peux dire à ton propos.

— Mes compétences en ce qui concerne l'informatique, oui… mais j'étais loin de me douter que tu vantais aussi ma façon de m'habiller.

— C'est moi qui ai insisté pour venir, intervint Cengiz. Vous prendrez bien un verre avec nous ? J'aimerais vous connaître…

Il me faisait du gringue après m'avoir vue à peine quelques secondes. Pourquoi m'avait-il choisie, moi, au milieu de toutes ces filles ?

— Je ne bois jamais pendant le travail, lui dis-je.

— Vous prendrez ce qui vous fera plaisir.

Ali nous observait avec un sourire de satisfaction. C'est la dernière personne que j'aurais vue en entremetteur, et voilà qu'il l'avait fait. Je me fis une douce violence et acceptai l'invitation. Une fois installés, Ali commença à épiloguer sur des menus détails concernant le travail. Visiblement, il avait dépassé son seuil de tolérance à l'alcool car d'ordinaire il n'est pas aussi causant. De la table où nous nous étions installés, Adem Yıldız et Ahmet Kuyu étaient en plein dans notre ligne de mire. J'avais beau ne pas faire d'effort, mon regard glissait, à intervalles réguliers, dans leur direction. À un moment, c'est Elvan qui était en leur compagnie. Ahmet Kuyu caressait et tripotait sans aucune gêne les filles qu'il faisait venir à la table et Adem Yıldız se contentait de les regarder ; enfin, il serait plus juste de dire qu'il les dévorait des yeux. J'aurais voulu avoir le pouvoir de deviner ce qui se passait dans les méandres de son cerveau.

Du côté de ma table à moi, Cengiz se montrait des plus charmants. Il avait son regard fixé sur moi sans même jeter le moindre petit coup d'œil à la piste ou à n'importe qui d'autre.

— Votre club est très sympathique, me dit-il. Il y a une ambiance qu'on ne trouve pas ailleurs.

Ça signifiait, en fait, que c'était un endroit nul ou à la limite du supportable. J'avais déjà eu droit à ce type de compliment auparavant.

— Ne seraient-ce pas Adem Yıldız et Ahmet Kuyu qui sont à cette table ?

Ali suit de très près le monde des affaires ; toute personne ayant de l'argent est un associé, un client potentiel pour lui. Il aurait été étonnant qu'il ne connaisse pas Adem Yıldız mais je fus un peu surpris qu'il sache qui est Ahmet Kuyu. Ça fait des années que son étoile a cessé de briller et quant aux séries de pacotille dans lesquelles il parvient à obtenir un rôle – avec toutes les difficultés du monde –, elles passent à des heures où Ali ne regarde pas la télévision.

— Oui, confirmai-je, c'est bien eux.

— Eh bien, tu en as des invités de marque ! fit Ali.

— Nous sommes voisins de la famille Yıldız à ma résidence d'été, ajouta Cengiz. Je ne l'avais pas remarqué en entrant.

L'ébriété d'Ali ne fit plus aucun doute lorsqu'il proposa :

— Hé, on pourrait leur offrir une coupe de fruits à tiges d'étincelles, non ?

Nous nous fendîmes tous d'un fou rire et Cengiz, profitant de l'occasion, passa son bras sur mes épaules et m'attira à lui.

5

Ces temps-ci, mon cœur est libre mais pas mon lit. Je crois que je traverse une période de rut : je couche avec un homme différent chaque nuit. Je peux sentir l'arrivée de l'automne à ma libido qui se met à crier famine ; c'est ainsi depuis des années.

Les nuits d'été à Istanbul sont étouffantes et humides, et me rendent difficile de supporter, au lit, la présence d'un corps autre que le mien. Je n'arrête pas de gigoter en tous sens et il m'arrive même de me réveiller en travers du matelas. Lorsqu'un côté du lit est devenu trop chaud sous le poids de mon corps, je me glisse de l'autre côté qui s'est rafraîchi entre-temps, et tout l'été se déroule ainsi. Quand arrive l'automne avec ses nuits tendant à la fraîcheur, particulièrement avant que les radiateurs ne s'activent, il est très agréable de partager ma couche avec un homme ; ça me réchauffe. Je me blottis dans ses bras qui m'enlacent tendrement et nous nous endormons ainsi, dans la tiédeur de la nuit.

J'ouvris les yeux aux premières lueurs de l'aube. Les rideaux de ma chambre sont épais, offusquant toute lumière, je ne peux donc pas savoir s'il fait jour ou non. Si j'oublie de fermer la porte, les rayons de soleil pénètrent par les grandes baies du salon, s'infiltrent dans le corridor pour arriver jusqu'à mon lit, dessinant de longues bandes claires sur le parquet. Mais voilà, je n'étais pas chez moi et la finesse des rideaux aidant, la lumière matinale s'imposait en force dans la pièce où je dormais.

J'ai jeté un coup d'œil à l'homme dans les bras duquel je me trouvais. Pour être plus précis, il me tournait le dos et avait tiré sur lui presque toute la couverture. Je dormais donc à moitié découvert ; c'est peut-être la sensation de froid qui m'avait tiré de mon sommeil. Je fis une tentative pour récupérer un peu de couverture, en vain. Un de ses pieds était à l'air. Je ne suis pas spécialement fétichiste, mais je dois reconnaître qu'il était joli et bien dessiné. Je me suis rapproché de lui pour essayer d'avoir ne serait-ce qu'une petite part de la couverture, mais il s'est déplacé vers le bord du lit en poussant un léger grognement. Espèce d'égoïste ! Il ne perdait rien pour attendre.

J'avais envie d'uriner. J'avais, à coup sûr, eu froid car il n'est pas dans mes habitudes de me réveiller aux aurores pour aller aux toilettes. Je me suis donc levé. Une fois soulagé, je me mis en face du miroir. Je n'étais pas beau à voir avec ma barbe qui avait déjà commencé à pousser sous mon maquillage à moitié parti, mes cheveux en pétard, bien qu'ils soient courts, et mes yeux bouffis. Je n'ai de cesse de le répéter : je deviens une vraie bombe quand je me travestis ! Si l'on ne peut pas dire que je sois très beau en tant qu'homme, avec un coup de blush et une jolie robe, je peux avoir l'air d'une vraie star. Et je ne parle pas de celles d'aujourd'hui mais des stars du glamour hollywoodien des années cinquante, soixante.

Si je voulais me raser, tout le nécessaire était là, devant le miroir, mais l'envie m'en manquait. Je me dis qu'il savait parfaitement avec qui il avait couché, il n'y avait pas de raison qu'il s'étonne de me voir ainsi. Par ailleurs, il avait tenu la mienne dans sa main toute la nuit… du moins jusqu'à ce qu'il se retourne et qu'il s'endorme.

Il m'est impossible de me rendormir une fois levé. Si je ne me suis pas rasé pour lui être plus agréable, je me suis au moins lavé le visage et j'ai arrangé, avec un peu d'eau, mes cheveux qui s'étaient collés en lourdes mèches, dans un modèle pire que le style punk, sous l'effet du gel. Et hop ! Je suis redevenu le moi à l'apparence d'un charmant jeune homme.

La fraîcheur matinale me caressait la peau ; mes poils se hérissèrent. L'idée de m'habiller s'en alla aussi vite qu'elle m'était venue. Je trouve amusant de me promener en tenue d'Ève chez les hommes avec qui j'ai passé la nuit, particulièrement dans des intérieurs aussi somptueux. Je suis allé inspecter la cuisine afin d'y préparer du café. Il y avait des thés de toutes les saveurs mais je n'ai trouvé de café nulle part ; il doit faire partie de ces gens qui n'en consomment pas. Le soin qu'il apporte à sa santé se voit aux boîtes de vitamines rangées en série, aux boissons bienfaisantes, aux céréales et, plus important que tout, à son ventre ultra-plat qui fait un pied de nez à son âge.

Les photos de ses enfants étaient fixées au frigidaire à l'aide d'aimants ; deux garçons aux franges dorées, comme lui, mais plus claires. Peut-être a-t-il pris des couleurs grâce aux activités sportives et aux U.V., et ses cheveux ont foncé avec l'âge. Généralement, je n'arrive pas à deviner l'âge des enfants mais ce dont je suis sûr, c'est qu'il faut bien une bonne dizaine, voire douze ou treize ans, à ceux-là pour qu'ils atteignent un âge où ils pourraient être « consommables ». Et puis, de toute façon, moi, ce que j'aime, ce sont les hommes dans la force de l'âge, comme leur père.

En attendant que l'eau chauffe, j'inspectais ce qu'il y avait dans le frigo, et comme il fallait s'y attendre dans l'appartement d'un homme vivant seul, il était presque vide. Il n'y avait qu'une ou deux bouteilles de vin blanc, du lait, des œufs, divers fromages et des sauces exotiques. Et aussi des boissons énergétiques en canettes. J'en examinai une. Si les ingrédients annoncés s'y trouvaient réellement, je serais sans doute excité comme une puce en la buvant. Je l'ai reposée à sa place. L'eau avait bouilli. J'ai mis un sachet de thé au citron dans une des tasses cobalt aux motifs dorés. Je ne l'ai pas entièrement remplie d'eau chaude et y ai ajouté un peu d'eau tiède pour ne pas me brûler la langue. J'ai laissé le sachet infuser un instant.

Le journal avait été livré. Je l'ai pris et, ma tasse de thé à la main, je suis passé dans le salon. La vue était à couper le souffle et le soleil pénétrait l'appartement de tous ses feux. Ce qui me fit mettre le journal de côté et profiter du magnifique panorama dont je ne m'étais pas vraiment rendu compte de nuit. On avait une perspective du Bosphore depuis les hauteurs d'Ulus[1]. Les bateaux patinaient sur le mauve foncé de l'eau. Une frondaison de pins me séparait de la mer ; ils étaient d'un vert émeraude étincelant. Je dégustai mon thé, fasciné par le sublime tableau qui s'offrait à mes yeux.

Il était beaucoup trop tôt pour envisager de partir, et mon partenaire de la nuit n'avait pas l'air de vouloir se réveiller. Je commençais aussi à avoir faim mais il était hors de question que j'avale la pâte de blé que j'avais vue dans le frigidaire. Il y avait deux pêches

---

1. Quartier huppé se trouvant sur une des sept collines de la ville, au bord du détroit du Bosphore, sur la rive européenne.

dans la coupe à fruits ; je les ai mangées toutes les deux. Puis je me suis préparé un autre thé et me suis réinstallé sur le même fauteuil en cuir. Baigné des lumières matinales sans cesse changeantes, le Bosphore donnait l'impression de s'animer comme un film. Chaque moment me procurait une sensation particulière.

D'abord, le bruit de la chasse d'eau, puis celui d'un gargarisme me parvinrent de l'intérieur ; Cengiz s'était réveillé. Je changeai aussitôt ma façon de m'asseoir pour prendre une position plus suggestive. Un instant plus tard, il me rejoignit. Lui aussi était en tenue d'Adam. C'est toujours ce que font ceux qui ont confiance dans leur physique. Il souriait.

— Tu t'es réveillé tôt, me dit-il.

Il s'approcha et m'embrassa. Son haleine sentait la menthe. Il s'installa dans le fauteuil en face du mien et se mit à m'observer. On voyait à ses yeux qu'il n'avait pas complètement émergé. C'est pourquoi je n'arrivais pas à déceler quelle partie de mon corps il regardait, et avec quels sentiments.

— Comme ça aussi tu es à croquer, avoua-t-il.

J'avais compris son jeu ; je connais bien les hommes dans son genre. Il voulait recommencer. Je me suis contenté de lui sourire. Il se leva et vint à côté de moi, puis m'embrassa à nouveau. Il en redemandait, mais pas moi. Je réussis à me défaire de son étreinte en douceur et me levai.

— Il y a encore de l'eau chaude. Je te prépare un thé tout de suite, lui dis-je.

Pendant que je me dirigeais vers la cuisine, Cengiz s'installa dans le fauteuil que je venais de quitter, et quand je revins, il était en train de lire le journal. Ses ardeurs matinales avaient l'air calmées. Il me remercia pour le thé.

— Tu as vu, il y a un travesti qui est mort, me dit-il.

— Oui, c'est arrivé hier, lui répondis-je. L'histoire de l'incendie…

— Non, celui-là c'est un autre. Il s'est noyé dans une citerne. Tu n'as pas lu l'article ?

Non, je ne l'avais pas lu. Pourtant, j'avais eu le journal à portée de main pendant un bon moment. Je n'avais même pas jeté un coup d'œil aux grands titres. Je m'empressai donc d'ouvrir la page trois du quotidien. Un travesti mort par jour, c'est vraiment révoltant. Hier, Ceren et aujourd'hui… Gül !… Je n'en croyais pas mes yeux ! Mon regard s'arrêta sur cette fameuse beauté dont j'avais tant entendu parler… la beauté à l'état pur ! Et encore, ils ont publié sa photo d'identité. Il avait ce qu'on appelle une beauté androgyne. D'après l'article, il n'avait que dix-sept ans.

On l'avait retrouvé mort dans la citerne d'une résidence d'été, à Küçükyalı, qui n'est plus utilisée parce qu'elle est désormais bordée par une route côtière. Il serait mort par noyade. Une autopsie était en cours.

La tristesse devait se lire sur mon visage ; Cengiz se posa sur l'accoudoir de mon fauteuil et, sans dire un mot, me caressa les épaules. Si cela m'irrita au début, l'effet se révéla vite relaxant.

6

Ces décès étaient-ils de pures coïncidences ? D'abord, Ceren ; ensuite, la petite Gül avec qui elle sortait travailler. Qu'elles aient pu être victimes d'elles-mêmes était dur à avaler. L'une a péri dans un incendie qui s'est déclaré dans un immeuble abandonné, situé dans un quartier qui n'était pas le sien, et l'autre s'est noyée dans la réserve d'eau d'une maison non utilisée, qui plus est située sur l'autre rive d'Istanbul[1], à Küçükyalı qui ne compte pas parmi les quartiers les plus propices en termes de clients pour les travestis. Et elles étaient amies. Soit ! L'amitié n'a pas son sens véritable parmi les nôtres ; sans être réellement amies, elles étaient du moins copines puisqu'elles sortaient tout de même travailler ensemble. Peut-être la petite Gül essayait-elle de se construire une nouvelle vie avec l'aide de Ceren, qui était à peine plus expérimentée qu'elle.

De retour chez moi, je me suis collé devant Internet afin de passer en revue tous les journaux. Ce que je lus ne m'apprit rien d'intéressant : Gül s'appelait en réalité Joseph Seçkin et il était originaire de la région de la mer Noire. En disant « rose et jaune »,

1. La rive asiatique de la ville.

Hasan faisait donc allusion au fait qu'il était blond et qu'il avait un teint clair[1].

« Son goût pour le travestissement dès son enfance ne passait pas inaperçu... Il n'y a plus aucun respect des mœurs et des valeurs traditionnelles... C'est le sort réservé à tous les enfants qui s'identifient à de mauvais modèles... »

J'ai décidé de détruire sur-le-champ le site web du journal qui a publié ces horreurs. Quelqu'un devrait leur expliquer qu'on ne se travestit pas simplement parce qu'on l'a vu faire mais que c'est en nous et que ça fait partie de notre identité !

Ils ne parlaient pas de sa famille.

« Les citernes laissées à l'abandon représentent un danger... Que fait la mairie ?... Il faut remédier à ce problème... »

Je n'avais qu'une envie, c'était de rouer de coups, et le journaliste, et son rédac-chef qui avaient réduit la mort d'un travesti à une leçon de morale !

J'appelai immédiatement Hasan.

— Şükrü est effondré depuis qu'il a appris la nouvelle. Je suis en train de lui remonter un peu le moral. Tu sais à quel point il en pinçait pour elle, dit-il.

— Qu'est-ce que tu sais sur cette affaire ?

— Pour l'instant, rien. Mais je te tiens au courant dès que j'apprends quelque chose.

J'avais pris une douche chez Cengiz mais comme il ne m'avait pas laissé de répit, je me sentais tout collant. J'en ai repris une en vitesse chez moi et me

1. Les régions bordant la mer Noire abritent principalement la population dite « laz », originaire de Géorgie, et dont l'implantation dans le pays date d'avant l'arrivée des premiers Ottomans. La plupart de ces habitants ont donc un teint, des cheveux et des yeux de couleur claire.

suis préparé. Optant pour une tenue « hétérosexuellement correcte », je me suis rendu à la morgue où j'avais le plus de chances de glaner des renseignements plus complets sur les circonstances des décès. Un petit dessous-de-table et un visage souriant allaient m'assurer la réussite de cette mission.

J'ai pu accéder au médecin légiste après avoir franchi les différents barrages du personnel. C'était une femme qui tirait une tête d'enterrement. Lui faire un compliment était une chose et ne pas lui en faire en était une autre. J'ai joué la carte de la courtoisie et lui ai clairement exposé ma requête d'une façon convaincante. Je faisais appel à sa compassion. J'avais un doute quant au fait qu'elle ait pu en avoir mais je fis l'effort de ne pas y penser.

Durant un instant, elle me dévisagea sans prononcer un mot.

— Vous êtes aussi comme ça ? finit-elle par lâcher.

Je ne supporte pas ce genre de questions ! C'était littéralement de la provocation ! Loin de moi l'idée de prétendre que je ne laisse pas transpirer mon homosexualité, mais le fait qu'elle m'ait posé cette question en ces termes, alors que j'avais une tenue si quelconque avec une barbe de deux jours, m'irrita.

Madame le légiste souriait, sûre d'elle, et continua :

— Aucune importance. Certains de mes amis les plus proches sont également gays, je n'ai rien contre.

Elle faisait fausse route si elle croyait que j'allais me prosterner devant elle pour sa tolérance. Par ailleurs, ce qu'elle venait de me dire aurait aussi pu passer pour de l'arrogance. Ma notion de la tolérance a ses limites ; je sentais que je commençais à perdre patience.

— Pensez-vous pouvoir m'aider ? demandai-je.

— Nous verrons…

Elle ne m'en dit pas plus sur ce que nous allions voir et sur ce que j'allais devoir faire pour qu'elle consente. Pauv' pétasse, va !

Elle en était encore à m'observer. Je me mis aussi à la fixer du regard et je me rendis compte qu'elle avait, en fait, de beaux traits. Elle n'était pas mal du tout lorsqu'on examinait son visage en détail, c'est juste l'ensemble qui ne collait pas. La tignasse qui lui couvrait le crâne était coiffée en choucroute : une couleur chair à force de colorations mal faites et une impression de lourdeur sous l'effet de la laque. Il n'y avait pas de coupe définie, ses cheveux étaient juste volumineux. Elle avait l'air d'un professeur de collège qui, une règle à la main, réprimande à la première occasion les élèves qui se risquent à rire en classe. Elle n'avait pas d'alliance… le contraire m'aurait étonné ! Ses sourcils, presque entièrement épilés, étaient hyper fins et relevés au point de ressembler à deux parenthèses. Ce qui ajoutait à son visage plus de tension qu'il n'en avait déjà. Quant à son maquillage, bien que minime, voire inexistant, c'était un véritable carnage.

Elle faisait la moue avec ses lèvres lorsqu'elle me regardait.

— Je suis en train de réaliser un travail de recherches, reprit-elle (les recherches auxquelles elle devait penser ne me disaient rien de bon mais je l'écoutai sans mot dire), … sur les homosexuels.

— Oui ?

— J'aimerais que vous y participiez aussi.

— Quel genre de recherches ?

C'était mon droit légitime de savoir ce que j'allais peut-être endurer. Du moins, avant de décider si ça en valait la peine ou non pour obtenir ce qui m'avait amené dans son bureau. Elle tripotait le stylo qu'elle avait en main avec des gestes trahissant une certaine nervosité. Je sentais qu'elle pesait ses mots afin de prononcer ceux qui allaient lui faire obtenir mon accord.

— Nous effectuons ce travail principalement avec des homosexuels qui viennent nous voir suite à une arrestation et ceux qui vont consulter au *zührevi*[1].

Tiens donc ! Les nôtres iraient au *zührevi* de leur propre initiative ? À ma connaissance, il n'y a que celles qui se font arbitrairement arrêter par la police qui les y conduit de force. Quand elles en ressentent le besoin, elles vont voir les meilleurs médecins et dans les meilleurs hôpitaux qui soient ; le *zührevi* est synonyme de prison pour nous.

— Dans la pratique, ça consiste en l'analyse des changements de réflexes et de la déformation du muscle anal.

Je n'étais pas certain d'avoir bien entendu.

— Comment ça ? demandai-je.

Je me fichais complètement du fait qu'elle trouve ma question bête. Il fallait que je sache ce qu'elle voulait infliger à mon postérieur.

— Ce ne sont que de simples analyses. Nous étudions les changements survenus dans les réflexes de contraction du sphincter anal.

— Je pense avoir compris.

— Ah, il y a aussi un petit questionnaire sur votre passé, vos expériences, la fréquence de vos rapports sexuels… ce genre de questions. Évidemment, c'est anonyme.

---

1. Clinique travaillant avec la police qui y emmène, de gré ou de force, les personnes se prostituant – femmes et travestis – afin de déceler chez elles d'éventuelles maladies vénériennes, et dans ce cas de les empêcher de contaminer d'autres personnes, notamment en expulsant les étrangères.

— Pour le questionnaire, c'est O.K., mais l'analyse de mon anus ne me dit trop rien.

Elle fut très étonnée que je décline sa proposition.

— Vous ne souffrirez pas, insista-t-elle. Enfin, peut-être un tout petit peu.

— La question n'est pas là. C'est plutôt l'idée qu'on va faire entrer un objet en métal dans mon anus, expliquai-je.

C'était quoi, déjà, le nom de cet objet ?… un gyroscope, un périscope…

— Un rectoscope, m'éclaira-t-elle.

— Désolé, mais très peu pour moi.

— C'est vous qui voyez, dit-elle avant de replonger son nez dans les papiers entassés devant elle.

Voyant que je ne décollais pas de ma place, elle dirigea ses yeux vers moi sans même lever la tête et me dit :

— Maintenant, si vous permettez, j'ai du travail…

Beurk ! Elle était nourrie des vieux films turcs des années soixante. Quelle étrange façon de s'exprimer !

Elle n'allait pas m'aider ; elle n'allait pas lâcher un seul mot à propos des affaires concernant Ceren et Gül tant qu'elle n'aurait pas trituré mon anus avec son rectoscope et étudié mon sphincter anal ; c'était plus qu'évident. Pourtant, je n'avais même pas besoin qu'elle me parle. Si elle me laissait simplement examiner les rapports, ça me convenait aussi.

Elle me mitraillait avec le regard d'un collégien lèche-cul et zélé, qui allait rapporter au professeur si je ne débarrassais pas le plancher ou si je ne me couchais et n'ouvrais pas mon cul. Je partis.

7

En sortant du bâtiment de médecine légale, je suis tombé sur Gönül, le membre le plus ignare mais aussi le plus intègre de notre communauté. Je ne sais par quel fruit du hasard je la rencontre toujours soit à cet endroit même, soit dans les enterrements. Et comme à chacune de nos rencontres, elle était encore en train de pleurer… Elle portait une jupe ample en tissu imprimé et qui touchait presque le sol, dont je devinais qu'elle était retenue à sa taille par un élastique. Pour le haut, elle avait mis un T-shirt blanc avec un motif de paon brodé de paillettes. Dès qu'elle me vit, elle s'immobilisa, me regarda droit dans les yeux et m'annonça :

— Tu m'avais promis un resto…

Quelle entrée en matière ! et en plus au moment où elle versait toutes les larmes de son corps !

— Mon invitation tient toujours, répondis-je.

— Mais j'ai perdu ton numéro. Comment je fais pour te joindre ?

Je lui ai redonné mon numéro. En fait, je lui ai filé celui du bureau, où elle aurait le plus de difficultés à m'avoir. Je n'y passe qu'une fois par semaine, et encore ; la secrétaire prend les messages pendant mon absence. À voir son air abattu, elle devait avoir connu Ceren ou Gül de près. Je lui ai posé la question.

— Qu'est-ce que tu veux que j'aie à foutre de Ceren, c'était rien d'autre qu'une connasse ! C'est pour mon petit Joseph que je suis triste, dit-elle.

Elle recommença à pleurnicher.

— C'est moi qui l'ai ramené de Rize, continua-t-elle, on aurait dit une fille… Il a beaucoup insisté et je l'ai pris avec moi en me disant qu'on pourrait se soutenir mutuellement. Ensuite, cette traînée de Ceren lui a monté la tête et, finalement, elle l'a pris avec elle.

Génial ! Gönül avait l'air d'avoir des informations qui pouvaient m'intéresser mais l'endroit n'était pas idéal pour lui poser toutes les questions que j'avais en tête. Je pensais à toutes les confidences qu'elle me ferait si nous étions dans un endroit plus intime.

— On n'a qu'à aller déjeuner maintenant, si tu veux, lui proposai-je.

Un sourire niais se dessina sur son visage où il ne restait plus trace de maquillage ; elle paraissait être plus en chair ainsi. Mais elle était déterminée à faire ce pour quoi elle était venue ; elle fit un signe vers le bâtiment et me dit :

— Je vais d'abord essayer de me renseigner.

— Je t'attends, alors.

— Promis ?

Je lui promis de l'attendre et lui fis un clin d'œil pour confirmer ma parole. Elle répondit à mon geste en m'envoyant un baiser en l'air et entra dans le triste institut médico-légal. J'attendis une demi-heure avant qu'elle n'en ressorte. Elle se dirigea vers moi, contrariée.

— Je leur dis que je suis sa tutrice, ils ne veulent pas me croire ! Qu'est-ce qu'il peut y avoir comme cons sur terre ! Pas foutus de foutre quoi que ce soit ! Finalement, je suis tombée sur un médecin, une femme ; aimable comme une porte de prison mais elle a dit qu'elle allait m'aider. Je crois qu'elle fait une enquête et elle m'a dit de revenir demain matin, à jeun, qu'elle allait voir ce qu'elle pourrait faire.

Elle débita ce torrent de paroles d'un seul trait et prit ensuite une profonde inspiration. À l'évidence, elle n'avait pas compris ce qui allait lui arriver et ce n'est certainement pas moi qui allais l'éclairer sur la rectoscopie, et ainsi freiner mon enquête ; la parole est d'argent et le silence est d'or !

— On va où ? demanda-t-elle.

— Tu voudrais aller où, toi ?

— Beyoğlu, ça te dirait ?

— Pourquoi pas.

— Alors t'aurais pas honte d'y aller avec moi ?

— Bien sûr que non, quelle question !

— Tu peux me le dire si tu ne veux pas, je ne t'en voudrai pas. C'est parce qu'il y en a qui ne veulent pas qu'on les voie avec moi.

Gönül est connue pour son parler grandiloquent ; elle doit penser en son for intérieur que c'est un signe de raffinement.

— Ce n'est pas mon cas, fis-je.

J'ai passé mon bras sous le sien pour l'entraîner dans la file d'attente de taxis et laissé libre cours à ma curiosité dès que nous fûmes installés dans le véhicule.

— Allez, raconte…

— Ah ben non, pas dans le taxi ! répondit-elle. Je te raconterai quand on sera au resto.

Elle avait parlé comme un moulin, sans même prendre son souffle, encore cinq secondes auparavant, à l'entrée de la morgue, et d'un coup, madame ne voulait plus rien dire. Je mis ce revirement de comportement sur le compte de la présence du chauffeur.

— On n'a qu'à aller à Galatasaray ou vers le tunnel et de là on remontera, en se promenant, vers la place Taksim, proposa-t-elle.

— Et dans quel restaurant veux-tu aller ?

— Là, c'est toi qui décides ! J'ai choisi le quartier, tu choisis le resto. Surtout que c'est toi qui vas payer la note.

Je me mis à réfléchir à un endroit où il n'y aurait pas trop de passage et où nous pourrions discuter tranquillement, sans être dérangés ou importunés. Aucun restaurant en particulier ne me venait à l'esprit. Pendant ce temps, Gönül avait déjà commencé son plan drague avec le chauffeur, comme à son habitude. Chaque être humain a un vice caché en lui ; celui de Gönül n'a qu'à tenir un volant entre ses mains, et elle se laisse aller à ses fantasmes les plus torrides. Comment est le type et quel est son âge sont autant de considérations qui ne viennent qu'au deuxième plan dans son raisonnement.

— Vous êtes originaire de quel coin, monsieur ? attaqua-t-elle.

Il était de la région d'Iğdır.

En entendant le mot Iğdır, Gönül prit une inspiration si profonde, comme si elle humait la senteur d'un élixir de jouvence, que, par réflexe, ma tête s'est tournée vers elle.

— Qu'est-ce que vous conduisez bien, continua-t-elle.

Je sentis que je commençais à rougir et le type se mit à nous scruter dans le rétroviseur. Il n'avait pas besoin de dessin pour comprendre qui nous étions mais il était comme indécis quant au comportement à adopter. Nous avions dépassé le pont d'Unkapanı et atteignions le carrefour de Kasımpaşa. Le chauffeur nous demanda : « Galatasaray ou le tunnel ? Vous avez décidé ? » mais c'était plus qu'une simple question pour Gönül, une occasion pour poursuivre son opération. Elle passa au tutoiement :

— Qu'est-ce qui serait le mieux à ton avis ? (J'étais persuadé qu'elle s'en voulait de ne pas s'être assise à l'avant.) En fait, on va déjeuner. T'aurais pas une suggestion ? Y a pas un endroit sympa que tu connais ?

Je tentai de dissimuler ma gêne en tournant la tête du côté de la vitre et remarquai que le brun ténébreux m'observait dans le rétroviseur. Je n'en fus que plus embarrassé.

— Tu peux venir avec nous si tu veux, lui proposa-t-elle avant de se tourner vers moi : T'es d'accord, hein ? Fais-moi plaisir, abla chérie !

Comme si elle n'en faisait pas déjà assez, il fallait en plus qu'elle m'appelle « abla chérie » malgré mon look de mec. J'avais du mal à saisir ce qui était en train de se passer. Et pour quelle raison serait-il venu avec nous, d'abord ? Lui, de son côté, nous observait toujours dans le rétroviseur. Vu que nous nous en étions remis à lui quant à notre destination, ayant dépassé le tunnel, il continuait de rouler en direction de Galatasaray.

— Je raffole carrément des hommes qui viennent de l'Est…

Le moindre mot qui s'échappait de la bouche de Gönül était du dernier vulgaire et ses mimiques plus que suggestives.

— Moi aussi, je viens de l'Est, tu sais… De Van, poursuivit-elle.

Là, c'était carrément du rentre-dedans ! Pendant qu'elle lui parlait, elle passait sa langue sur ses lèvres à la manière des mauvais acteurs de films X allemands.

— Les hommes de chez nous, c'est quand même aut'chose…

Le chauffeur était, de toute évidence, d'un tempérament posé. Il remonta vers le sommet de la colline de Beyoğlu et s'arrêta lorsque nous arrivâmes devant la tour de Galata[1]. Il ne nous regarda même pas quand il désigna du doigt l'immeuble situé juste à côté pour dire :

— Il y a un restaurant assez sympa au tout dernier étage de cet immeuble.

Je lui tendis, sans attendre, le montant de la course et tentai de sortir de mon côté ; je voulais me jeter dehors au plus vite mais la portière ne s'ouvrait pas.

— Elle ne s'ouvre pas, celle-là. Sortez par l'autre côté, me dit-il.

Gönül avait ouvert sa portière mais n'avait pas l'air de vouloir descendre.

— Et si on ne trouve pas ? Tu pourrais peut-être venir nous montrer…

L'homme tendit à nouveau le doigt vers l'immeuble en question.

— C'est tout en haut, fit-il. Je crois que ça s'appelle Mefharet ou Meserret.

Il nous rendit la monnaie, après quoi j'ai poussé Gönül qui, bon gré mal gré, finit par sortir.

— Qu'est-ce qu'il était beau, quand même… tout à fait mon genre ! Et on peut pas dire que tu m'as beaucoup aidé. Merci, hein !

Je me suis contenté d'afficher un sourire pincé comme le font toutes les personnes qui ne trouvent pas leurs mots. Je crois savoir que ce genre de sourire

---

1. Tour de 62 mètres de haut située sur le versant d'une des sept collines qui forment la ville et au sommet de laquelle se trouve le quartier de Beyoğlu.

est interprété comme soit de la compréhension, soit de l'humilité, ou même des excuses. Gönül n'avait qu'à faire son choix.

Nous montâmes encore un étage après le dernier niveau desservi par l'ascenseur et arrivâmes sur une terrasse profitant d'une vue imprenable sur la Corne d'Or. Tout Balat, Fener et Ayvansaray s'offraient à nos yeux. Il n'y avait pas grand monde et c'était tant mieux.

Je voulais passer commande et commencer notre discussion au plus vite. Dès que les menus atterrirent entre nos mains, je demandai au serveur :

— Que nous suggérez-vous ?

— En entrée, nous avons une délicieuse salade de crevettes, ensuite…

Gönül le coupa net :

— Je mange pas de crevettes, moi.

J'intervins :

— Quels sont les plats du jour ?

— Du filet mignon aux champignons ou des schnitzels.

— Ça te tente ? demandai-je à Gönül.

— On n'a qu'à prendre les deux et partager, comme ça y aura pas de jalouse, suggéra-t-elle.

Ce n'était pas une mauvaise idée. Nous passâmes notre commande et, une fois le serveur parti, Gönül commença à parler :

— Bon, tu sais que j'ai mes déplacements professionnels.

Non, je ne le savais pas et je m'en fichais. Je n'ai même pas daigné lui répondre, mais elle n'avait pas l'air d'être disposée à poursuivre avant de s'étendre un peu sur le sujet.

— Tu dois savoir à quel moment les cueilleurs touchent leur paye, ma chérie… quand le ramassage des noisettes se fait, la cueillette des feuilles de thé aussi et quand ils ont leur argent. Tu dois, par exemple, savoir à quelle période de l'année les hommes vont à Ceylan pour faire la récolte du coton et en fonction de ça, tu dois être présente sur les lieux au moment le plus opportun pour être opérationnelle. Après avoir fini leur travail et s'être rempli les poches, qu'est-ce qu'ils veulent ? Nous ! C'est comme ça que je fais chaque année.

— Oui, c'est bien pensé, me suis-je forcé à dire.

— Évidemment que oui ! Je suis rusée, tu sais. Les gens me trouvent bête mais j'en ai là-dedans, fit-elle en se tapotant la tempe avec son index. Mais là, je peux pas tout te déballer d'un coup.

J'avais lu quelque part que certaines personnes ont le pouvoir d'exercer une influence sur les autres personnes se trouvant dans leur environnement proche. Gönül est, à coup sûr, de celles-là. Chaque fois que je suis en sa compagnie, j'ai comme l'impression que ma capacité de réflexion rétrécit et que mon quotient intellectuel régresse.

— Enfin… à la fin de la saison dernière de récolte de thé, je suis allée à Rize[1]. Je t'assure que c'est vraiment pas compliqué de connaître la période, ils en parlent à la télé. Je m'informe et j'y vais.

Le garçon nous apporta nos boissons. Gönül se tut jusqu'à ce qu'il reparte.

— Donc, me voilà à Rize… pour voir ce que je peux tirer de l'argent des récoltes. Ils ont un café qu'ils fréquentent là-bas ; j'y vais et je m'installe à une table. Des mecs, y en a à la pelle ! Un jour, y en a un qui vient me voir… un jeune bien bâti, un vrai

1. Ville située sur la côte de la mer Noire et connue pour sa production de feuilles de thé noir.

beau gosse, quoi. On s'est mis d'accord et il m'a emmenée chez lui. En tout, ils étaient six ou sept ; des frères. Et Joseph était le plus jeune. Je l'ai tout de suite capté, on aurait dit une fille. Il était si mignon… ces yeux… ces lèvres… un teint tout rose comme s'il était maquillé de naissance. Quand j'ai eu terminé avec ses grands frères, il s'est collé à moi et, sur le chemin du retour à mon hôtel, il m'a bombardée de questions du genre comment c'est Istanbul, qu'est-ce qu'il pourrait y faire s'il venait. Tout était clair, quoi…

Nos plats arrivèrent.

— Tu veux commencer par lequel ? me demanda-t-elle.

Je lui laissai le choix.

— Par le filet mignon.

J'ai coupé en deux le schnitzel, que j'avais pris devant moi, et mis le morceau qui lui revenait au bord de mon assiette.

— Voilà, en fait il ne m'a pas lâchée d'une semelle pendant les deux jours suivants et moi, quand je suis revenue, je l'ai emmené avec moi.

— Mais il était encore mineur, non ?

— Oui, je sais, mais si je ne l'avais pas emmené, moi, quelqu'un d'autre l'aurait fait. Il était décidé de toute façon, c'était la seule chose à faire.

— Tu n'as pas eu peur ? C'est quand même considéré comme un enlèvement d'enfant, fis-je.

— Pourquoi j'aurais eu peur ? Y en a qui marient carrément leurs enfants à cet âge !

— Et ses frères ? Qu'est-ce qu'ils en ont dit ?

— Alors là, je sais pas. On les avait même pas appelés.

Elle commença à parler moins vite du fait qu'elle s'était mise à manger. D'abord, elle coupait tous les morceaux de viande ; ensuite, elle les mettait un à un dans sa bouche.

— Je m'étais dit qu'on aurait pu s'entraider, reprit-elle. Il aurait travaillé avec moi et je lui aurais appris les ficelles du métier ; comme s'il était ma fille. C'est même moi qui lui ai trouvé son prénom. Un jour, je l'ai appelé Gül[1] parce qu'il me faisait penser à une rose avec son beau visage. Et c'est resté ainsi.

— Il t'aurait aussi fait gagner de l'argent, complétai-je.

— Eh bien, oui ! Comme je te l'ai dit, il était décidé. Lui voulait aller au bout de son rêve et moi, me faire un peu d'argent sur son dos au lieu que ce soit d'autres qui le fassent. C'est normal, non ? Et comme ça, plus tard, c'est moi qui l'aurais servi. On aurait travaillé toutes les deux et on aurait partagé. Je vais quand même pas tapiner toute ma vie pour vivre !

— Et ensuite, que s'est-il passé ?

— Il a fait la connaissance de cette pétasse de Ceren. Il avait déjà les yeux plus gros que le ventre ; ce qu'il voyait, il le voulait. Tu me connais, je jette pas mon fric par les fenêtres, je suis économe. Donc, il voulait tout ce qu'il voyait, et plus il en avait, plus il en voulait. Et finalement, Ceren l'a pris avec elle.

Elle fit une moue désabusée ; sa lèvre inférieure pendait façon Mürüvvet Sim[2] et ses yeux regardaient de côté comme pour démentir ce qu'elle venait de dire.

— Tu peux pas t'imaginer combien Ceren l'a fait travailler ; l'argent coulait à flots. Tu comprends, il était imberbe et beau comme tout… et, apparemment,

1. Équivalent turc du prénom Rose.

2. Actrice de cinéma turc (1919-1983).

les clients aimaient aussi sa conversation. Va savoir combien d'hommes il devait se faire par soir.

On pouvait sentir un soupçon de jalousie dans sa voix. Je la comprenais dans le sens où c'est elle qui avait trouvé et ramené la boîte à trésor, et c'est Ceren qui en avait profité.

— Tu as une idée de la façon dont il est mort ? demandai-je.

— Il s'est noyé… dans une citerne. Je savais qu'un truc dans ce genre allait lui arriver dès le moment où l'autre lui a mis le grappin dessus.

— Et un jour plus tôt, c'est Ceren qu'on a perdue dans un incendie, fis-je remarquer.

— J'espère qu'elle connaîtra pire que ça ! Qu'elle brûle dans les feux de l'enfer. Elle n'a eu que ce qu'elle méritait, cette sorcière ! C'est tout ce que je lui souhaite…

— Elle est morte de toute façon.

Nous échangeâmes nos assiettes et j'enchaînai avec le filet mignon.

— C'est pour ma Gül que je suis triste, moi, continua-t-elle. Elle était si belle… Comme son prénom. Son visage était beau et pur comme celui du prophète Joseph…

Mais oui, c'est ça ! Le truc qui n'arrêtait pas de me trotter dans la tête mais que je n'arrivais pas à définir venait tout à coup de s'éclairer comme un flash : la similitude entre ce qui est arrivé à Gül-Joseph et l'histoire de Joseph, le personnage biblique ! Ils étaient tous les deux connus pour leur beauté, et ils étaient les derniers d'une famille nombreuse. Joseph était le préféré de son père et il était beau et avait une âme pure. Il avait plusieurs frères plus âgés. Dans la Bible, ces derniers le précipitent au fond d'un puits parce qu'ils sont jaloux de la relation privilégiée qu'il a avec leur père. Gül aussi avait des frères aînés et elle est morte dans une réserve d'eau.

Le café noir qu'on me servit m'aida à ordonner mes idées. Ses frères avaient très bien pu la retrouver et la punir. Il ne faut pas oublier qu'il y a encore des gens qui perpétuent ce genre de tradition. La brebis galeuse est jugée par les membres décideurs de la famille et ensuite la sentence est mise à exécution… et par les méthodes les plus inhumaines que l'on puisse imaginer. Gül, c'est-à-dire Joseph, a très bien pu mourir dans ces conditions. Si l'hypothèse se révélait exacte, ce ne serait rien d'autre que de la barbarie ! Le simple fait d'y penser me fit froid dans le dos.

8

Je me suis débarrassé de Gönül sans perdre de temps afin de réfléchir à la situation. Si ce sont bien les frères de Joseph qui ont retrouvé sa trace et qui l'ont tué, ils auraient aussi bien pu tomber sur le nom de Ceren dans leurs investigations et décider de l'éliminer, elle aussi, pour le motif qu'elle aurait entraîné leur petit frère sur le chemin de la dépravation. Mais Ceren est morte avant lui... Peu importe, ils ont d'abord pu la faire parler, pourquoi pas en la torturant, ils lui sont peut-être même passés dessus les uns après les autres, et après, ils auraient retrouvé Joseph et commis l'irréparable.

Très bien, mais dans l'éventualité où cette hypothèse se révélerait exacte, la question de savoir comment la prouver se posa. Après tout, je n'avais rien d'autre que mes propres spéculations, et qui étaient peut-être stériles. Ma tension était à son paroxysme ; je n'arriverais jamais à me faire à l'idée que ce genre de barbarie puisse encore exister de nos jours.

La morue de l'institut médico-légal pouvait m'aider mais elle avait posé ses conditions : explorer mes profondeurs anales ! J'aurais pu me prêter à sa proposition en me disant que c'était pour la bonne cause et en prenant sur moi, mais l'idée de ne rien obtenir de probant en retour alors que je l'aurais laissée maltraiter mon anus m'a fait réfléchir à deux fois. Si, au moins, je savais ce que je cherchais, j'aurais pu essayer, pourquoi pas, mais je n'en avais pas la moindre idée. Soudain, le commissaire Selçuk Taylanç, que je n'avais pas vu depuis longtemps, me vint à l'esprit. Je suis retourné chez moi et j'ai fouillé dans mon répertoire téléphonique. Sur la dernière carte de visite que j'ai de lui, il est écrit « Chef de section » ; c'est dire qu'il est bien placé.

Il se passa un certain temps avant que j'entende sa voix :

— Ça par exemple ! Alors, quoi de neuf ? Un service à me demander, je suppose.

Je ne supporte pas ce genre de réflexion et encore moins en début de conversation ! Comme si mon répondeur était rempli de ses messages, qu'il passait son temps à m'appeler et que moi, je ne le faisais que par intérêt.

— Je ne veux pas te déranger, lui ai-je répondu. Je sais que tu as beaucoup de travail.

— J'ai toujours du temps à te consacrer.

Malgré son entrée en matière, je savais qu'il était sincère. Nous sommes amis d'enfance, Selçuk et moi ; nous avons grandi dans le même quartier. Il me protégeait lorsque nous jouions dans la rue et nous nous sucions les lèvres jusqu'à les faire enfler.

— Dis-moi, qu'est-ce que je peux faire pour toi ? reprit-il.

Je lui ai brossé le tableau de la situation. Je sais que ce n'était pas du ressort de son unité, mais je me dis qu'il aurait peut-être pu m'obtenir les rapports du médecin légiste.

— Ce que tu me dis là est intéressant. Tu es peut-être sur une piste sérieuse. Nos gars aussi ont pensé à cette hypothèse, et ils sont sans doute en train d'enquêter sur ses grands frères. Si tu me laisses un peu de temps, je me renseignerai pour toi.

— Et les rapports du médecin légiste ?

— Considère-les comme acquis. Je te les ferai envoyer.

En réalité, j'avais envie de lui suggérer de m'envoyer un de ses hommes pour que nous allions rendre une visite à la morgue. J'aurais voulu voir la tête de la morue qui voulait maltraiter mon anus si je me pointais avec un membre de la police. Je lui fis part de ma pensée.

— Non, pas la peine de pousser jusque-là ; on va d'abord essayer de régler cette affaire en faisant dans le simple.

Je lui ai donné mon numéro de téléphone et nous avons raccroché en exprimant le vœu de nous voir prochainement.

Je ne supporte pas d'attendre ; ça crée en moi une tension et je ne sais jamais comment m'occuper dans ces moments-là. Si je commence à faire quelque chose, je ne vais jamais jusqu'au bout et quand je ne fais rien, c'est encore plus insupportable ! Bref, patienter est un vrai calvaire pour moi.

J'ai décidé d'aller tuer le temps devant mon ordinateur. Il y a toujours des documents à vérifier et des programmes à télécharger ou à classer. Ou bien, je pouvais encore surfer sur Internet, faire du *chat* ou entrer dans un forum de cartes et jouer une partie en ligne. Je suis plutôt habile dans l'utilisation de l'outil informatique. Avec les fonctions que j'y ajoute régulièrement, mon ordinateur est de plus en plus performant, et ainsi, à la hauteur de mes capacités.

J'ai passé les tâches banales telles que la visualisation ou le formatage des CD. En jetant un coup d'œil aux anciens dossiers, je suis tombé sur la charte de création de mon site. Pendant que j'étais en train de l'effacer, le nom d'utilisateur de *Cihad2000* clignota au bas de l'écran ; il était connecté.

Je me suis immédiatement branché sur le Net en entrant directement dans le forum de mon site, « Les Filles nées garçons ». Non, *Cihad2000* n'y était pas mais il était certainement dans un autre forum. Je réussis à le trouver à l'aide d'un programme de recherche rapide. Il était dans les forums intitulés par ordre alphabétique, « âme sœur », « gay », « islam », « istanbul » et « sexe ». Il était si rapide qu'il arrivait à jongler avec les cinq en même temps.

Je lui ai proposé de passer en *chat* privé et un court instant plus tard, il me répondit par un *besmele*. J'écrivis que j'avais besoin de son aide et nous commençâmes ainsi notre conversation. Je suis désormais habitué à lire ses formules coraniques du genre « Allah est grand » qu'il a préparées à l'avance et qu'il envoie en bloc. Son zèle pour la religion reprit du service dès que j'écrivis qu'une des nôtres avait encore été tuée.

— *vous n'êtes tous que des impies ! La mort est votre délivrance*

mécréants !

sont impies ceux qui renient et transforment la création de Dieu

vous êtes nés garçons et vous vivez comme des femmes

la mort est votre délivrance

toi aussi, tu es un mécréant !

toi aussi, tu périras !

Je n'arriverai jamais à comprendre ces gens-là ! À croire que lui allait vivre éternellement.

— *il arrivera un jour où nous allons tous mourir n'est-ce pas ?* lui envoyai-je.

Il n'était pas encore passé aux caractères majuscules. Il voulut savoir de quel genre d'aide j'avais besoin lorsqu'il se calma un peu. Je lui ai demandé s'il savait quelque chose à propos de la mort de Joseph-Gül.

— *les prophètes sont la pureté même*
leur nom est sacré
nul ne peut leur porter atteinte
les sacrilèges qui souillent leur nom ne resteront pas impunis

Je commençais à saisir la portée de ses paroles.

— *tu n'as pas compris ?* continua-t-il.
Salih n'a pu échapper au tremblement de terre
Abraham a dû passer le test du feu
et Joseph a été jeté dans un puits
les noms des prophètes sont sacrés
ceux qui usent de leur nom ont intérêt à prendre garde
il y a 25 prophètes dans le Coran
et tant d'autres personnages sacrés
on dit que chaque peuple a son propre sauveur
Adam, Noé, David, Moïse, Mahomet, Jésus !

Sa virulence l'ayant repris, il passa alors aux majuscules :

CEUX QUI SOUILLENT LE NOM DES PROPHÈTES SONT DES IMPIES !
LEUR FIN VA BIENTÔT SONNER !

Il ne m'écoutait plus. Je vis sur la fenêtre réduite qu'il était entré dans le forum des « Filles nées garçons » et qu'il envoyait encore ses prédications en bloc, sa haine ayant repris le dessus. Je me mis à réfléchir au moyen de découvrir son lieu de connexion et son identité. Le téléphone sonna au moment où j'ouvrais le programme de recherche d'identification des internautes.

C'était Selçuk, pour me dire qu'il m'avait fait envoyer les rapports du légiste et que je les aurais le lendemain matin. Il m'apprit que les Seçkin – les frères de Gül – n'étaient jamais venus à Istanbul. Il n'y avait donc plus aucune raison de les soupçonner. Ils ne se sont même pas occupés de l'enterrement de leur frère et ont déclaré aux journalistes : « Notre frère n'existe plus pour nous dorénavant. »

— Viens dîner un de ces quatre. Tu verras aussi Ayla par la même occasion, me dit Selçuk.

Ayla est sa femme. Elle aussi est de notre ancien quartier. Quand nous étions enfants, Selçuk a sucé nos lèvres à tous les deux et a fini par préférer les siennes. Ils ont commencé à sortir ensemble dès le collège. En fait, ils m'ont toujours semblé former un couple, aussi loin que je me souvienne.

— Inşallah[1], répondis-je.

Voilà le genre de mots qui nous vient à la bouche lorsque l'on chatte avec des individus tels que *Cihad2000* !

Pendant ce temps, mon programme de recherche avait rempli sa mission. *Cihad2000* avait quitté notre discussion privée mais ce n'était pas bien grave car je venais de découvrir son point de connexion.

1. Formule signifiant « si Dieu le veut » et prononcée pour souhaiter qu'un événement se réalise.

9

Je connais plus ou moins l'histoire des prophètes. Il fut un temps où je me suis pris de curiosité pour les livres saints et les ai tous lus. De plus, mon intérêt pour les costumes de scène, les films, et mon admiration pour Ava Gardner m'avaient motivé à regarder le DVD de *La Bible* de John Huston, des années auparavant. Les bribes de souvenirs sur les histoires d'Adam et Ève, Abel et Caïn, Nemrod, sur l'arche de Noé, Abraham, Loth et Sodome et Gomorrhe me viennent de ce film-là. Peter O'Toole, qui était considéré comme le plus bel homme de cette époque, y joue le rôle d'un des trois anges qui vont dans la cité vouée à la perdition qu'est Sodome et Gomorrhe afin de prévenir Loth. On y voit un Sodome et Gomorrhe étrange et pas très convaincant en raison des mentalités réactionnaires des années soixante et de la censure qui s'ensuivait. Je me mis à m'imaginer les scènes porno qu'il y aurait si un producteur contemporain, audacieux et trash sur les bords, en tournait une nouvelle version.

Mes vagues connaissances sur l'histoire de Joseph me viennent d'un autre film, que j'ai vu dans mon enfance, dans lequel a joué Joseph Sezgin ; la similitude de son prénom avec celui de Gül – son prénom masculin de naissance – pousse à la réflexion.

Si mes souvenirs sont bons, Abraham fut jeté au feu par le roi mécréant Nemrod, mais les flammes se transformèrent en oiseaux. Il fut donc sauvé et le nombre de ses fidèles augmenta. Mais la pauvre Abraham-Ceren a péri au milieu des flammes, qui ne se sont pas muées en volatiles.

Cihad2000 a parlé d'un Salih qui n'a pu réchapper d'un tremblement de terre. Je bloquai sur ce point. Qui était le Salih en question et de quel tremblement de terre parlait-il ?

En faisant des recherches, je réussis à obtenir des informations sur ce personnage. Il fait partie des prophètes qui figurent dans le Coran. Il a été envoyé dans la tribu arabe de Semud qui idolâtrait une statue afin de les appeler à croire en un Dieu unique. Mais les gens de Semud ne l'ont pas cru et ont mortellement blessé la chamelle que le Créateur leur avait envoyée car ils voulaient voir de quelle façon le Dieu unique les punirait s'il existait réellement. À la suite de quoi, Salih leur a demandé de s'enfermer dans leurs habitations troglodytes et une terrible tempête ainsi qu'un tremblement de terre se sont déchaînés, provoquant la mort de ceux qui n'avaient pas cru en Dieu.

Ce qu'il faut retenir de ce récit est que le prénom de Salih fait référence à une tempête et à un tremblement de terre. Et la question qui se pose alors est : pourquoi *Cihad2000* a-t-il parlé de Salih sans raison apparente ? Laquelle de nos filles s'appelant Salih est décédée ? J'y réfléchis un instant mais ne parvins à trouver aucune réponse.

J'appelai Hasan, « la concierge » de notre communauté. Il fut d'abord perplexe en entendant le prénom de Salih mais il retrouva vite :

— Mais oui, bien sûr ! Toi, tu dois la connaître sous le pseudonyme de Deniz. Ça fait quelques mois déjà. Elle est morte en tombant dans une cage d'ascenseur.

Effectivement, ça me revint. Les circonstances de son décès n'avaient donné lieu à aucune suspicion ; elle était tombée dans la cage d'ascenseur d'un des immeubles d'Ataköy. L'affaire n'était aucunement liée au tremblement de terre[1]. La secousse avait effectivement touché Ataköy mais n'avait fait aucun dégât. Il n'y a donc aucun lien entre cet événement et la mort de Deniz. Nous avions été tristes pour elle mais l'avions vite oubliée.

— Sais-tu si, parmi les filles, il y en a qui ont un prénom du genre Jésus, Moïse, Noé… ? m'enquis-je.

— C'est quoi ça, une leçon sur l'histoire des prophètes ? répondit-il.

Eh bien oui, une série de décès est en phase de déroulement et elle renvoie à l'histoire des prophètes. Les filles qui ont un prénom de prophète disparaissent l'une après l'autre et leur mort est étrangement similaire à celle des saints hommes.

J'attendais les rapports que Selçuk m'avait envoyés pour prendre connaissance des détails sur les morts de Gül et de Ceren, c'est-à-dire de Joseph et d'Abraham, mais je pouvais d'ores et déjà me mettre à réfléchir à celle de Salih, alias Deniz. Ce n'est pas l'envie qui me manquait, mais que pouvais-je espérer apprendre sur un événement vieux de trois mois ? La réponse fut « rien ! » ou quelque chose qui s'en rapproche.

Je ne connaissais pas Deniz intimement. En revanche, elle était proche de Çise, une des habituées du club. Elles ont habité ensemble un moment et leur colocation a pris fin quand Çise a balancé contre le

1. Celui qui a frappé Istanbul en 1999.

mur le caniche de Deniz qui avait pris l'habitude d'uriner sur ses vêtements. Une petite conversation avec Çise, ce soir, au club, me permettrait d'y voir plus clair.

Je réfléchis aux différentes perceptions que j'avais de la situation : a) j'étais en pleine crise de paranoïa ; b) *Cihad2000* me provoquait avec ses délires ; c) un criminel psychopathe avait entamé une série de meurtres ; d) tout cela n'était rien d'autre qu'un ramassis de coïncidences.

La paranoïa a ses avantages, notamment une approche prudente de la vie. Pour ma part, je n'en ai jamais souffert jusqu'à présent. En vérité, je n'aime pas les personnes qui en sont totalement dépourvues. Pourquoi faudrait-il que l'on soit toujours zen et détendu ? Moi, je le dis : c'est idiot ! Avoir une attitude soupçonneuse à certains égards peut avoir ses avantages. En y réfléchissant, on se rend compte qu'il y a tant de choses dans la vie qui doivent susciter notre méfiance.

J'éliminai d'office le choix d) car si ces décès sont des coïncidences, pourquoi me tracassent-ils autant ? Il ne me reste plus qu'à prouver qu'ils ne le sont pas.

On peut naturellement penser à *Cihad2000* pour être ce criminel psychopathe, ou alors il ne fait que fabuler. Dans les deux cas, il est au courant des décès et de leurs circonstances, et cela mérite que l'on se penche dessus. Trouver sa trace et vérifier par moi-même ne devraient pas me poser trop de problèmes ; ça vaut le coup d'essayer en tout cas. Même s'il n'en sortait rien, je lui tirerais au moins les oreilles et lui, il prendrait peur et ne nous enverrait plus ses prophéties farfelues.

La probabilité d'un tueur en série est forte et inspire la frayeur. Une foule de questions sur son identité et ses motivations se pressent dans ma tête. Le cas échéant, il faut absolument l'arrêter avant qu'il ne fasse d'autres dégâts.

Je réussis enfin à trouver l'adresse du lieu de connexion de *Cihad2000*. Comme il fallait s'y attendre, ses coordonnées étaient factices, mais je n'eus aucune difficulté à obtenir son véritable nom sur le serveur *doruk.net* par lequel il passe. Sa fiche d'inscription mentionnait *kbarutcu@doruk.net.tr*. Doruk est un site qui ne compte pas un grand nombre d'utilisateurs et qui héberge principalement les entreprises. C'est pourquoi leur système de protection est assez performant. Ce qui ne signifie en aucun cas que je ne peux pas en venir à bout.

Je me suis préparé un thé noir avant de m'atteler au travail. Je réfléchis à la trame à suivre tout en avalant quelques gorgées et passai à l'action. Je dois avouer que ça m'a pris plus de temps que je ne l'aurais pensé. J'ai rencontré d'inutiles barrières de protection mais dès lors que j'ai trouvé le bon mot de passe, le reste des informations suivit comme le fil d'une chaussette que l'on défait.

Je découvris enfin que *« kbarutcu »* désignait Kemal Barutçu et qu'il habitait Beşiktaş. Je pris note de son adresse et de deux numéros de téléphone. Rien n'indiquait s'il s'agissait d'un lieu professionnel ou résidentiel. Je devais prendre mes précautions en conséquence, car je n'avais aucune envie de voir débarquer les membres de sa famille ou ses collègues de travail s'il ne devait pas s'y trouver seul. Je n'estimais pas courir un risque majeur en lui rendant visite, mais je devais d'abord régler la question en passant un coup de fil. Par mesure de sécurité, j'ai évité de l'appeler de chez moi afin de préserver mon identité. J'ai mis en marche le programme de cryptage téléphonique et je me suis branché sur un point d'appel enregistré sur l'île de Jersey ; c'est ce qu'il allait voir apparaître comme numéro d'appel. La communication serait donc enregistrée sur la ligne de la personne à qui elle appartenait réellement, sur l'île de Jersey.

Il n'y eut pas beaucoup de sonneries. La voix nasillarde et timorée d'un homme paraissant jeune m'accueillit avec un « allô ? ». Le fait de ne m'être pas trompé sur son âge me réconforta.

— M. Kemal, s'il vous plaît, demandai-je.

— Oui, c'est moi, répondit-il.

Il avait une bonne diction mais il parlait à voix basse.

— Excusez-moi de vous déranger, je voudrais savoir si ce numéro de téléphone est celui d'une résidence ou d'un lieu de travail.

— De quel endroit appelez-vous ?

Le ton de sa voix était monté d'un cran.

— Je vous appelle en rapport avec le service clientèle Internet, fis-je.

— Oui...

— C'est pour une enquête. C'est une résidence ou un lieu de travail ?

— Une résidence.

Ayant obtenu l'information que je voulais, j'ai raccroché après l'avoir remercié ; il était inutile de m'éterniser.

C'était le moment de rendre une petite visite à Kemal Barutçu, alias *Cihad2000*, l'homme à la voix hargneuse. Même si je n'en tire rien d'intéressant, j'aurai au moins l'occasion de le mettre en garde contre les horreurs qu'il déblatère sur mon site. Je veux personnellement l'avertir de ce qui pourrait lui arriver s'il persiste à faire des choses qui ont le don de m'énerver, et que je rendrai publique son identité, quels que soient les nouveaux noms d'utilisateur qu'il prendra.

10

Je mis une tenue masculine et me rendis à Beşiktaş, dans la rue Akdoğan, parallèle au boulevard Barbaros. Le prolongement de la rue s'appelait « Rue des hommes dont on peut tomber amoureux » ; sympa comme nom de rue.

L'immeuble que je cherchais est une petite bâtisse grise qui ne paye pas de mine et qui est coincée entre deux immeubles plus élevés. La porte d'entrée était close. Les sonnettes ne comportaient pas de noms, juste des numéros, et il n'y avait pas de bouton d'ouverture automatique. J'ai appuyé sur la sonnette de l'appartement numéro deux. Voyant que rien ne se passait, j'ai réitéré mon action, après quoi, le son de l'ouverture automatique se fit entendre. Il faisait sombre dans le hall d'entrée d'où émanait une odeur d'humidité. L'appartement deux se situait au premier étage. Une voix de femme parvint de la cage d'escalier :

— Qui c'est ?

La réponse classique du « c'est moi » qui se révèle bien efficace dans la plupart des cas ne l'aurait pas été dans celui-là ; elle aurait eu pour seul effet de jeter un trouble dans l'esprit de la femme qui aurait commencé à paniquer. Et je n'avais pas réfléchi à une réponse éventuelle, tenant pour acquis que ce serait Kemal Barutçu qui m'accueillerait.

— Je cherche Kemal Barutçu, répondis-je pendant que je gravissais les marches à pas rapides.

Je n'avais pas terminé ma phrase que j'étais déjà à l'étage. Une femme de petite taille, les cheveux couverts d'un foulard, était plantée derrière la porte entrouverte ; ce devait être sa mère. Ses yeux d'une couleur sombre me fixaient avec curiosité.

— Qui êtes-vous ? demanda-t-elle.

— Je cherche Kemal Barutçu, répétai-je. Est-ce qu'il est là ?

— Oui, il est là, répondit-elle, où voulez-vous qu'il aille ?

— Nous nous sommes connus sur Internet, dis-je – ce qui n'était pas faux.

Elle ouvrit grand la porte et m'invita à entrer.

— Je vous en prie, me dit-elle. Kemal est dans sa chambre.

J'hésitais entre ôter ou garder mes chaussures. Il était plus judicieux de les garder dans l'éventualité d'une fuite précipitée, s'il devait y avoir des complications. Je les ai longuement essuyées sur le paillasson.

— Vous pouvez les garder, m'a-t-elle dit.

C'était un appartement modeste mais confortable. Les meubles laissaient à penser qu'ils avaient été achetés à crédit au magasin du coin. Rien ne clochait jusque-là. Si, il n'y en avait pas beaucoup. Alors que ce genre d'appartement est en général rempli de meubles partout où la place le permet, celui-là pouvait être considéré comme presque vide. Plus important encore, il n'y avait ni moquette ni tapis au sol, juste un stratifié imitation parquet. Et ça ne ressemblait pas aux habitations des fanatiques religieux comme je me les imaginais. Les murs n'étaient pas couverts de sourates et il n'y avait ni lutrins avec des livres en arabe posés dessus, ni petits tapis de prière dans chaque recoin. La chambre de Kemal, dans laquelle nous entrâmes après avoir frappé à la porte, donnait sur un parc. Elle était lumineuse. L'individu qui nous tournait le dos devant son ordinateur était Kemal Barutçu et il était assis dans un fauteuil… roulant !

Quand sa mère posa sa main sur son épaule, il leva la tête et me regarda. J'avais l'impression de me trouver devant le représentant local de Stephen Hawking. Il me gratifia d'un large sourire qui exposait ses gencives.

— Bonjour, me dit-il.

Il me tendit sa main droite. Au moins, ses bras avaient l'air de fonctionner.

— Je savais bien que tu viendrais, ajouta-t-il, mais tu en as mis du temps !

Ce qu'il venait de dire me laissa on ne peut plus perplexe. Se tournant vers sa mère, il ajouta :

— Maman, tu veux bien nous préparer du thé ? Et s'il en reste, apporte aussi des petits gâteaux.

La mère quitta la pièce sans dire un mot.

— Tu veux bien fermer la porte ? Ma mère a tendance à tendre l'oreille.

Je me suis exécuté et j'ai cherché du regard un endroit où me poser. Le seul coin libre était son lit. Il m'invita d'un signe de la main à m'asseoir dessus, puis il tourna son fauteuil vers moi. Il m'observait, un sourire figé sur le visage. Tout dans son regard suintait l'intelligence.

— Tu en as mis du temps à me trouver. Encore un peu et j'allais perdre espoir. J'ai remarqué que tu me filais sur Internet ; c'est ce qui m'a laissé penser que j'allais très bientôt te voir, et te voilà !

— Je ne comprends pas, fis-je.

— Figure-toi que moi aussi je te surveillais, continua-t-il avant de me faire ce qui semblait être un clin d'œil derrière les verres épais de ses lunettes. C'est classique entre personnes qui s'admirent…

Donc, j'étais moi aussi suivi à mon insu. Comme je ne cesse de le dire, on a beau avoir les systèmes de protection informatiques les plus performants, avec un peu d'effort, il est toujours possible d'en venir à bout. Mon interlocuteur venait de le confirmer une fois de plus.

— Je ne m'en suis pas rendu compte, avouai-je.

— Évidemment ! dit-il avec fierté. Je dois avouer que j'admire tes compétences informatiques ; je suis de près tout ce que tu fais. Tu es une référence en la matière. Si Dieu le veut, je le serai aussi un jour.

Je jetai un coup d'œil furtif à son matériel et vis qu'il avait un équipement de taille. Il disposait de tout le nécessaire pour pouvoir faire absolument tout ce que l'on peut imaginer faire avec un ordinateur.

— Tu sais, reprit-il, je t'ai toujours imaginé autrement…

— Désolé de te décevoir, ironisai-je. À vrai dire, moi aussi, je t'avais imaginé autrement.

Je dois avouer que j'étais loin de penser qu'il pouvait être dans un fauteuil roulant. Une telle situation ne m'avait pas effleuré l'esprit vu ce qu'il nous écrivait, et avec quelle impétuosité. Il pouffa de rire ; sa voix devint encore plus aiguë, jusqu'à imiter celle d'un enfant.

— Bon Dieu, tu m'as trouvé ! dit-il.

À cet instant, le sentiment de colère qu'il m'avait inspiré fut étouffé par la pitié, sans que j'aille pour autant croire que son état l'avait rendu angélique et inoffensif ; il nous avait prouvé le contraire ! Notre thé et nos petits gâteaux saupoudrés de sucre glace furent servis.

Il raisonne différemment de moi et il connaît la plupart des opérations que j'ai réalisées sur mon ordinateur. Il admire mes connaissances dans le domaine et me prend comme modèle au point de vouloir se mesurer à moi. Le détail qui nous différencie est que je travaille avec des multinationales alors que lui, c'est avec des sociétés nationales appartenant à des fanatiques religieux ; il effectue pour leur compte des opérations telles que la création ou le renforcement de leur système de sécurité ou de sites web. Son nom n'est donc pas aussi reconnu que le mien dans le milieu et, par conséquent, ses tarifs ne sont pas aussi élevés.

La jalousie et l'admiration qu'il nourrit à mon encontre ont fait qu'il s'est beaucoup trop renseigné sur moi. Je l'admets, ce ne sont pas des informations top secret mais le fait de passer ses journées à la maison, devant son ordinateur, ne légitime pas son acte pour autant.

Son handicap est de naissance ; la conséquence d'un mariage endogamique. Ses parents n'ont pas fait d'autres enfants, ayant eu leur compte avec lui. Les brimades qu'il a dû subir durant son enfance et son adolescence l'ont conduit à arrêter ses études dès la fin du lycée, bien qu'il ait obtenu le bac. C'est là qu'Internet prend toute son importance dans sa vie en lui permettant de garder une fenêtre sur le monde extérieur sans bouger de sa place.

Contrairement à ce que je pensais, il n'a pas fréquenté d'école coranique mais sa foi islamique est incontestable. Même s'il ne peut en respecter tous les rites à cause de son handicap, il fait de son mieux. Il est convaincu d'avoir été envoyé à ses parents comme châtiment divin. De son point de vue, nous sommes tous en train de subir un test, ici bas. Et leur purgatoire à eux, c'est lui. Après sa naissance, ils se sont enfermés dans leur bulle et ont quasiment perdu toute vie sociale. Toutefois, à ce jour, ils ne s'en sont pas mal sortis. Sans être aussi engagés que lui dans la voie de la religion, ses parents n'ont rien fait pour l'en empêcher. Ils ont même fait tout ce qui était en leur pouvoir pour que leur petit garçon grandisse en ayant la foi. Au début, une hacı[1], puis un hoca[2] du quartier lui ont dispensé les cours, et quand il a atteint un certain âge, il a continué à étudier seul. Son père exerce la profession d'inspecteur des banques. Il est toujours en déplacement et, durant les rares moments qu'il passe à la maison, il est trop fatigué pour s'occuper de sa progéniture.

Les petits gâteaux étaient délicieux, bien garnis. Je ne les aime pas lorsque la garniture est si minime qu'il disparaît lors de la cuisson. Si je continuais à les ingurgiter à ce rythme, j'aurais tôt fait de le regretter. De toute façon, ces derniers temps, mon alimentation est déséquilibrée. J'ai une fâcheuse tendance à prendre du poids avec l'arrivée de l'automne ; ma constitution me joue ce tour comme pour me préparer à l'hiver.

D'après l'explication que Kemal me fournit, il ne nourrit aucune haine particulière envers les travestis. Il nous compte seulement parmi les autres infidèles et pécheurs qui sont, pour lui, les gays, les lesbiennes, les juifs, les socialistes, les personnes qui consomment de l'alcool, celles qui s'habillent légèrement, et les autres qui n'apprennent pas à leurs enfants à prier ou à respecter le jeûne. Il estime important le nombre de ceux qui ne réussissent pas leur test sur terre et de mécréants qui se sont engagés sur le mauvais chemin. Et nous, nous faisons partie de ceux-là. Ce qu'il écrit sur le Net ne vise donc rien de précis. Il va dans

1. Musulmane qui a fait le pèlerinage de La Mecque.

2. Professeur d'études coraniques.

presque tous les autres *chatrooms* et agit de même, et personne ne tente de l'en empêcher ; ils ne doivent pas se sentir concernés. Son objectif, c'est d'inviter ceux qui le souhaitent à s'engager dans la Voie de Dieu. Quant à le faire ou non, c'est l'affaire de chacun.

Il est complètement homo. Cette certitude ne vient pas de confidences qu'il m'a faites mais de mes extrapolations personnelles. Le manque de confiance en lui, les mimiques et la gestuelle lorsqu'il s'exprimait, le regard qui se dérobe lorsqu'il me dit « ils ne doivent pas se sentir concernés » étaient très révélateurs. La probabilité qu'il ait eu ne serait-ce qu'une seule relation sexuelle est à peu près nulle ; en tout cas, c'est ce qu'on se dit en voyant son état. Il a disserté assez joyeusement sur les infidèles, les pécheurs et l'impureté, mais quand il a abordé l'homosexualité, une certaine lueur dans son regard l'a trahi.

On peut comprendre, dans une certaine mesure, cette haine qu'il nourrit au fond de lui. Je compatis dans le sens où il est privé d'un des attributs les plus fondamentaux de la vie qu'est celui de pouvoir marcher, et il voit le reste du monde faire tant de choses ; des choses qu'il ne pourra jamais faire. Je suis persuadé qu'il doit connaître sur le bout des doigts les sites porno du web où il est connecté vingt-quatre heures sur vingt-quatre et qu'il doit les consulter fréquemment. Il n'est pas difficile d'imaginer ce qu'il doit ressentir en voyant ce qu'il y a à l'écran et la révolte qui s'ensuit quand il se rend à l'évidence de sa situation.

— Tu es pas mal comme ça aussi, me complimenta-t-il. J'ai pu intercepter deux de tes photos que tu avais envoyées par Internet à tes amis. Tu y portais une minirobe en cuir.

Effectivement, c'étaient des photos prises lors de la soirée d'anniversaire d'Ipekten. Je les avais envoyées par mail à toutes mes connaissances. Ainsi, il a même intercepté mes photos... Mais elles n'étaient même pas réussies. J'y avais l'air d'une héroïne des bandes dessinées fantastiques de mon enfance, telles Vampirella ou Angelica Huston dans *La Famille Addams*, mais dans une version plus *hot*.

— Tes cheveux étaient longs, enchaîna-t-il.

— Une perruque.

— Tu portais aussi des bottes à talons aiguilles.

— Oui, quand il fait nuit... ce serait un peu compliqué en journée.

— Pas grave. Tu es bien comme ça aussi.

J'avais un look on ne peut plus masculin mais ça n'avait pas l'air de tellement le gêner ; il était tout disposé à assouvir ses pulsions. Je me dis que s'il avait l'occasion d'avoir ne serait-ce qu'une relation, sa vie et sa vision de la vie changeraient aussitôt... mais je ne pouvais pas non plus faire du social en me sacrifiant ainsi. J'aurais pu condescendre à lui offrir ce qu'il n'a jamais eu, mais je ne voulais pas non plus vivre une expérience qui hanterait mes nuits.

Au terme de ce temps passé à discuter, je lui fis part de l'objet de ma visite. Il ne restait plus rien de l'effervescence qui l'animait sur le Net ; il ne fit qu'émettre quelques grognements désapprobateurs pendant qu'il m'écoutait et son regard était littéralement scotché à mes lèvres. Ce genre de comportement me met mal à l'aise. Je préfère de loin que l'on me jette un petit regard furtif sans pour autant que je me sente emprisonné.

Sa voix était rauque lorsqu'il me dit :

— Je ne suis au courant de rien... mais qui que ce soit, je le félicite ! Ils n'ont eu que ce qu'ils méritaient ! Et j'espère que tu es le prochain !

Tout compte fait, il n'avait rien perdu de son parler outrancier, et ça me mit hors de moi. Je me surpris à lui envoyer une bonne gifle. C'était un geste incontrôlé ; j'en eus honte… Mais je déculpabilisai aussitôt lorsque je vis son visage s'illuminer. J'avais compris son jeu : j'avais affaire à un masochiste, et qui plus est, il était en manque. Il continua à proférer ses injures à voix basse pour éviter d'être entendu de sa mère :

— Bien fait pour eux ! Pécheurs qu'ils sont ! Qu'ils aillent tous en enfer !

Il parlait en sifflant à la manière d'un serpent. J'étais indécis quant à lui offrir une nouvelle gifle. Il la désirait ; son regard était avide.

J'ai déjà eu l'occasion de rencontrer des masochistes par le passé, mais jamais qui soient handicapés. Il existe dans le monde gay la sous-catégorie, assez étendue, des sadomasos. Ils se définissent avec les initiales S.M. qui ont pour signification « sadomasochiste » ou encore « slave-master », c'est-à-dire « esclave-maître » en anglais. Personnellement, ça ne fait pas partie de mes centres d'intérêt mais je connais leurs pratiques pour ce que j'en ai vu dans les films ou sur le web.

Je l'ai empoigné par sa crinière touffue et sauvage et l'ai tiré vers l'arrière. Son souffle s'est arrêté un instant, puis je lui ai craché en pleine figure.

— Espèce de fumier ! lui ai-je lancé.

Il produisit le même son sibilant, ouvrit grand les yeux pour me regarder avec stupeur et il lécha la partie de mon crachat qui avait atterri sur sa bouche. Je l'ai empoigné par le menton pour relever sa tête, et lui me fixait d'un air suppliant ; il avait entrouvert ses lèvres pendantes. Je me suis penché sur lui et j'ai rapproché mon visage du sien pour le regarder droit dans les yeux.

— T'es rien d'autre qu'un déséquilibré !

— Ouiii… ! soupira-t-il.

Sa voix tremblait d'excitation ; j'ai craché de nouveau sans même hésiter. Cette fois-ci, il reçut ma salive en plein sur la bouche. Sa main était sur son sexe. Je n'étais pas certain qu'il ait conscience de ce qui lui arrivait, en proie à ses pulsions libidinales. Je fis un mouvement pour attraper sa main que j'ai levée en l'air.

— Pas de ça avec moi ! fis-je.

Ma facette prude entrait en action. J'attrapai son autre main qui prenait le même chemin. Je crois savoir que les handicapés moteurs ont de la force dans les bras mais il n'en faisait pas usage.

— Encore ! S'il te plaît ! supplia-t-il.

Je l'ai relâché et l'ai à nouveau giflé ; de la bave gicla de sa bouche. Sa main regagna son pénis. Il était sur le point de jouir mais je ne savais pas quoi faire d'autre pour l'y aider. J'essayai de pincer ses tétons mais ce n'était pas évident avec l'épaisseur de son training. Je n'étais même pas certain d'avoir les doigts posés au bon endroit mais il s'empressa de mettre son torse à l'air. Les yeux clos, il était secoué par des spasmes. Je lui ai donné une nouvelle gifle en guise de dernier coup de pouce, et enfin il éjacula…

Il avait mouillé son vêtement et m'observait d'une manière qu'on peut qualifier de bizarre. Les hommes qui ne s'assument pas ressentent toujours un sentiment de remords après l'éjaculation. Certains veulent s'en aller au plus vite et vivre seuls leur détresse, et d'autres se laissent envahir par la haine et défoulent leur culpabilité sur leur partenaire ; ceux-là me font peur. Leur lâcheté et les actes qu'ils commettent pour vaincre leur mauvaise conscience prennent des proportions que l'on n'ose même pas imaginer. C'est parmi ces individus-là qu'il faut chercher les criminels.

Je n'avais aucune idée de la réaction que Kemal allait avoir. Son regard exprimait la culpabilité mais aussi le soulagement et la satisfaction.

— Tu te débrouilles pas mal, me dit-il.

Ça signifiait qu'il avait apprécié. Et il n'avait pas l'air de culpabiliser tant que ça.

— On a commis un péché, avoua-t-il tout de même.

— Je vois que tu reconnais tes fautes, ironisai-je.

— Nous sommes des pécheurs, tous autant que nous sommes… Mais en même temps, c'est bien pour se laisser aller à des tentations que nous sommes sur terre, non ?

Quel revirement d'opinion ! Je n'en croyais pas mes oreilles.

Il me supplia de revenir le voir. Il ne manqua pas de préciser que si je le prévenais assez à l'avance, il pourrait faire en sorte que sa mère ne soit pas à la maison afin que nous recommencions notre petit jeu, mais déshabillés cette fois. Je crus que j'allais vomir… Il me promit de ne plus envoyer ses horreurs sur mon *chatroom*. Je lui fis comprendre que, dans le cas contraire, je raconterais dans tous les forums ce que nous avions fait avec ses nom et adresse bien en évidence ; il reçut le message cinq sur cinq. Contrairement à lui, je n'ai absolument rien à cacher : je m'assume.

Il promit également de faire des recherches sur les décès des filles et de me tenir au courant s'il trouvait quelque chose. Et c'est dans ce cas seulement qu'une nouvelle visite pourrait être à l'ordre du jour. Moi, de mon côté, je vais lui envoyer des contrats qui pourraient l'intéresser, c'est-à-dire ceux dont je ne voudrais pas. Nous nous entendîmes sur ce sujet aussi.

Il voulut m'embrasser au moment de nous séparer,

mais maintenant que je savais ce qui l'excitait, je m'y suis refusé pour le faire souffrir. Je me demandai si je devais lui donner une dernière gifle ou non. J'ai finalement collé mon genou dans le creux de sa gorge et j'ai relevé sa tête. Il eut du mal à respirer.

J'ai braqué mon regard dans le sien. Il attendait... mais ni lui ni moi ne savions ce qu'il attendait. Finalement, j'ai lâché prise d'un mouvement brusque qui fit légèrement balancer sa tête sur le côté et je suis parti.

— Je t'en prie, reviens me voir ! s'écria-t-il. Sinon, j'ai moi aussi de mauvais tours à te jouer...

11

Kemal – le handicapé moteur – a peut-être des goûts étranges, des sentiments de culpabilité qui en découlent, des manières agressives et une vision radicale de la religion, il n'a pas l'étoffe d'un assassin.

La nuit était déjà tombée lorsque je sortis de chez lui. J'étais en train de vivre une longue journée riche en rebondissements. De retour chez moi, je vis que mon répondeur regorgeait de messages. Le premier était d'Ayla. Elle disait appeler pour entendre ma voix et avait raccroché après avoir émis le souhait de me voir prochainement. Je décelai encore, comme chaque fois qu'elle s'adresse à moi, ce ton acerbe qui lui reste de notre enfance. L'idée qu'elle peut encore être jalouse de moi après toutes ces années est franchement risible. Selçuk l'a choisie, elle, et ils se sont mariés. Que voulait-elle de plus ?

Le message suivant était de Hasan. Sa voix trahissait l'excitation. Il affirmait avoir des informations en or pour moi et me demandait de le rappeler dès que possible.

Ensuite, c'était Pompon. Elle était paniquée. Elle disait que Hasan l'avait appelée et qu'elle ne comprenait pas ce que j'étais en train de trafiquer. Moi non plus, je ne comprenais rien à ce qu'elle me racontait !

Parmi les filles de notre milieu, c'est avec Pompon que j'ai le plus d'affinités. Elle est cultivée et fine d'esprit. Aussi loin que je me souvienne, elle gagne sa vie en faisant des drag-shows dans des endroits de grand standing, ce qui lui assure un bon confort de vie. Elle anime notamment des fêtes d'anniversaire, des soirées privées et même des fêtes de circoncision. « Que veux-tu que j'y fasse, ma chérie ? m'a-t-elle dit un jour. Qu'est-ce que j'y peux, s'ils tiennent absolument à me présenter à leurs marmots le soir de leur circoncision, dès lors qu'ils sont devenus des hommes ? Béni soit le peuple ! » La connaissant pour être joviale et même un peu insouciante, l'entendre parler ainsi m'intrigua.

Ali, qui a l'art de m'appeler pendant mon absence, m'avait également laissé un message. Il disait vouloir discuter d'une proposition de contrat qu'une société allemande du nom de *Frechen Gmbh* lui avait faite, et me demandait de le rappeler quelle que soit l'heure. Le son de sa voix indiquait que la rémunération proposée était alléchante. C'est Ali tout craché ; sa voix prend une certaine assurance dès qu'il sait qu'il va ramasser un pactole.

Hormis Ayla, tous m'avaient demandé de les rappeler. Je donnai la priorité à Pompon.

— Mais où étais-tu donc passé ? lâcha-t-elle d'emblée.

— Pourquoi, que se passe-t-il ?

— Eh ben, ton cher employé Hasan m'a appelée et on peut dire qu'il m'a chamboulé la tête ! Je crois que je vais devenir folle !

— Explique.

— Il y aurait un psychopathe ou un réseau, des gens dangereux, et ils tueraient les travestis. C'est toi qui lui en aurais parlé, mais tu ne saurais pas qui c'est.

Hasan a encore frappé. Il se peut qu'il ait raison,

mais je n'ai pas encore assez avancé dans l'enquête pour prétendre cela. Je me suis demandé d'où il pouvait tenir ces éléments, si entre-temps il n'a rien appris de nouveau ; mais il m'a dit dans son message qu'il avait des informations d'enfer à me communiquer.

— Je ne sais pas, répondis-je, rien n'est sûr. Ce ne sont, pour l'instant, que des hypothèses.

— Oui, mais Hasan ne m'a pas dit ça.

— Je ne lui ai pas encore parlé aujourd'hui. Il en sait peut-être plus que moi mais, crois-moi, pour le moment, je ne peux rien dire de plus. Mais raconte, pourquoi tu t'en fais tellement, toi ?

— M'enfin, j'm'appelle Zacharie !

— Et alors ?

— Comment ça : « Et alors ? » Zacharie est aussi un nom de prophète. Si, comme le prétend Hasan, le tueur en série en a après celles qui ont un prénom de prophète, ça veut dire que je suis sur la liste, non ?

J'ai tellement l'habitude d'appeler Pompon par son pseudonyme, depuis toutes ces années, que j'en avais oublié qu'elle avait un véritable prénom.

— Là, je peux te dire que j'ai les boules ! continua-t-elle. Hasan m'a vraiment fichu la frousse. Je ne pourrai plus aller au travail toute seule maintenant. Il faudra que je trouve quelqu'un pour m'y accompagner et surtout, il est hors de question que je reste seule la nuit !

— N'exagère pas, Pompon.

— Je n'exagère rien du tout. Essaye de comprendre, j'ai peur. Pour rien au monde je ne resterai seule !

— D'accord, viens chez moi si tu veux.

— Dans ce cas, je viens tout de suite. Et je partirai de chez toi pour aller au travail. Maintenant que j'ai ça dans la tête, je n'arrive plus à rester tranquille…

— Bon, je t'attends.

J'ai appelé Hasan dès que j'ai raccroché, mais ça

sonnait occupé. Évidemment, il fallait bien qu'il passe son temps au téléphone pour récolter autant d'informations et ensuite les répéter à qui veut l'entendre. Le salaire que je lui verse doit entièrement servir à payer ses factures téléphoniques. Mais heureusement pour lui, il se fait de très bons pourboires.

Je décidai de rappeler Ali plus tard. J'étais certain qu'il allait me retenir au téléphone et je n'avais aucune envie de parler travail, particulièrement si ça concernait l'entreprise allemande. Il y a que je n'aime pas leurs pornos ; ils constituent l'archétype de la médiocrité dans le genre. Ils ont réalisé des films X de tous les styles, avec toutes les sous-catégories existantes dans le genre, mais le seul résultat qu'ils ont obtenu est de nous couper tout désir. Ils ne sont même pas fichus de mettre, dans leurs films, ne serait-ce qu'un seul homme ou une femme qui aient un physique à nous faire fantasmer. Et la plante de leurs pieds est en général noire de saleté. Ils sont nuls à ce point !

J'ai retenté de joindre Hasan ; ça sonnait toujours occupé.

On frappa à la porte. C'était Pompon, qui habite deux rues plus haut. Je compris qu'elle avait sauté dans sa voiture dès que nous avions raccroché. Elle tenait à la main un grand sac à costumes.

— Mais aide-moi donc, fit-elle, j'ai encore deux sacs !

Peut-être avait-elle l'intention de s'installer définitivement chez moi. Les sacs en question étaient en réalité des valises. Elle ne peut pas toutes les avoir préparées en si peu de temps. Elle a certainement dû prévoir son coup à l'avance et préparer ses affaires en conséquence. Son visage était déjà maquillé pour son show du soir et elle avait mis sur sa tête un vieux collant, qui plaquait ses cheveux afin de faciliter la pose de la perruque ; c'est assez pratique lorsqu'elle doit en changer plusieurs fois dans la même soirée, suivant les différents costumes qu'elle endosse. Elle s'installa dans la chambre d'amis. J'avais les yeux braqués sur elle, et elle s'en rendit compte.

— Quoi ? qu'est-ce qu'il y a ? demanda-t-elle. Pourquoi tu me regardes comme ça ? Il y a quelque chose qui cloche dans mon maquillage ?

— Non, rien, répondis-je. Je regardais juste, c'est tout.

J'avais le regard dans le vague.

Ne me croyant pas, elle s'empressa de courir devant le miroir en pied pour s'examiner à la lueur des spots. Elle affecta une pose, promena ses mains sur sa silhouette, haussa un sourcil et creusa ses joues : elle avait ainsi fait tout ce que la situation exigeait d'elle, mais le doute persistait.

— J'en ai mis un peu trop ? interrogea-t-elle à propos de son fard à paupières.

Personnellement, j'ai toujours trouvé qu'elle forçait sur le maquillage mais c'est son style. En y réfléchissant, elle n'en avait pas mis tant que ça : après tout, elle se produit sur une scène.

— Bien sûr que non. C'est réussi, fis-je.

— Bon. Je dois sortir maintenant. J'ai d'abord un show en extra ce soir.

— Très bien.

— Tu veux que je te rejoigne où ? à la maison ou au club ?

— Où tu voudras. Tiens, voici le double des clefs. Je serai au club.

— Quelle insouciante tu fais, toi alors ! me lança-t-elle avant de m'envoyer deux bises en l'air et de sortir à petits pas rapides.

J'appelai à nouveau Hasan qui décrocha enfin.

— Tu étais passé où ? J'ai des nouvelles d'enfer pour toi, m'annonça-t-il.

— Je n'étais passé nulle part ; par contre, ton téléphone sonnait tout le temps occupé.

— Mes nouvelles sont d'enfer ! répéta-t-il.

— Je l'ai compris. Vas-y, je t'écoute.

— J'ai peur que tu ne me croies pas.

— Hasan, arrête de me soûler et raconte ! Tu as déjà convaincu tout le monde. D'ailleurs, Pompon a été prise de panique et s'est installée chez moi.

— Évidemment, elle a raison. Elle m'a dit qu'elle s'appelait Zacharie. Quel drôle de prénom, non ? Je ne savais même pas qu'il y avait encore des gens qui s'appelaient comme ça de nos jours… et elle en plus !

— S'il te plaît, Hasan, pourrais-tu en venir au fait ?

— Écoute, commença-t-il enfin. Je crois que ton hypothèse tient la route. Il arrive des choses bizarres aux filles qui portent un prénom de prophète. Trois de plus se sont ajoutées à la liste. Leurs prénoms sont Moïse, Jonas et, tiens-toi bien, Mahomet !

— Mahomet ?

— Oui, un Iranien.

— Comment se fait-il que nous n'en ayons pas entendu parler ?

— On ne pouvait pas, ça s'est passé à l'autre bout du pays, à Van. D'après ce que j'ai appris, il faisait partie des travestis qui ont fui leur pays et qui ont trouvé refuge chez nous ; on les appellerait « les victimes du Régime ». Apparemment, ça marchait plutôt bien pour lui, là-bas. Et après, devine ce qui est arrivé ?

— Je ne vais rien deviner du tout, occupe-toi de raconter.

— Toi alors, tu ne participes vraiment pas à l'excitation de la chose !

— Tu peux me dire ce qu'il y a d'excitant ? On parle d'êtres humains qui ont été tués !

— Tu as raison, c'était déplacé, reconnut-il. (Il est bavard mais il comprend vite ; il se reprit :) Quoi qu'il en soit, il a disparu de la circulation il y a quelques mois de ça. Ses amis – il n'était donc pas tout seul – sont allés voir la police mais ça n'a rien donné. Et c'est là qu'ils ont trouvé, quelque temps plus tard, son cadavre dans une grotte perdue dans les montagnes ; des bergers l'ont découvert. Il paraît qu'il était dans un état méconnaissable. Ils ont dit que c'était peut-être des animaux sauvages, genre des loups ou des chacals, qui l'ont mis dans cet état, mais ils n'ont pas mené d'enquête approfondie. La question qui se pose alors est : que faisait-il au beau milieu de ces montagnes ? D'après ce qu'on raconte, c'était quelqu'un qui tenait à son confort, un douillet, quoi. Que faisait-il alors dans une grotte ?

J'eus soudain du mal à respirer. Ce genre de tragédie me bouleverse toujours ; c'est comme si mon cœur s'arrêtait de battre quelques secondes.

— Tu es là ? demanda-t-il.

— Oui, excuse-moi, je me suis senti mal.

— Si tu veux, je te raconte le reste plus tard, au club.

— Ce serait bien si tu pouvais résumer le reste. On en discutera plus en détail ce soir.

— D'accord. Moïse était d'Antalya ; il y a toujours vécu. Il n'avait pas de pseudonyme féminin. Et un autre détail croustillant : il bégayait !

Je me souvins que le prophète Moïse était bègue et que son frère Aaron lui servait de porte-parole.

— Ce n'est donc pas possible, autant de coïncidences ! m'étonnai-je.

— Je crois que c'est lui qui est mort en premier ; ça doit faire un an à peu près.

— Et comment cela s'est-il passé ?

— En hiver, dans une maison abandonnée perchée sur une montagne. Mais je n'ai pas pu en apprendre davantage.

— Tu as aussi parlé de Jonas…

— Ah oui ! j'allais presque oublier. Il travaillait au bord d'une voie rapide et il a disparu au début de l'été. Son nom d'emprunt était Funda.

— Et ils ont retrouvé son corps dans la mer ? C'est parce que Jonas, le personnage biblique, a été avalé par une baleine…

— Ça, on ne le sait pas. Pour l'instant, il est simplement porté disparu. Personne n'a de ses nouvelles.

— Je crois que c'est suffisant pour le moment.

— Très bien, on reprendra ce soir, au club. À quelle heure penses-tu y être ?

— Pas trop tard.

Sommes-nous confrontés à un tueur en série ? Un maniaque fait disparaître, les uns après les autres, les travestis dont le prénom de naissance est le même que celui d'un prophète.

12

L'atmosphère était tendue à souhait lorsque je suis entré au club ; c'était la faute de Hasan. Il n'a pas perdu une seule seconde pour aller répéter à tout venant ce qu'il avait appris. La tension était d'autant plus palpable que la boîte était vide et que les filles n'avaient pas grand-chose à faire. Le moment était donc idéal pour une réunion. N'ayant pu joindre Hasan par téléphone pendant la journée, elles se sont empressées de venir au club, le soir, et n'ont pas tardé à créer un vent de panique générale, une fois mises au parfum de la situation. Et Osman ne faisait qu'accroître la tension en mettant une musique étrange. C'était une mélodie épurée qui passait en continu, un truc à rendre nerveux même les plus détendus.

Le club était plus éclairé qu'en temps normal et l'ambiance de fête habituelle n'y était pas. Toute cette lumière qui nous mettait presque à nu était désagréable.

Posté au bar, Şükrü avait l'air abattu. Il était assis sur son tabouret d'une manière que je n'avais plus vue depuis longtemps. En général, il est aussi excité qu'une puce ou, du moins, il reste debout en s'accoudant au comptoir. Sa façon de s'asseoir était bel et bien l'expression d'un profond abattement et mon Virgin Mary n'était évidemment pas prêt, mais je passai l'éponge.

— Ah, enfin ! dit Sırma en me voyant entrer. Abla, il faut qu'on parle…

Je n'apprécie déjà pas que les filles plus jeunes que moi, et même les très jeunes, m'appellent « abla », mais quand Sırma – mon aînée – s'y met, j'apprécie encore moins. Cependant, il y avait assez d'huile sur le feu pour que je n'en rajoute pas ; je laissai passer ça aussi, ça n'en valait pas la peine. C'est Müjde la boulotte qui ouvrit le ban :

— Cette histoire de tueur psychopathe, ça craiint !

Comme à son habitude, elle étirait la fin de ses phrases. Quant à Hasan, il adhéra, à sa façon, au sentiment général, en affirmant :

— Y a pas de clients pour l'instant de toute façon…

Ne prenant plus la peine de féminiser leur manière de parler, les filles s'exprimaient de leurs voix les plus viriles. Le silence qui s'était installé avec mon entrée prit aussitôt fin pour laisser place à un bourdonnement.

— Qu'est-ce qui se passe ici ? Vous pouvez m'expliquer ? fis-je.

— On ne le sait pas nous-mêmes, répondit Neslihan. Mais ce qui est sûr, c'est qu'on n'arrive pas à travailler avec les événements.

— Est-ce qu'il y a réellement lieu de croire en l'existence de ce psychopathe ? enchaîna Elvan. Moi, je n'y crois pas.

Elvan est connue pour ne pas être la plus futée des filles. Il lui est même déjà arrivé d'affirmer qu'elle ne croyait pas en l'existence du virus du sida ; comme si c'était une affaire de croyance ! Nous avons tout de même réussi, à coups d'explications enfiévrées, à lui faire comprendre la nécessité de se protéger lors de relations sexuelles.

— On se disait qu'on pourrait fermer le club pour ce soir et en parler un peu, suggéra la voix de Çise, dans notre dos. De toute façon, y a encore personne.

En l'entendant, je me souvins que je devais m'entretenir avec elle à propos de Deniz, qui était morte à Ataköy. Mais ce n'était pas la priorité au milieu de toute cette agitation.

— On n'a qu'à mettre un mot sur la porte, proposa Pamir.

Il ne me fallut pas plus longtemps pour comprendre qu'elles s'étaient concertées et avaient tout prévu avant même que je n'arrive. Il régnait un climat de révolte. Les filles ainsi décidées, il serait impossible de faire des affaires ce soir. Une nuit d'inactivité n'allait certainement pas nous mettre sur la paille. Au pire, je considérerais cette soirée comme travaillée pour mes employés. Mais j'étais réellement remonté contre Hasan. C'est lui qui avait créé tout ce remue-ménage et il en était donc responsable, en partie du moins. Je lui demanderais des comptes plus tard, même si je supposais qu'il avait déjà une explication toute prête à me fournir.

J'acceptai la suggestion des filles. Cüneyt prépara avec soin un mot disant « Nous sommes fermés ce soir. Vous prions de nous en excuser » pour le coller à la porte. Et il ajouta en dessous « La Direction ».

On alluma toutes les lumières. Une des filles cria après Osman et la musique épurée qui alimentait la tension ambiante cessa. Tout le monde s'attroupa autour de moi au milieu de la piste de danse où Hasan me rejoignit… comme il fallait s'y attendre ; peut-on imaginer une seule seconde faire un tel show sans qu'il y tienne la vedette ? D'ailleurs, logiquement, il devait prendre la parole le premier, vu qu'il était à l'origine de toute cette agitation.

Nous commençâmes cette assemblée extraordinaire dans un brouhaha général sans que personne puisse aligner deux phrases. Ces dames détenaient chacune des informations différentes. Les unes connaissaient les filles qui avaient été tuées et les autres avaient des renseignements à partager. Et si elles ne les connaissaient pas, elles en avaient au moins entendu parler. Comme nous n'utilisons jamais nos prénoms masculins – si ce n'est pour nous insulter –, nous n'avions pas fait le rapprochement avec les personnages des livres saints.

— Écoutez, fis-je, ces prénoms ne sont pas si rares que ça. Ils sont assez répandus et il se peut que tout ceci ne soit qu'un faisceau de coïncidences, finalement.

— Oh, je t'en prie ! répliqua Pamir. Et qu'est-ce que tu as à dire pour la façon dont elles sont mortes ?

— Je ne sais pas, avouai-je. J'essaye juste de calmer un peu l'atmosphère.

— Ça, on l'a compris, ajouta Çise, mais on doit faire quelque chose… on doit essayer en tout cas.

En dépit de leurs prises de bec, les filles n'hésitent jamais à se soutenir quand il s'agit de défendre notre cause. Elles peuvent très rapidement se montrer solidaires pour se défendre face à des agressions de clients, de riverains « bien-pensants » du quartier ou encore de la police. Et certaines d'entre elles, en particulier Çise, prennent même la tête du mouvement. Il y en a bien d'autres qui ont l'âme guerrière mais elles préfèrent ne pas la mettre à profit et continuer leur paisible vie de lady.

— Çise, ma chérie, commence donc à nous raconter cette histoire de Deniz, dis-je.

Nous mîmes en commun tout ce que nous savions et avec les compléments d'informations que chacun apporta, des réponses furent trouvées à certaines interrogations. Ces réponses nous parurent très révélatrices d'un côté, et sans intérêt de l'autre…

La première affaire est, à notre connaissance, celle concernant Moïse à Antalya. Il est mort il y a environ dix mois. Son corps sans vie a été retrouvé au début de l'hiver dans un chalet utilisé uniquement en période estivale, et par conséquent inoccupé. Il serait erroné de qualifier de chalets les constructions de la région d'Antalya ; ce sont plutôt des cabanes. Nous n'avons aucune information quant à la façon dont il est mort. Sans connaître son âge, nous savons qu'il était jeune et qu'il ne jouissait pas d'une grande popularité parmi les autres filles. C'est pourquoi les renseignements fournis par ces dernières n'étaient pas très fiables ; que des ouï-dire en fin de compte. Les seuls points communs que nous pûmes établir avec le prophète Moïse étaient leur prénom de naissance – le même – et qu'ils bégayaient tous deux.

Après lui, c'est Funda, autrement dit Jonas, qui a disparu. Parmi les filles, certaines la connaissaient de loin. Elle était réputée pour avoir un joli visage mais également pour être ignare comme pas possible, aussi n'avait-elle de succès qu'au bord des routes. C'était une fille seule dans tous les sens du terme. L'unique relation que nous pûmes établir avec le personnage biblique fut le prénom. De plus, nous n'avons aucune preuve de sa mort ; elle a tout simplement disparu de la circulation. Elle a très bien pu partir vivre dans une autre ville, s'être rangée pour un homme ou faire n'importe quoi qui lui serait passé par la tête comme abandonner le travestisme ou encore se suicider. Nous ne trouvâmes aucune relation avec le prophète Jonas hormis son prénom. D'après la Bible, Jonas fut englouti par une baleine dans le ventre de laquelle il resta trois jours et trois nuits.

Mettre en évidence une éventuelle corrélation entre la mort de Moïse et la disparition de Funda-Jonas fut une tâche des plus laborieuses. L'une vivait à Antalya, l'autre à Istanbul, et une période approximative de six mois séparait les deux affaires.

Ensuite vient la mort de Deniz-Salih qui est tombée dans la cage d'un ascenseur à Ataköy. Des détails suspects, s'il en faut absolument, nous pouvons en trouver, mais Deniz était connue pour être distraite et inattentive. C'est *Cihad2000* qui nous a mis sur la voie de la relation avec le prophète. Nous ne savons pas d'où il tient cette information, mais il n'y a pas lieu de s'étonner dans la mesure où il est au courant de tout. Elle a pu y être poussée par une tierce personne ou y être jetée après avoir été tuée. En tout cas, il serait malvenu de notre part de qualifier ce décès de meurtre au vu des maigres éléments que nous posédons. De plus, Salih n'étant pas le prénom de prophète le plus connu, chercher un lien avec l'affaire Deniz nous parut quelque peu incongru. *Cihad2000* a parlé de Salih qui n'a pu réchapper d'un tremblement de terre. Dans la partie consacrée à Salih dans le Coran, son peuple est frappé des plaies du tremblement de terre et de la foudre afin de tester sa foi en un Dieu unique. Alors que Salih et ceux qui y croyaient s'en sont sortis, ceux qui n'y croyaient pas ont péri dans leurs habitations troglodytiques. Deniz-Salih n'est pas morte chez elle et, d'après ce que les filles en savent, ce serait un accident. D'ailleurs, aucune enquête n'est venue contredire cette hypothèse. Si bien que nous ne pûmes nous appuyer que sur la seule similitude du prénom.

C'est après cette affaire que les événements ont pris de l'ampleur. Mahomet, un travesti iranien venu trouver refuge à Van, a disparu environ deux semaines après son arrivée et son cadavre a été retrouvé dans une grotte de montagne. On a eu du mal à identifier le corps tant il avait été maltraité. La question qui se pose alors est : comment est-il mort ? Il s'est retrouvé, pour une raison quelconque, dans une grotte et s'y est endormi, et les animaux sauvages ont fait le reste, ou encore il est mort d'une autre manière tout aussi inconnue. Il a pu mourir de peur au moment de l'attaque des animaux ou encore être tué par ceux-ci. Autre théorie : il a pu être assassiné par le tueur psychopathe qui aurait ensuite abandonné son corps dans la grotte et les animaux auraient terminé le travail. C'est cette version qui fit le plus frémir les filles et donc, qui leur plut le plus. Nous n'avons pas beaucoup d'éléments sur lui, sinon qu'il était jeune, brun et qu'il avait du khôl aux yeux. La question du prénom ne se posait pas.

Ensuite, il y a Abraham, alias Ceren, qui a péri dans un incendie dont l'origine reste inexpliquée.

Et le dernier en date est Joseph, alias Gül, qui a perdu la vie dans la réserve d'eau d'une maison inoccupée située dans un quartier qu'il ne connaissait même pas et où il ne s'était jamais rendu.

De la même manière que ces décès peuvent être des meurtres, il est tout aussi possible qu'ils soient la conséquence d'accidents ou d'autres causes. Il y a bien sûr des points communs entre les victimes, à commencer par leur prénom sacré et leur jeunesse. Qu'elles aient toutes eu moins de vingt-cinq ans attira particulièrement notre attention.

Alors que Hasan ne cessait d'insister sur l'éventualité du tueur en série, moi, de mon côté, j'essayais de calmer les filles en minimisant la gravité de la situation. Et je crois y être plus ou moins parvenu.

Pendant que nous tentions d'établir tous les liens possibles entre les informations recueillies, nous entendîmes des coups à la porte. Cüneyt alla voir. C'était Pompon qui avait fini son programme et venait me rejoindre. Elle portait encore son costume de scène, une robe bleu vif – complètement *has been* – qu'elle avait mise pour son dernier numéro de la soirée, une imitation de Muazzez Ersoy[1] ; même sa perruque était trompeuse. En fait, elle était la version en plus grand, en taille et en constitution, de la chanteuse.

Son visage était décomposé par la peur. Elle connaît toutes les filles bien qu'elle ne vienne pas souvent au club. Lorsqu'on lui demanda la raison de son état, elle adopta sa pose la plus dramatique et nous dit :

— Je vous jure que là, je commence sérieusement à flipper. (Pour appuyer sa parole, elle toucha de sa main le bas de sa perruque coiffée en chignon. Ensuite, elle chercha Hasan du regard et pointa son index sur lui lorsqu'elle le trouva :) Tout ça, c'est sa faute !…

Les filles feignirent de rire. Même si ce n'était pas sincère, un rire, aussi artificiel fût-il, annonçait une détente dans l'atmosphère.

— Je l'avais moi-même oublié, continua-t-elle, mais comme vous devez le savoir, mon prénom est Zacharie. Cette fouine ! (Elle désignait toujours Hasan de son doigt tournoyant.) Quand il m'a dit qu'un type assassinait les travestis qui ont un prénom de prophète, au début, je ne l'ai pas cru ; ensuite, j'ai pensé

1. Chanteuse populaire turque.

qu'il disait peut-être vrai. Ça m'a travaillée toute la journée et voilà le résultat : j'ai la peur au ventre !

Pamir ne manqua pas de faire son commentaire :

— Tu n'as plus à avoir peur, Pompon. Toutes celles qui sont mortes jusqu'à présent étaient jeunes. Ce qui veut dire que tu n'as absolument rien à craindre !

Cette réflexion aurait facilement pu être interprétée, par Pompon, comme une invitation à un crêpage de chignons mais la bave du crapaud n'atteint pas la blanche colombe ; elle se contenta de pouffer. Je les connais, ses rires affectés. Elle s'en sert comme temps de réflexion. Quelque chose allait forcément en sortir. Jusqu'à présent, je n'ai jamais vu Pompon ne pas avoir le dernier mot.

— C'est bien alors, répondit-elle, ça veut dire que je suis sauvée. (S'approchant de Pamir, elle ajouta :) Et toi alors, qu'est-ce que tu vas faire, monsieur Jean ?…

J'avais oublié que le prénom de Pamir était Jean. Se faire appeler par son prénom civil pétrifia Pamir.

— Comment ça, qu'est-ce que je vais faire ? dit-elle.

— Je vais te rafraîchir la mémoire si elle te joue des tours : saint Jean… saint Jean-Baptiste. Tu sais, celui qui se fait trancher la tête.

Elle joignit le geste à la parole : faisant mine de se trancher la gorge avec la main, elle roula les yeux et sortit sa langue. Pamir en eut pour son compte.

— En plus, tu as l'âge requis, reprit-elle avant de se tourner vers le groupe. Il y a cette fille… Salomé… qui danse pour son père et lui demande, en récompense, la tête de saint Jean-Baptiste… Vous voyez de quoi je parle maintenant ?

Il n'était pas nécessaire de prolonger la soirée et de raviver la tension qui s'était un tant soit peu dissipée.

J'ai renvoyé tout le monde dans ses pénates. Évidemment, les filles qui voulaient tenter leur chance ailleurs étaient libres de le faire et elles n'allaient avoir aucun problème.

Pompon et moi, on est rentrés à la maison.

13

Alors que minuit passé – heure à laquelle nous fûmes de retour chez moi – me paraissait bien tôt, pour Pompon, qui était exténuée d'avoir fait deux shows d'environ une heure chacun, c'était une heure tardive. Toute sa frayeur semblait s'être évaporée sous le poids de la fatigue et ma présence lui procurait confiance et sérénité. Elle enleva son maquillage en chantonnant le refrain de *Je brûlerais*, un grand classique interprété par Sezen Aksu – chanson qui me hérisse les poils chaque fois que je l'entends –, mais dans une version porno issue de son imagination et qui donnait *Je sucerais*. Nous étions tous les deux tendus comme un string. C'est pourquoi je ris à la version X qu'elle a faite de cette chanson – pourtant si mélancolique et qui fiche tant le cafard – et me joignis à elle, malgré moi. Et quand elle eut terminé ce qu'elle avait à faire, elle disparut après m'avoir lancé un :

— Chouchou, moi, je vais dormir !

Pour ma part, je n'avais pas sommeil. Et même si cela avait été le cas, je n'aurais pas pu fermer l'œil à cause des événements ; trop de choses se bousculaient dans ma tête. C'est pourquoi je me mis à réfléchir aux possibilités qui s'offraient à moi : a) me connecter sur le Net, b) me rendre à Ataköy et faire un travail de recherches sur l'immeuble où Deniz avait trouvé la mort, c) aller chez Cengiz et coucher avec lui, d) contacter *Cihad2000* et me renseigner sur ce qu'il savait des autres décès.

Pompon cria de la chambre d'amis :

— Allez ! tu veux bien éteindre cette lumière maintenant ? Je n'arrive pas à dormir !

Au lieu d'obtempérer, j'allai fermer sa porte. Voir que Pompon était dérangée par le bruit et la lumière m'aida à faire mon choix : j'optai pour un tour à Ataköy. Et si l'envie m'en prenait tant que ça, je pouvais toujours passer chez Cengiz au retour.

Je mis mon pantalon en latex et mon pull noirs : une tenue de circonstance pour une activité nocturne. C'est aussi le genre de vêtements qu'ils mettent dans les films lorsqu'ils doivent accomplir une mission secrète de nuit. Paré pour sortir, j'ai appelé la station de taxis et demandé à Hüseyin de venir. Il allait avoir l'occasion de se faire un peu d'argent et, de plus, il est toujours partant pour s'embarquer dans ce genre d'aventures ; il met même du cœur à l'ouvrage. Arrivant au moment où je laçais mes chaussures, il attendit, avec une expression de gêne sur le visage, d'être invité à entrer.

— Bonsoir, dit-il.

— On va à Ataköy, fut ma réponse.

Il changea d'expression. Il devait avoir pensé que je l'avais appelé pour ce qu'il espérait depuis si longtemps et voilà que ses rêves étaient brisés, encore une fois ! J'ai fermé la porte et nous avons descendu les escaliers, moi le précédant, conscient que le latex collait à mes jambes et à mes fesses comme une seconde peau ; je l'ai laissé se rincer l'œil.

— Qu'est-ce qui t'arrive ? À la maison, à cette heure-ci, fit-il.

— La boîte est fermée ce soir.

— Tu vas chez quelqu'un ?

Lorsqu'il me posa cette question, sa voix tremblait par manque d'assurance.

— Non. Je te raconterai en chemin.

En route vers Ataköy, je l'ai renseigné uniquement sur la mort de Deniz, et dans une certaine mesure. Après un petit tour dans le secteur, nous avons trouvé l'immeuble en question, qui était constitué de tours jumelles. En effet, les immeubles de ce coin sont formés de deux tours, A et B, et chacune comporte deux ascenseurs. À cette heure de la nuit, les lumières étaient déjà éteintes dans la majorité des appartements et les résidents en train de dormir. Je méditai sur ce que j'espérais trouver en venant ici et la réponse qui me vint à l'esprit fut de parler avec les occupants de l'immeuble et de tirer les vers du nez au concierge… mais j'étais conscient que je ne pouvais pas faire ça. J'entrepris donc de jeter un coup d'œil aux noms listés par dizaines des deux côtés de la porte.

— Qu'est-ce qu'on cherche là ? demanda Hüseyin.

— Je ne sais pas, répondis-je.

Et c'était vrai en plus. Je m'étais fié à mon instinct pour me rendre à cet endroit mais je n'avais pas la moindre idée de ce que j'espérais découvrir.

— Toi alors, je te jure ! fit-il.

Pendant que je lisais les noms à droite de la porte, il se mit à lire ceux du côté gauche à voix haute. Il ne faisait que m'embrouiller l'esprit !

La plupart me paraissaient familiers. Du début à la fin, c'étaient somme toute des noms turcs ; il était donc normal qu'il me semble les connaître. Les phares d'un véhicule s'engageant dans le parking nous éclairèrent. Je tournai aussitôt la tête dans sa direction, à la manière des coupables pris en flagrant délit. La lumière des phares qui me visaient me fit penser à celle utilisée durant les interrogatoires de la police ; il ne manquait plus que je lève les mains. Quel mensonge allais-je leur raconter s'ils nous demandaient qui nous cherchions ? Si je leur disais un des noms inscrits face aux sonnettes et que ce fût le leur, j'aurais l'air fin. Et comme si la situation n'était pas déjà assez embarrassante, il a fallu que je sois vêtu comme un voleur, en noir des pieds à la tête, de quoi inspirer tout sauf la confiance. Je devais faire quelque chose mais quoi ?

J'ai écarté Hüseyin du champ d'action des phares en le saisissant d'un mouvement brusque et lui ai passé mes bras sur les épaules pour l'embrasser. J'avais remis à plus tard les questions de savoir ce qu'il allait en penser et comment j'allais m'y prendre pour qu'il ne se fasse pas d'idées. Si nous agissions comme un couple en chaleur démarrant ses ébats à l'entrée de l'immeuble, les arrivants pourraient en ressentir de la gêne et passer leur chemin sans nous parler. L'œil fixé sur la voiture, dont les feux avaient été éteints, mes oreilles aux aguets des bruits de fermeture des portières et de pas, j'étais là à embrasser Hüseyin. S'il a été pris au dépourvu au premier abord, il s'est vite mis à l'aise et a pris goût à la situation. J'ai attrapé ses mains qui tripotaient mes fesses et les ai posées sur ma taille.

C'était un couple avec un bébé. Ils mirent du temps à quitter leur voiture. Ils chuchotaient afin de ne pas réveiller leur poupon mais j'entendais tout ce qu'ils se disaient. J'avais confié mon corps à Hüseyin mais j'étais toujours maître de mon âme. Sans même s'approcher de nous, ils pénétrèrent dans l'immeuble et moi, je repoussai aussitôt Hüseyin.

— C'est tout ! fis-je.

— Je me disais bien que quelque chose clochait.

— C'était pour les besoins de l'enquête.

Il hocha la tête pour signifier qu'il avait compris.

Je me suis aussitôt replongé dans les sonnettes. Je refusais de croire que mon instinct m'avait délibérément conduit à me trouver dans une telle situation et pire, à embrasser Hüseyin ! Il continua à lire les noms là où il s'était arrêté mais à voix basse ; nous étions en train de faire un travail aussi excitant que de lire un annuaire téléphonique !

— Une étoile rouge orangé, dit-il. Les gens sont vraiment étranges. Ils ont dessiné une étoile rouge au lieu d'écrire leur nom comme tout le monde.

— Ce sont peut-être d'anciens communistes, fis-je.

Il reprit sa lecture en marmonnant, et moi, j'allai vérifier cette fameuse étoile. Effectivement, il y en avait bien une dessinée au marqueur rouge et qui avait viré à l'orangé avec le temps. Profitant de notre rapprochement, il m'enlaça et me souffla :

— Je crois qu'il y a des gens qui viennent.

Personne ne venait. Je me débattis et me libérai. S'il devenait pénible, il allait faire un plongeon direct dans les buissons ; il n'insista pas. Et soudain, j'eus un déclic : Adem Yıldız, *adam star, *adam*... et une étoile orangée ! Je venais peut-être de trouver ce que je cherchais. Mes yeux s'illuminèrent et un sentiment d'excitation m'envahit. Ce type ne m'a rien inspiré de bon dès que je l'ai vu, de toute façon. Je me doutais bien que quelque chose n'allait pas. Le voir en compagnie d'Ahmet Kuyu, l'acteur aux penchants sadiques, aurait dû éveiller mes soupçons et comme l'a si bien souligné Hasan, ils peuvent avoir un lien autre qu'un éventuel sponsoring de la nouvelle série d'Ahmet Kuyu par les salons de thé Yıldız. Vu que l'un est masochiste, l'autre peut tout aussi bien être le tueur psychopathe. Qui se ressemble s'assemble !

Je n'ai aucune idée de ce qui le motive mais ce qui est sûr, c'est que ça ne tourne pas rond dans sa tête.

Je me suis posé sur les marches de l'escalier pour essayer de mettre de l'ordre dans mes idées. Pour quelle raison un homme riche à ce point… si connu de tous… commettrait-il des crimes ? Admettons que ce soit lui, comment vais-je le prouver ? Où se trouvent les preuves ? Que j'en sois convaincu ne satisfera personne… Qu'ai-je réussi à découvrir de concret jusqu'à présent ? Absolument rien ! L'appartement dont la sonnette comporte une étoile orangée peut être celui d'Adem Yıldız, ou pas du tout. Je n'aurai aucun mal à vérifier ce point mais, serait-ce le sien, qu'est-ce que cela peut prouver ? Les crimes, ou les décès, sont survenus dans des lieux si éloignés les uns des autres… Et même dans l'hypothèse où il s'y serait trouvé aux dates concordantes, nous ne serions que confortés dans nos doutes sans pouvoir rien prouver. En outre, il y a toujours dans l'entourage de ce genre d'individu des personnes prêtes à se sacrifier pour lui ; des démunis ayant besoin d'argent pour sauver leur famille de la misère qui n'hésiteraient pas à endosser les crimes en affirmant : « C'est moi qui les ai tués ! » Si ma piste se révélait être sérieuse, je vais avoir besoin de preuves tangibles pour attester la culpabilité d'Adem Yıldız.

14

Ma découverte m'avait mis dans un état d'excitation totale. Après m'être glissé dans mon lit, sans allumer les lumières et dans un silence de mort pour ne pas réveiller Pompon, je me mis à échafauder des plans. J'avais une longue liste de points à éclaircir. Les rapports d'autopsie que Selçuk m'a fait envoyer pourraient m'éclairer sur les morts de Gül et de Ceren. Je pourrais peut-être me procurer aussi ceux concernant Moïse, mort à Antalya, et Mahomet, mort à Van. Par ailleurs, les résultats des recherches de *Cihad2000* pourraient également se révéler très utiles.

Cengiz m'a dit qu'il était voisin de la famille Yıldız à sa résidence d'été. Je pourrais peut-être obtenir quelques informations de sa part ; le moindre détail, la confidence la plus anodine peuvent avoir leur importance. Je dois découvrir les endroits où se trouvait Adem Yıldız aux moments des décès, et à qui appartient l'appartement d'Ataköy à l'étoile orangée sur la sonnette. Est-il parti avec une des filles le soir où il est venu au club ? Si oui, avec laquelle ? Je pourrais obtenir ces renseignements par Hasan.

J'eus du mal à patienter jusqu'au petit matin.

À une heure où le commun des mortels commence sa journée de travail, je pris le combiné du téléphone en main au mépris du sommeil réparateur de Pompon.

J'appelai en premier Selçuk. Je ne suis pas sans savoir que la police prend son service de bonne heure le matin. Je m'entretins avec lui des événements d'Antalya et de Van ainsi que de la disparition de Funda-Jonas – celle qui arpentait le bord des routes –, mais sans faire référence à Adem Yıldız, évitant ainsi de le mettre sur une fausse piste alors qu'il n'y a encore pas la moindre preuve de son implication. Je lui dis que j'avais besoin de renseignements concernant ces affaires. Il resta silencieux un instant.

— Écoute, me dit-il, je suis prêt à t'offrir toute l'aide que je pourrai mais je me demande ce que les collègues vont penser si je commence à courir après toutes ces affaires de travestis qui ne concernent même pas ma section.

— Je comprends, fis-je.

Je ne pouvais pas lui en vouloir. Qu'un chef de section essaye de se renseigner sur une affaire qui ne concerne pas son service peut être considéré, et à juste titre, comme de l'ingérence. De plus, si l'affaire en question a trait à des travestis, imaginez les commérages qui en résulteront.

— Ça me tracasse, cette affaire… Ça me tient à cœur. Il y a un lien entre tous ces décès et, quel qu'il soit, je dois le trouver.

— Je le comprends bien mais, crois-moi, je ne peux pas te promettre grand-chose. Si, au moins, on laissait un peu de temps passer, je pourrais voir au cas par cas, mais quand tout arrive d'un coup…

— Je comprends, fis-je à nouveau.

— Ne m'en veux surtout pas, c'est que ce n'est pas si simple ici. Quand une section fourre son nez dans une affaire concernant une autre section, il y a du grabuge.

— Je t'en prie, voyons, je n'ai pas à t'en vouloir pour quoi que ce soit.

— À ce propos, les rapports du légiste sont arrivés. J'y ai jeté un coup d'œil mais il n'y a rien d'intéressant. Un collègue va te les apporter d'ici peu.

— Merci. (Et juste au moment de raccrocher, je me souvins de l'appartement d'Ataköy.) Ah, une dernière chose… Tu peux essayer de voir à qui il appartient et si quelqu'un y habite ?

— Considère que c'est déjà fait.

Je l'ai à nouveau remercié.

Devrais-je envisager l'éventualité de me rendre à Van ? à Antalya ? Et pour y découvrir quoi ?

Ensuite, j'ai appelé Hasan sans tenir compte de l'heure matinale pour lui non plus. Il m'accueillit par un murmure après que le téléphone eut longuement sonné.

— Il est un peu tôt, je le sais, mais je n'ai pas pu fermer l'œil de la nuit. Il y a une chose qui me trotte dans l'esprit : sais-tu si Adem Yıldız est parti avec une des filles quand il est venu l'autre soir au club ?

Étant donné que je l'avais tiré de son sommeil, il lui fallut un moment pour assimiler ce que je lui disais. Afin de lui faciliter la tâche, je lui ai répété ma question.

— Je ne sais pas, finit-il par répondre, je ne m'en souviens pas. Ils étaient nombreux, Ahmet Kuyu et les autres… Beaucoup de filles se sont assises à leur table. Ils ont été plusieurs à partir ensemble. Je sais qu'ils ont laissé de gros pourboires, mais je ne me rappelle pas qui est parti avec eux.

— Il faut que je le sache, Hasan. Je dois savoir quelles filles sont parties avec eux.

— Je me renseignerai. Mais je crains qu'il n'y en ait pas eu qu'une seule. J'ai comme le souvenir que plusieurs d'entre elles ont quitté la boîte en leur compagnie.

— Très bien. Renseigne-toi pour découvrir lesquelles exactement.

La voix joviale de Pompon me parvint aux oreilles :

— Bonjour, vous ! Qu'est-ce qui se passe ici ? C'est quoi tout ce boucan ?

Elle portait un kimono noir et entièrement brodé, qu'elle retenait avec ses mains pour éviter qu'il ne s'ouvre. Ses sourcils étaient tirés vers le haut quand elle parlait. Elle avait chaussé ses tongs qui laissaient apercevoir ses gros orteils aux ongles recouverts de vernis rose. Elle s'approcha à petits pas pour m'embrasser et alla s'asseoir en face de moi. Elle se cala dans son siège en prenant soin de couvrir ses jambes avec son kimono. Elle les croisa avec une grâce infinie, réarrangea le bas de son vêtement et lâcha :

— Il est où, mon café ?

Non contente de s'incruster chez moi, madame voulait aussi se faire servir. De ce pas, je suis passé dans la cuisine afin de préparer son café et renouveler le mien. Je n'ai pas arrêté d'en boire dès le moment où le soleil a commencé son ascension, à tel point que j'ai l'impression d'avoir épuisé, ce matin, toute ma réserve hebdomadaire de café.

— Dis-moi, qu'est-ce que tu as fait comme découverte alors ? s'écria-t-elle du séjour.

— J'arrive ! lui répondis-je.

— Tu m'as laissée toute seule en pleine nuit et tu es sorti…

— Tu étais endormie.

— Et alors ? Pourquoi suis-je venue ici, à ton avis ? Pour ne pas rester seule. Et toi, qu'est-ce que tu fais ? Tu m'abandonnes et tu pars.

— Tu veux du lait dans ton café ?

— Oui, s'il te plaît… mais pas beaucoup, deux ou trois gouttes. Et deux sucres !

Elle insista sur le sucre car, comme je n'en prends jamais, j'oublie toujours d'en servir aux autres en pensant qu'eux non plus n'en prennent pas. Sachant à quel point Pompon peut être émotive, ce qu'elle a une nouvelle fois confirmé la veille au soir, je répondis à sa question de façon superficielle, sans entrer dans les détails.

— Vous alors, vous en faites toute une histoire de cette affaire ! dit-elle. À vous entendre, on croirait que tout ce qui arrive aux filles est à mettre sur le dos de ce tueur. Mon chou, tu sais bien que les noms turcs masculins sont tous empruntés aux livres saints. Bon, d'accord, il y en a bien quelques nouveaux, modernes, mais combien ? Un, deux, trois ?... et seulement chez les jeunes générations ! Pas parmi nous. Il y a aussi quelques noms qui viennent d'Asie centrale. Mais c'est tout.

Elle avait l'air d'avoir oublié sa crise de paranoïa de la veille.

— Et ? fis-je.

— Je veux dire par là, ma belle, que tu n'as pas besoin de chercher loin pour constater que nos prénoms à toutes entrent dans le collimateur du tueur...

Sa tranquillité d'esprit était bon signe. Je souhaitais que cela continue.

La sonnette retentit alors que nous n'étions pas à la moitié de notre café et lorsque j'ouvris la porte, un motard charpenté comme une armoire à glace et tenant une grande enveloppe jaune apparut sous mes yeux.

— Le commissaire Selçuk Taylanç vous envoie ceci, m'annonça-t-il.

En prenant l'enveloppe, je n'ai pas manqué de le reluquer bien comme il faut de la tête aux pieds. J'étais si concentré que je ne pris même pas la peine de répondre à Pompon qui criait de l'intérieur : « Qui c'est ? » J'ai toujours trouvé ces tenues en cuir des motards de la police si excitantes. Et les officiers qu'ils choisissent pour les missions spéciales sont d'un canon ! Ils n'ont rien à voir avec ceux qu'ils affectent à la circulation ou à la douane. Mais ce n'était pas le moment de m'émoustiller de si bonne heure, alors que Pompon était chez moi. D'autant plus que le type n'avait pas l'air intéressé. Je le remerciai et fermai la porte.

Pompon était plus enthousiaste que moi ; elle s'empara d'un des rapports que je tenais et nous commençâmes à les étudier, assis l'un en face de l'autre. Hormis le fait qu'elle me demandait la signification de chaque terme scientifique qu'elle lisait et les petits cris de peur qu'elle poussait lorsque je la lui donnais, nous réussîmes à lire tous les dossiers jusqu'au dernier, sans autre interruption. Ils contenaient tous les deux un constat d'acte sodomite. Il n'y avait pas beaucoup de détails dans celui de Ceren qui est morte brûlée. Les organes internes n'ont pas subi de gros dégâts mais ils ont constaté des traces de sang et de sperme à l'anus. Comme c'est surprenant !

Ils n'ont pas pu déterminer combien de temps Gül est restée dans l'eau. Malgré le gonflement du corps qui s'en est suivi, ils ont relevé des traces de coups et de blessures à différents endroits de son corps. Son anus a été forcé et ils n'ont trouvé aucune trace de drogue ou de médicament dans son sang.

Les analyses qui ont été pratiquées sur leur estomac déterminaient ce qu'elles ont mangé et combien de temps avant la mort. Il y avait également des informations détaillées sur des points comme la couleur de la peau, des yeux et des cheveux. Ils ont trouvé de l'œstrogène en très grande quantité dans l'organisme de Ceren et constaté, malgré ses brûlures, des traces de maltraitance au niveau des seins et des hanches.

Même si je lisais avec sang-froid, je bouillonnais de colère en mon for intérieur. C'était pareil pour Pompon. Nous restâmes assis un instant en évitant de croiser nos regards.

— Mais c'est horrible tout ça, finit-elle par dire. Je n'ai plus du tout envie de prendre un bon petit déjeuner. J'en ai perdu tout mon appétit...

— Tu as raison, moi aussi...

J'ai abandonné Pompon devant la télévision et je suis allé me connecter sur le Net. Je devais avoir une discussion avec *Cihad2000*. Je réussis à lui mettre la main dessus en un rien de temps. Je lui fis le récapitulatif de la situation en lui parlant de Moïse, de Mahomet et de Jonas. Il fut déçu d'avoir manqué ce chapitre et me dit qu'il allait pouvoir obtenir quelques informations. Profitant de ce qu'il est de toute façon scotché devant son ordinateur toute la journée alors que moi, j'avais une tonne de choses à faire, je lui ai aussi demandé de faire des recherches sur l'identité des noms d'utilisateurs *adam star, starman* et **adam*. Son temps libre allait lui permettre de procéder à ces recherches avec plus d'application que moi.

Il voulut savoir quand je viendrais lui rendre une nouvelle visite. Je lui répondis que j'étais préoccupé ces temps-ci par cette affaire et que je ne pourrais rien lui promettre tant qu'elle ne serait pas élucidée. J'eus un moment d'hésitation quant à lui parler d'Adem Yıldız, décidant finalement de ne pas le faire. Je ne voulais pas prendre le moindre risque de me trouver dans le collimateur de ce type avant d'en savoir un peu plus.

15

D'après les renseignements que Hasan a pu obtenir, Adem Yıldız et Ahmet Kuyu ont quitté la boîte en compagnie d'Aylin, de Vuslat et de Demet. Je voulais avoir une petite discussion avec chacune d'elles. J'aurais pu m'en occuper au téléphone mais il était préférable de le faire de vive voix et je voulais aussi échapper à la toilette matinale de Pompon. J'attache également une grande importance au soin de ma peau mais je n'ai encore jamais rencontré ni dans la vraie vie, ni dans les romans, ni dans les films, une personne qui y consacre quotidiennement autant de temps que Pompon. Elle est capable de faire toutes sortes d'applications avec tous les produits cosmétiques ou naturels possibles et imaginables. Je sortis juste au moment où elle mixait du persil pour son masque facial.

Pendant le trajet pour me rendre chez Aylin à Beşiktaş, près de l'avenue Çırağan, une question me vint à l'esprit : est-il possible de faire un test ADN avec du sperme qui a subi une altération due à la chaleur du corps ou au contact avec l'eau ? Plus concrètement, étant donné que du sperme a été retrouvé dans le rectum de Ceren – ce qui signifie qu'elle a eu une relation sexuelle avant de mourir –, peut-on faire des analyses avec ce sperme pour découvrir l'identité de la personne avec qui elle a eu cette relation ?

La question dépassant mes connaissances en la matière, je n'avais d'autre choix que de la poser à un professionnel en médecine légale. Je sais que ce genre de test devient plus difficile à mesure que le temps passe. Je pourrais demander au médecin légiste – la moche et conne – de m'aider, mais à quel prix !

L'appartement d'Aylin, qui donne sur le jardin d'une petite bâtisse, a une vue sur le Bosphore par l'espace libre entre les immeubles d'en face. Venant à peine de se réveiller, elle avait les yeux encore lourds de sommeil. Elle entrouvrit la porte et ne fit que sortir sa tête au-dehors. Et sembla quelque peu étonnée lorsqu'elle vit que c'était moi.

— Salut mon chéri, me dit-elle, viens, je t'en prie…

Ce sont les clients que les filles aiment à appeler « mon chéri », mais certaines d'entre elles le font également avec moi parce qu'elles trouvent étrange que je m'habille en homme le jour. Et ce « mon chéri » devait certainement faire allusion à ce fait.

— Il faut que je te parle un instant, fis-je.

— Bien sûr, entre…

Je suis entré et nous nous sommes installés.

La finesse et la beauté de son corps sont à tomber par terre ; elle pourrait rendre verts de jalousie les plus beaux modèles de *Playboy*. Ses seins, qu'elle vient de se faire faire, sont petits et fermes, contrairement au style très couru à la Dolly Parton. Elle aime les exhiber comme toute personne qui vient de s'offrir une nouvelle acquisition ; c'est pourquoi elle ne portait rien en haut et juste un short pour le bas. Après une brève introduction à parler de la pluie et du beau temps, nous en sommes venus au but de ma visite pendant qu'elle ingurgitait son Coca-Cola en boîte, et moi, mon verre d'eau.

— L'autre soir, commençai-je, tu serais partie avec Ahmet Kuyu et son groupe.

— Quel cas, ce mec ! On peut dire qu'il est fidèle à sa réputation !

— Tu veux bien me raconter un peu ce que vous avez fait, comment ça s'est passé ?

— Tu me connais, du moment qu'on me paye correctement, je suis ouverte à tout. Je ne fais pas la difficile avec des « je fais pas ça, je fais pas ci ». Et s'il veut me frapper, ça me va aussi du moment qu'il allonge les billets et qu'il ne me défigure pas.

Je commençais déjà à saturer !

— Ahmet Kuyu adore ce genre de choses, tu le sais, ajouta-t-elle.

— Explique…

— Eh bien, dès qu'il a un peu de fric en poche, il vient s'offrir les services des filles et il les roue de coups. Et plus tu cries et tu te prêtes à son jeu, plus il aime. Je sais bien comment il fonctionne.

Elle s'amusait avec ses seins flambant neufs pendant qu'elle me parlait. Elle les empoignait, les soutenait par en dessous pour les projeter en avant, caressait les tétons et n'arrêtait pas de les admirer. Les lèvres accompagnaient évidemment chaque geste de mouvements lascifs.

— C'est que de la comédie tout ça, en fin de compte, continua-t-elle. Mais je me débrouille pas mal, tu sais. Je crie aussi fort que je peux quand le client me frappe, je me jette sur lui, je le supplie… En tout cas, je peux te dire qu'ils ont pris leur pied. Mais c'est l'autre naze qui a sorti le fric, après.

— Lequel ?

— Pas Adem Yıldız, l'autre blaireau. Tu sais, celui qui avait une gueule de comptable, eh ben, lui.

Donc, elle savait que c'était Adem Yıldız. Il n'a pas dû éprouver le besoin de taire son identité.

— Et qu'a fait Adem Yıldız pendant ce temps ?

— Oh, je ne sais pas trop. Il n'était pas très bavard, il est resté assis tout le temps. Et il a demandé à chacune d'entre nous comment elle s'appelait.

Mon doute concernant sa fixation sur les prénoms venait d'être confirmé.

— C'est vrai… c'est quoi ton prénom déjà ? lui demandai-je.

— Seçkin, dit-elle. C'est bien la preuve que je suis gay ! Mes parents ont donné à mes grands frères les prénoms de mes grands-pères, Mustafa et Reşat, et quand mon tour est venu et qu'il ne restait plus de prénom d'aïeuls, ils m'ont appelé Seçkin. Apparemment, c'était la mode à l'époque. Et mon père avait dit « voilà ce qu'on devient avec un prénom pareil ! » quand il a appris pour moi.

À ce moment de la conversation, elle promenait la boîte vide de Coca entre ses seins et essayait ensuite de l'y coincer. Le récipient ne tenait évidemment pas et il tombait.

— As-tu couché avec Adem Yıldız ?

— Non. Il est branché minettes ; je crois que je faisais trop vieille pour lui. Mais ça ne l'a pas empêché de tout payer… enfin, je pense que c'est lui… sinon d'où aurait-il sorti tous ces dollars, Ahmet Kuyu ?

Elle lança une insulte à la boîte de Coca qui avait glissé de ses seins et atterri par terre.

— Ils ont payé en dollars ?

— Eh ben, oui. C'étaient des clients particuliers avec des demandes particulières. Ce qui veut dire que le paiement devait aussi être spécial, non ?

— Tu as raison.

— Alors abla, qu'est-ce que t'en conclus de tout ça ? Je veux dire, si on ajoute ce que je viens de te raconter à ce qu'on savait déjà, quels sont les points qu'on a élucidés ?

Je ris.

— Aucun, si tu veux savoir, avouai-je.

— Ah bon ? Tu veux dire que je t'ai raconté tout ça pour rien, maintenant ?

— Certainement pas. Ça va bien me servir à quelque chose.

— Ben, c'est bon alors ! dit-elle et elle se remit à faire joujou avec sa boîte.

— Et les autres filles, qu'est-ce qu'elles ont fait ?

— J'en sais rien.

Elle avait à nouveau concentré toute son attention sur ses seins.

— Ils sont bien faits, hein ?

— C'est le moins qu'on puisse dire.

— Je les adore. Je ne me lasse pas de les admirer toute la journée.

— Tu t'y feras.

— J'espère. Je ne vais quand même pas passer le restant de ma vie à les cajoler ! Justement, je les touche beaucoup maintenant pour m'en lasser au plus vite.

— Et qui a été avec qui ?

— Je crois qu'Adem Yıldız a été avec Vuslat la Poupée. Je t'ai dit qu'il aimait le genre « minette ».

— Tu sais ce qu'ils ont fait ?

— Évidemment que non ! Comment veux-tu que je le sache ? Je me suis sauvée dès que j'ai fini mon travail. Je ne suis pas du genre à rester jusqu'aux aurores mais les filles y étaient encore. En fait, je ne les ai pas vues… elles y étaient certainement encore.

— Vous ne vous êtes pas parlé depuis ?

— Et de quoi ? On n'a aucune affinité.

Elle s'était mise debout et exerçait une pression

latérale sur ses seins, puis les relâchait d'un coup sec pour les faire frétiller. Elle s'approcha de moi.

— La Demet, elle s'épile même pas ; quant à Vuslat, c'est une petite pisseuse... Alors que moi, j'ai des seins !

Une nouvelle catégorisation venait d'être établie. Les transgenres étaient désormais classés à un niveau supérieur à celui des travestis. Ce qui signifie que ceux qui, comme moi, n'ont pas de seins, sont dépréciés.

— Je n'en ai pas non plus, fis-je.

— C'est normal, mon chéri, faut pas oublier que tu es patron.

Elle m'a à nouveau qualifié de « mon chéri ». Je n'ai aucune intention – et je ne l'aurai jamais – de servir de chéri aux femmes et encore moins aux nôtres. La curiosité m'avait poussé, des années auparavant, à tenter l'expérience du rôle dominant dans le couple. J'en avais retenu qu'être exclusivement actif ne m'avait pas donné satisfaction. Mais s'il faut vraiment que ça se fasse, je préfère que ce soit partagé. C'est pourquoi il m'arrive, à l'occasion, mais seulement à l'occasion, de jouer le dominant quand la relation l'exige.

Nous avions terminé la phase intéressante de la discussion. Ce qui venait ensuite était, comme je m'y attendais, des incohérences dues à l'effet des hormones qu'elle prenait.

Dehors, le temps s'était rafraîchi. Le vent qui souffle de l'est me revigora ; il amène, depuis les côtes d'Üsküdar, toute la senteur du Bosphore. Quant aux odeurs de mazout et de carburant qui s'y mêlent, ce sont les vicissitudes de notre mégapole.

Les suivantes sur ma liste étaient Vuslat la Poupée et Demet. Je sentis mon estomac crier famine alors que je descendais la pente du trottoir en pavage romain. Il fallait que j'avale un morceau avant de me rendre à Gayrettepe, chez Vuslat. De ce fait, comme l'heure avançait, je n'allais pas avoir à m'inquiéter de la réveiller. Je décidai donc d'aller manger dans les environs, au restaurant qui se trouve au dernier étage du petit hôtel *La Maison* et qui bénéficie d'une vue à couper le souffle. Et lorsque je me suis rappelé le goût de leurs succulents soufflés, qui me donna l'eau à la bouche, ma faim ne se fit que plus pressante.

Le restaurant était vide du fait de l'heure avancée pour le déjeuner ; j'étais le seul client. Bien que nous soyons en automne – ses premiers jours –, la terrasse était ouverte mais comme on ne sait jamais quand le vent peut souffler sur le Bosphore, je pris mes précautions en m'installant à l'intérieur, à une table ensoleillée.

Il y avait les trois personnes qui assuraient le service et moi, le seul client à l'horizon. Je profitais donc naturellement de toutes les attentions du personnel. Quand ils ne se trouvaient pas autour de ma table, leurs yeux étaient constamment braqués sur moi ; ils épiaient tous mes gestes. Au moindre mouvement de ma part, l'un d'eux apparaissait aussitôt à mon côté.

Celui qui était jeune l'était un peu trop à mon goût. On peut même dire que c'était un enfant ; il y avait encore des relents de puberté sur son visage. Par contre, ses mains étaient incroyablement grandes par rapport au reste du corps et on ne peut pas dire qu'il était timide ; il s'était posté à l'autre bout de la salle et ne me quittait pas du regard. Il était difficile de déceler une quelconque expression sur son visage. Il m'observait plus par curiosité qu'autre chose, un peu comme quand on regarde un animal rare au zoo.

Le deuxième, qui approchait de la trentaine, était grand mais moche comme un pou ! Il restait éloigné pour se donner des airs professionnels mais je voyais bien qu'il m'observait aussi du coin de l'œil.

Celui à la dégaine de chef de rang était d'âge moyen et aussi haut qu'un nabot ! Ses attentions pour moi frisaient la drague. L'idée de l'envisager comme amant ne méritait même pas une seule seconde de réflexion ; quoi qu'il se passât dans sa tête, il aurait mieux fait de l'effacer et de ne même pas l'espérer dans ses rêves.

Pour être aimables, ils l'étaient, mais en considérant la situation sous un angle sexuel, je me suis vite rendu à l'évidence que je n'allais rien faire avec aucun des trois. J'ai donc passé ma commande de la façon la plus correcte qui soit, sans affecter des manières de femme et sans aguicher.

Leur chef cuisinier, qui me semblait être français, fait de véritables merveilles. L'émincé de poulet était un pur délice, la salade de crevettes n'avait pas noirci et ne s'était pas liquéfiée, et le soufflé au chocolat, dont j'avais passé la commande en même temps que du plat, était succulent. Je dégustais chaque bouchée en la gardant contre mon palais pour la faire fondre avant de l'avaler. J'aime faire durer, dans la limite du possible, le plaisir qu'on peut tirer de certaines choses dans la vie, en l'occurrence du soufflé au chocolat. Conclusion : je fus on ne peut plus satisfait de mon repas.

J'ai aimablement décliné leur proposition de café. Le chef de rang – celui d'âge moyen – m'avait repéré dès mon arrivée et s'était mis à me tourner autour, nourri d'illusions perdues d'avance.

— C'est la maison qui offre, proposa-t-il.

Je vivais un mauvais rêve !

J'ai renouvelé mon refus en prétextant que j'étais pressé et j'ai demandé l'addition au plus vite. Au moment de me lever, il écarta courtoisement ma chaise et m'accompagna jusqu'à l'ascenseur en me souhaitant un « Au plaisir de vous accueillir à nouveau dans notre établissement ».

16

La satiété et l'exposition au soleil automnal à travers les baies vitrées me donnèrent un coup de pompe. Je crus que j'allais tomber de sommeil une fois dehors ; j'aurais volontiers fait une sieste si j'avais eu un lit à disposition. C'est là que je me dis que je n'aurais pas dû refuser le café. Mais je me ressaisis et pris un taxi pour me rendre à Gayrettepe.

L'appartement de Vuslat la Poupée se trouve dans un immeuble essentiellement occupé par des bureaux professionnels ; le nombre de ce type d'appartements, qu'on peut trouver sur l'avenue Ortaklar, se compte sur les doigts d'une main. J'y étais allé quelques mois auparavant pour sa fête d'anniversaire où elle m'avait confié : « C'est plus sympa d'habiter un immeuble occupé par des professionnels, c'est plus tranquille. Je n'ai pas à supporter tous ces rapports inutiles de voisinage et il n'y a personne pour me faire chier. »

J'ai le souvenir qu'elle n'est plus très jeune non plus, mais Dame Nature a si bien fait son travail qu'elle donne l'impression d'être restée à ses dix-huit ans. C'est pour cette raison que nous l'appelons « la Poupée » depuis toutes ces années. Il lui arrive encore aujourd'hui de se voir demander sa carte d'identité lorsqu'elle se rend dans certains endroits pour la première fois. Elle personnifie à merveille l'adage « ce qui est petit est joli », sous les aspects masculin et féminin, et sa beauté est particulièrement éclatante sous les projecteurs de la boîte. Mais ce n'est pas l'image qu'elle me présenta lorsqu'elle m'ouvrit la porte, le visage enflé et couvert d'hématomes. Elle me fit entrer.

— T'as vu ce qui m'est arrivé ? fit-elle. (Elle portait un training épais et délavé ainsi que des claquettes en lamé à talons compensés.) Je suis partie avec ce connard d'Adem Yıldız et regarde dans quel état il m'a mise !

— Raconte. Qu'est-ce qui s'est passé ? m'enquis-je.

— Ben, la mienne ne s'est pas levée ; c'est à cause des médicaments. Et il s'est énervé.

— Je ne suis pas sûr d'avoir bien compris…

— Eh bien, figure-toi que le gars, il voulait se faire prendre !… Mais c'est pas mon truc, tu me connais. Même si je devais coucher avec Marilyn Monroe, c'est moi qui ferais la passive. Je n'ai pas eu d'érection et il s'est défoulé sur moi !

— Eh ben ! Qui aurait imaginé ça !

— Oh, m'en parle pas ! Comme s'il n'y avait pas déjà assez de déséquilibrés sur terre, il ne manquait plus que ceux-là ! À croire qu'ils n'ont trouvé personne d'autre que nous pour les troncher, avec tous les hommes qu'il y a dans le pays. Comme si j'en raffolais, moi, de tringler les mecs !

Elle tenait en main un petit miroir, reste d'une poudrière, et examinait sans cesse les blessures de son visage. Le côté gauche de sa lèvre supérieure était fendu et sa bouche tirait dans ce sens lorsqu'elle parlait.

— Non mais regarde dans quel état je suis ! Je ne pourrai pas mettre le pied dehors pendant dix jours au moins !

— J'espère que tu te rétabliras vite, lui souhaitai-je.

— Mais il m'a super bien payée, tu sais ! Je ne lui en veux pas tant que ça finalement. Je pourrais carrément me permettre de ne pas travailler un mois entier !

Voilà le genre de chose qui me dépasse ! Elle s'était fait défigurer, son visage était méconnaissable, sa lèvre était ouverte et elle affirmait en toute conscience qu'elle ne lui en voulait pas parce qu'il l'avait bien payée.

— Dis-moi, Vuslat, c'était quoi ton prénom déjà ? lui demandai-je.

— C'est drôle parce que lui aussi m'a posé cette question. Même qu'il m'a soûlée à me demander si je n'avais pas un prénom de naissance ou un autre prénom. Devine…

Quoi que je dise, je savais que je n'aurais pas trouvé le bon prénom avec les milliers qui existent.

— Je donne ma langue au chat, capitulai-je d'emblée.

— Dursun ! T'arrives un peu à t'imaginer ? Dursun !…

Heureusement, la sonnerie du téléphone retentit et j'échappai au commentaire qu'elle m'aurait, à coup sûr, offert sur son prénom.

— Allô ? fit-elle.

Elle ne parlait pas d'une voix nasale comme il est d'usage chez les nôtres ; la sienne est assez fine sans qu'elle ait à la modifier.

Pendant qu'elle tenait sa communication téléphonique avec force « mmh » et « oui », j'examinais les lieux du regard. Il y avait un poster géant de Tom Cruise accroché au mur. Elle avait collé des paillettes colorées et des faux cils sur le pauvre gars. La chemise, que je devinais être blanche, était complètement recouverte de paillettes et son visage était plein de crème et maquillé à outrance avec différentes couleurs fluorescentes. Quant aux trous qu'on voyait à ses oreilles, ils étaient certainement imputables aux nombreuses boucles d'oreilles qui avaient dû y défiler.

Elle termina sa communication par un « c'est impossible ! » emphatique.

— C'est joli, non ? me dit-elle à propos du poster. C'est moi qui l'ai fait.

Durant leurs moments de loisirs, les activités des filles sont limitées. La plupart, pour ne pas dire toutes, n'aiment pas lire, ne terminent pas le film qu'elles ont commencé à regarder, choisissent la facilité en ce qui concerne la cuisine et occupent leurs après-midi avec des futilités du style maquillage et beauté. Et comme si mettre des paillettes sur leurs propres vêtements ne suffisait pas, elles s'attaquaient maintenant aux posters.

— Qu'est-ce qu'il t'a fait d'autre ? dis-je pour en revenir à ce qui m'intéressait.

— C'est un vrai déséquilibré ! Il m'a d'abord demandé si j'avais fait mes ablutions. Évidemment, la réponse était non mais je lui ai fait croire le contraire et ensuite, il est allé faire les siennes. Il a soigneusement lavé tout son corps et a récité sa prière. Et après, il a récité un *besmele* et englouti la mienne dans la bouche !

J'étais tout ouïe ; je n'avais encore jamais rencontré, jusqu'à présent, un cas comme celui-là. Le plus extrême que je connaisse est *Cihad2000*. Et encore ! Il oublie tout ce qui est Dieu et prières dans le feu de l'excitation.

— Tu peux me croire quand je te dis que je la lui ai enlevée de force de la bouche. Il a même accéléré ses va-et-vient et il a commencé à la mordiller avec ses dents pour qu'elle se lève. Et bien sûr, ça n'a servi à rien.

— Il n'a rien fait d'autre ?

— Bien sûr que si ! Tu te doutes bien qu'il voulait rentabiliser tout ce fric qu'il m'avait lâché. Donc, voyant que je n'arrivais pas à bander, il m'a foutu une bonne raclée pour commencer ; il m'a vraiment fait mal ! Finalement, c'est quand même lui qui m'a pris, d'une manière assez violente, je dois dire, mais heureusement qu'il en a une petite.

Elle leva son index pour joindre le geste à la parole.

— Je sais maintenant pourquoi il est si dérangé. Tu sais, même si c'est moi qui l'avais sodomisé, ç'aurait été encore moi qu'on aurait traité de pédé[1]... Quel que soit le cas, c'est toujours nous qui sommes montrés du doigt !

J'étais absolument d'accord avec elle.

— Il m'a appelé peu après pour qu'on se revoie.

— C'était lui à l'instant ?

— Non, c'était l'épicier, ou plutôt son fils. Il passe me voir des fois et, en même temps, il me ramène des courses que je ne paie évidemment pas. Il me demande avant de venir si j'ai besoin de quelque chose et si c'est le cas, il me l'apporte.

— Et comme tu t'es fait pas mal d'argent, tu n'as pas besoin de lui...

1. La précision réside dans le fait que dans la croyance populaire turque, c'est celui qui tient le rôle du passif, dans une relation entre deux hommes, qui est considéré comme étant homosexuel. L'actif échappe ainsi à ce catalogage péjoratif dans le sens où sa virilité n'est pas remise en cause du fait que c'est lui qui a « fait l'homme ». Qu'il l'ait fait avec un homme ou une femme importe peu. Toutefois, il ne s'en vantera pas si c'est avec un homme comme il le ferait avec une femme.

— Non, ce n'est pas pour cette raison que je lui ai dit de ne pas venir. Si tu veux savoir, il est superbe ! Tout à fait mon style ! Il vient juste d'arriver du service militaire. Un corps musclé, poilu comme un singe, ses bras… et si tu voyais son engin ! Il me plaît à fond mais je ne voulais pas qu'il me voie dans cet état. Je veux laisser passer un peu de temps pour que mes blessures s'atténuent.

— Je comprends.

— C'est préférable ; et il sera d'autant plus excité quand on se verra !

Ses plans avec le fils de l'épicier, aussi ravageur fût-il, me passaient au-dessus de la tête.

— C'était comment chez Adem Yıldız ? repris-je.

— On n'est pas allés chez lui mais chez Ahmet Kuyu. Il habite de l'autre côté[1], une maison avec jardin. Et comme il faisait nuit, je ne pourrais même pas te dire où c'était.

— À Göksu, fis-je.

Eh bien oui, je sais parfaitement où il habite car il fut un temps où mon chemin est aussi passé par là. Ahmet Kuyu m'avait emmené chez lui comme il a l'habitude de le faire avec tout le monde, à la différence qu'avec moi, il s'en était mordu les doigts ; à tel point qu'il s'était confondu en excuses et m'avait même rendu un service particulier pour se faire pardonner. Et depuis ce moment, notre seul contact se limite à l'échange d'une vague salutation quand nous nous voyons.

---

1. La ville étant répartie sur deux rives : européenne et asiatique, les habitants utilisent le terme « côté » pour parler des rives. Ainsi, si un habitant d'une rive se rend sur l'autre rive, il dira : « Je vais de l'autre côté. »

— Enfin voilà, quoi, il ne nous a pas emmenés chez lui.

— Comment tu vas faire pour le contacter ?

— Oh, j'en ai pas besoin, il m'appelle tous les jours.

Il fallait absolument que je la mette en garde. Si le type l'appelait effectivement tous les jours, il y a fort à parier qu'elle était en danger... mais que pouvais-je lui dire ? Mes soupçons ?... Et si elle ne me croyait pas et qu'elle rapportât ma confidence à Adem Yıldız, histoire qu'il lui donne encore un peu d'argent ou pour se rendre intéressante l'espace d'un instant, je n'aurais rien fait d'autre que m'attirer les pires ennuis. Il est impensable que je me le mette à dos avec tous les hommes de main qu'il doit avoir à son service.

Pendant que j'étais occupé à réfléchir à la question, mon regard glissa vers le poster de Tom Cruise qui me fit me demander à quel point je pouvais avoir confiance en une personne qui l'avait décoré de manière si ridicule. D'un autre côté, je pensais aussi à la crise de conscience que j'aurais s'il lui arrivait malheur. Ma conscience prenant le dessus, je lui fis part de mes doutes, dans une certaine mesure. Elle releva les jambes sur le fauteuil où elle était assise et m'écouta parler jusqu'à la fin, en poussant par intermittence de brefs cris aigus. Elle avait mis ses mains en poing devant sa bouche et ouvert grand les yeux.

— Voilà, tu sais tout maintenant, fis-je pour terminer.

— On peut dire que tu m'as fichu la frousse ! J'avais de toute façon remarqué qu'il n'était pas très net mais... un tueur en série ! Mon Dieu, j'ai peur !

— Je t'ai mise dans la confidence afin que tu fasses attention, pas pour t'effrayer. Comme je te l'ai dit, je ne suis sûr de rien mais sois quand même vigilante.

Un sourire s'étalait sur son visage quand elle me raccompagna à la porte.

— Finalement, ce prénom de Dursun aura quand même eu son utilité. T'imagines si j'avais un prénom du style Jésus, Moïse, Noé, Ali, Hasan ou Hüseyin ? À l'heure qu'il est, je serais certainement morte comme les autres !

Je lui épargnai un correctif à ce qu'elle venait de dire : Ali n'était pas un prophète mais le cousin et gendre du prophète Mahomet, et Hasan et Hüseyin étaient ses fils. Qu'importe ! elle n'avait qu'à continuer à les considérer comme tels.

L'information que je venais d'obtenir sur Adem Yıldız – il prend son pied en se faisant troncher par les nôtres ! – allait produire l'effet d'une bombe !

17

Ayant appris ce que je voulais savoir, je n'avais plus besoin de me rendre chez Demet. J'étais d'autant plus enclin à annuler cette visite que je n'oubliais pas la distance qu'il aurait fallu parcourir. Cengiz aussi pouvait attendre ; je doute fort qu'Adem Yıldız ait pu commettre ses atrocités dans la résidence d'été familiale, risquant ainsi sa réputation. Et puis, je ne voulais pas aller le voir juste pour ça, car je souhaite réellement que notre relation évolue dans le bon sens. J'ai donc jugé plus sage de rentrer chez moi afin de prendre connaissance des dernières informations que Selçuk avait dû me laisser sur le répondeur, et *Cihad2000* dans ma boîte mail.

Bien que ce ne soit pas dans mes habitudes, j'ai décidé de prendre le métro, ayant repéré une bouche de station non loin de l'endroit où je me trouvais. Je n'avais aucune envie de supporter la circulation, d'échanger ne serait-ce que quelques mots avec un chauffeur de taxi, ni d'écouter les radios nazes qu'il allait certainement choisir ; sans parler du fait que c'est plus rapide.

Les murs de la station de métro étaient placardés d'affiches des salons de thé Yıldız montrant les différentes sortes de börek, d'articles boulangers et des slogans où ils se vantent d'avoir doublé le nombre de leurs points de vente en cinq ans et remercient la Turquie, toutes générations confondues, pour sa fidélité envers leur enseigne.

J'eus le sentiment que tomber sur Adem Yıldız ou n'importe quoi ayant un lien avec lui était un mauvais présage. D'un autre côté, il fallait absolument que je répète à quelqu'un qu'il était passif, mais à qui ? Je crois que j'en mourrais si je garde ça pour moi, me dis-je. C'est quand même un scoop d'enfer ! Mis à part la question de savoir s'il est celui que je cherche ou pas, c'est un V.I.P. du pays et il se fait prendre ! et par qui en plus !

La première personne qui me vint à l'esprit fut Pompon, mais l'idée de partager cette information avec elle ne me parut pas vraiment excitante : elle aurait pris la nouvelle de manière anodine et m'aurait listé un tas d'autres personnes qui se font dominer au lit, en me disant : « Tu parles d'une révélation, ma chérie ! Un tel aussi est passif, un autre aime se faire dominer aussi. » Elle aurait banalisé tout le côté croustillant de la chose.

J'ai dû marcher un peu après être descendu à l'arrêt « Place Taksim ». Je sentis que le temps s'était rafraîchi et que le vent, qui souffle été comme hiver sur la pente de Gümüşsuyu[1], avait repris de plus belle.

Le mieux était d'en parler à Hasan ; il en oublierait de manger et de boire, et le répéterait à chaque personne qu'il rencontrerait.

Je compris, en entrant chez moi et en voyant les meubles en vrac, les fenêtres grandes ouvertes et le froid de canard qu'il y faisait, que Mme Sati était là ; j'avais complètement oublié que c'était jour de

1. Quartier se situant sur le versant d'une des collines de la ville et compris entre Beyoğlu, en amont, et la mer du Bosphore, en aval.

ménage. Les tapis, les fauteuils et les consoles avaient été déplacés – sous la direction de Pompon – et Mme Sati était affairée à nettoyer les recoins tout en maugréant ; son expression transpirait le mécontentement. Si Pompon s'était mis en tête de faire un méga-ménage, et c'était parti pour, vu qu'elle risquait de rester encore une dizaine de jours en raison des événements, je craignais que Mme Sati ne remette plus jamais les pieds chez moi. Ma chère invitée avait noué autour de sa tête un foulard rose bonbon à la manière maharadjah.

— Salut chouchou, m'accueillit-elle. On s'est dit qu'on pourrait faire un peu de ménage chez toi. Puisque je suis là encore pour quelques jours, que je serve au moins à quelque chose…

— Madame a voulu qu'on déplace tous les meubles, ajouta Mme Sati.

La contrariété fusait de sa bouche et la dame en question était évidemment Pompon. Je ne m'attendais pas à ce qu'il y ait un tel souk chez moi. Je ne sais que trop l'importance que Pompon attache à la propreté, mais mon appartement ne croule pas sous la saleté non plus. Il m'était impossible de pouvoir travailler ou même de réfléchir à tête reposée au milieu de tout ce remue-ménage. Je n'avais qu'une envie, repartir au plus vite.

— C'est gentil à vous, merci. Ça va durer encore longtemps ? demandai-je.

— On vient à peine de commencer ! répondit Pompon. Mme Sati n'est arrivée que vers onze heures.

L'intéressée intervint aussitôt pour assurer sa défense :

— Comme d'habitude.

— On a aussi mis les rideaux dans la machine à laver, reprit Pompon, ils étaient tout noirs ! Ça ne se remarque pas le soir, mais quand je les ai vus tout à l'heure je n'en ai pas cru mes yeux.

Se tournant vers sa collègue du moment, elle ajouta :

— S'il vous plaît, madame Sati, essayez de les laver un peu plus souvent, une fois par mois par exemple. La saleté est plus tenace quand elle s'incruste.

Pompon s'était octroyé la gestion des travaux ménagers ; quoi que je dise, ça n'aurait servi à rien. Je me suis à nouveau rendu à l'évidence de ne pas pouvoir faire grand-chose vu l'état des lieux. Je suis tout de même resté et me suis enfermé dans la pièce qui me sert de bureau.

La première des choses à faire était d'appeler Hasan, et comme il fallait s'y attendre, son téléphone sonnait occupé. Il y avait fort à parier que, s'il avait eu idée de la nouvelle qu'il allait entendre, il aurait libéré la ligne sur-le-champ. Tant pis, il fallait qu'il attende un peu pour ça.

Dans la foulée, j'ai composé le numéro de Selçuk. Sa secrétaire m'informa qu'il n'était pas là mais qu'il n'allait pas tarder à revenir. Elle voulait me faire comprendre qu'elle avait un poste à responsabilités et qu'elle savait qui j'étais lorsqu'elle me demanda, l'air de celle qui est au courant, si j'avais bien reçu l'enveloppe qu'ils m'avaient fait parvenir, et ajouta :

— Si vous voulez, je peux lui demander de vous rappeler lorsqu'il sera de retour. À quel numéro peut-il vous joindre ?

— Avec plaisir. Dites-lui que je suis chez moi, il a mon numéro.

Je n'ai pas précisé combien de temps j'aurais la patience de rester dans mon appartement, qui avait été mis sens dessus dessous, mais certainement pour un moment encore. Pendant que je parlais avec elle, j'allumai l'ordinateur pour me connecter sur Internet.

Mon intuition, que je respecte pour ne m'avoir jamais fait défaut jusqu'à présent, me disait de contacter *Cihad2000*. Mais j'ai d'abord fait des recherches sur les salons de thé Yıldız tout en attendant l'appel de Selçuk. Eh bien, oui, ils ont bien tout un site consacré à leur entreprise. Ils ont même un service de livraison à domicile dans certaines villes. Le portrait de Yıldız père orne la page des informations générales sur la société. Avec son visage immaculé, sans barbe ni moustache, un regard exprimant une profonde piété et une certaine assurance, il a l'air de ces conservateurs qui se présentent aux élections. Il explique comment il a fait prospérer son entreprise « par la grâce de Dieu » et que c'est « sa foi » qui lui a donné la force d'en arriver là en lui montrant le chemin à suivre.

Adem Yıldız figure sur la page des membres dirigeants. Il y affiche un sourire empreint de gêne avec sa bouche pincée qui s'entrouvre pour laisser légèrement apparaître sa denture. On y lit qu'il a fait ses études aux États-Unis, à l'instar des enfants des fanatiques religieux riches. À ce propos, je me suis toujours demandé pourquoi ces gens n'envoyaient jamais leurs gosses étudier plutôt dans des pays tels que l'Iran, l'Afghanistan, l'Arabie saoudite ou l'Égypte.

La page consacrée à leurs produits me mit l'eau à la bouche. Même si j'avais encore le goût succulent du soufflé, ce que je vis me donna envie.

Leur entreprise est présente partout dans le pays, avec pas moins de seize salons rien qu'à Istanbul. Je n'ai pas manqué de vérifier les villes qui m'intéressaient et j'ai constaté qu'ils ont un salon à Van et trois à Antalya. Je ne pouvais évidemment pas considérer ces données comme des éléments de preuve. Je voulais éviter de tomber dans le piège des conclusions hâtives, quand bien même il se serait trouvé dans ces villes au moment des faits.

Le téléphone sonna au moment où je commençais à me lasser ; c'était la secrétaire aux airs professionnels.

— Bonjour, ici la secrétaire de l'inspecteur Taylanç, veuillez ne pas quitter, je vous prie.

J'entendis la voix de Selçuk après un laps de temps :

— Salut Poirot !

— Je préfère Miss Marple, répondis-je. Commence s'il te plaît ou sinon je vais exploser d'impatience.

— D'abord, l'appartement d'Ataköy : son propriétaire est Fehmi Şenyürek et, d'après ce que j'ai pu en apprendre, c'est lui qui l'occupe.

La première réponse à mes interrogations venait de tomber : l'appartement à l'étoile orangée n'appartient pas à Adem Yıldız comme je le supposais.

— Qu'y a-t-il ? fit-il.

— Rien. J'étais juste en train de réfléchir… ce nom ne me dit absolument rien.

— Ne te fatigue pas, j'ai aussi trouvé réponse à cette question.

— Je t'écoute…

— Il est né en 1967 à Gemlik et il a été renvoyé de son école militaire. Actuellement, il travaillerait dans le privé. Et il aurait acheté l'appartement en question à crédit alors qu'il était encore en construction.

— Est-ce que tu as aussi pu apprendre le nom de son entreprise ?

— Pas encore, mais ça ne devrait pas poser de problème.

— Tu peux t'en occuper, si ce n'est pas trop te demander ?

— J'essaierai.
— Et pour le reste ?
— J'ai besoin de plus de temps pour le reste.
— O.K. mais j'ai une dernière question. On n'a pas pratiqué de tests ADN sur les corps d'Abraham Karaman et Joseph Seçkin. Tu peux les faire faire ?
— Je ne sais pas si c'est toujours possible après tout ce temps…
— Oui, je sais, mais je me suis dit que si on pouvait analyser le sperme qu'ils ont trouvé dans le rectum, on pourrait apprendre avec qui ils ont eu la relation sexuelle qui a précédé leur mort.
— Tu as peut-être raison… Si tu permets, je te fais patienter un peu pour me renseigner et je te reprends tout de suite après.
Il me mit en attente et, pendant ce temps, Pompon avança la tête dans l'embrasure de la porte qu'elle avait entrebâillée.
— Alors, là, bravo ! Je t'ai écouté de l'autre poste.
— On ne t'a jamais dit que c'était malpoli d'écouter les conversations d'autrui ? la réprimandai-je amicalement.
— J'ai décroché en pensant que c'était pour moi et je t'ai entendu parler. Ce que vous disiez avait l'air intéressant, alors j'ai continué à vous écouter ; je n'ai pas pu m'en empêcher. Alors, quelles sont les nouvelles ?
Il est très difficile de faire entendre raison à Pompon sur certains sujets. D'abord, elle s'incruste chez moi, ensuite elle se met à régir ce qui s'y passe, et sans aucune mesure ni limite. Dans son raisonnement, on peut tout se permettre entre amis.
Mon attente prit fin et j'entendis à nouveau la voix de Selçuk.

— Écoute ce que je viens d'apprendre : il est possible de pratiquer des tests ADN sur un corps qui est resté dans l'eau jusqu'à trois jours, et même dans l'eau de mer, à condition qu'il reste un minimum de sperme dans le vagin ou dans la zone de l'anus. Ce serait impossible dans la bouche mais tout à fait possible en ce qui concerne le vagin et l'anus.

— Pourquoi ne les ont-ils pas pratiqués ?

— C'est la question que je me suis également posée…

Nous restâmes tous les deux silencieux un moment.

Pompon, qui ne pouvait plus entendre mon interlocuteur pour la simple raison qu'elle se trouvait à côté de moi, m'observait avec curiosité.

— Qu'est-ce qu'il a dit ? me chuchota-t-elle.

J'ai collé ma main contre le microphone du combiné téléphonique et lui ai chuchoté à mon tour :

— Je te raconterai plus tard.

Elle mordilla sa lèvre inférieure et hocha la tête avec l'air de celle qui a reçu le message.

— Dis-moi, Selçuk, est-ce qu'on peut faire pratiquer ces analyses ?

— C'est qui *on* ?

— Enfin, je voulais dire est-ce que *tu* peux faire en sorte que ce soit fait ?

— Je vais essayer… je ferai mon possible. En réalité, ici, il suffit juste de monter le ton d'un cran quand tu veux te faire entendre et tout le monde s'agite comme une horde de fourmis. Ils ont dû négliger ce point à cause de la surcharge de travail. Sans oublier que ce genre de test n'est pas donné ; ça demande aussi du temps et de l'énergie.

— Je peux prendre en charge les frais quel qu'en soit le coût.

— C'est hors de question ! Écoute, si tu veux bien

m'excuser, je dois te quitter maintenant, j'ai pas mal de boulot qui m'attend encore.

— Bien sûr, je t'en prie.

— Et n'oublie pas, on t'attend à dîner un de ces quatre avec Ayla.

— D'accord.

Pompon commença à me bombarder de questions au moment même où je reposais le combiné ; et moi, je lui fis part de tout ce que je venais d'apprendre. Elle accompagna ce que je lui disais par des « ça alors ! » et des « eh ben, dis donc ! » et réussit à me confondre lorsqu'elle me demanda : « Et alors, qu'est-ce que ça prouve ? » à la fin de mes explications. Mais en y réfléchissant, je me dis qu'elle n'avait pas entièrement tort. Encore une fois, je n'avais rien d'autre que mes doutes et mes suppositions.

— Viens manger alors ; j'ai fait des tomates et des poivrons farcis. C'est délicieux !

— J'ai déjà déjeuné.

— Tu es folle ou quoi ! Tu sais mieux que personne la bonne cuisine que je fais et tu vas manger dehors… C'est toi qui vois, ma chérie.

Envisager d'accomplir quoi que ce soit en restant à la maison était peine perdue. Le mieux était d'aller faire un tour au bureau. Enfin, là-bas j'aurais aussi à supporter Ali, et je devrais fournir les réponses à ses questions auxquelles je n'avais pas répondu au téléphone, parler de nos contrats et du marché. Il allait aussi me demander de régler des petites choses pour le travail, mais c'était toujours mieux que de rester chez moi où j'étais certain de n'avoir aucun répit avec Pompon et Mme Sati dans les parages.

18

Après avoir endossé une veste épaisse en prévision du temps qui commençait à se rafraîchir, je me suis jeté dehors sans plus attendre. J'avais oublié d'appeler un taxi avec tous ces bruits de lave-linge, d'aspirateur et la voix portante de Pompon qui donnait ses ordres à Mme Sati ; j'ai dû marcher jusqu'à la station.

Hüseyin n'y était pas, vu qu'il assure le service de nuit. Tant mieux, je n'avais aucune envie d'avoir à supporter ses insinuations à peine voilées. Je suis monté dans le premier véhicule de la file.

J'étais indécis quant à donner la priorité au bureau ou à *Cihad2000*. Ayant finalement décidé d'accorder à ce dernier un peu plus de temps pour ses recherches, j'optai pour le bureau.

Les personnes qui y travaillent me respectent pleinement. Elles me trouvent juste un peu atypique et je me suis même laissé dire qu'elles me décrivent comme étant quelqu'un d'original, d'excentrique et de non conventionnel. Bien qu'elles aient l'habitude de me voir en tenue d'homme la plupart du temps, il m'est cependant déjà arrivé d'y aller, et plus d'une fois, maquillé à outrance avec du rimmel plus qu'il n'en faut, du fard plein les joues ou du rouge à lèvres en abondance dans le seul but de choquer les clients qui font les radins lorsqu'il s'agit de notre rémunération.

Ali était à l'extérieur, ce qui signifiait la tranquillité jusqu'à ce qu'il arrive. J'ai poussé sur le côté de la table l'amas de courrier que la secrétaire y avait posé afin de me créer un plan de travail.

J'étais à mon bureau mais je n'avais aucune idée de ce que je devais y faire. Je savais bien qu'il fallait que je m'active, mais… par où devais-je commencer ? pour arriver à quel résultat ?… Personnellement, j'avais déjà désigné Adem Yıldız comme étant le coupable – au moins, un point de réglé –, cependant, je n'avais aucune preuve pour étayer ma conviction… Oui, le type était un malade mental doublé d'un meurtrier, mais il me fallait des preuves. Et c'est là que résidait le problème.

Je voulais mettre mon temps à profit en tentant de découvrir l'identité des pseudos *adam star, starman* et **adam* quand la secrétaire m'annonça :

— Je vous passe un appel.

Elle avait besoin qu'on la remette à sa place, celle-là, et qu'on lui explique sa position dans la société ; je n'ai pas du tout apprécié sa façon hautaine de me parler.

— Salut abla ! me dit une voix.

Non, ce ne pouvait pas être vrai ! Mais ça l'était ! La personne qui m'appelait était Gönül ; je ne me souvenais même plus de lui avoir donné le numéro du bureau.

— Salut Gönül, répondis-je.

— Ah, tu m'as reconnu !

— Évidemment que oui, comment pourrais-je t'oublier ?

— C'est sincère ?

— Tu voulais me demander quelque chose ? C'est que je suis occupé… J'étais en train de travailler, en fait.

— Je voulais juste t'appeler pour te dire que je viens de sortir de l'institut médico-légal.

— Alors, quelles sont les nouvelles ?

— Si tu savais comme j'ai eu mal… jamais j'aurais accepté si j'avais su ! Et quelle pétasse, le docteur ! Aucune pitié ! Elle m'a rentré un énorme truc en fer, froid comme tout, comme ça, d'un coup, dans le cul !

Je me serais volontiers passé des détails ; surtout que ce n'était pas le sens de ma question. Et je devinais aussi à peu près ce qu'elle avait enduré.

— La mort de Gül, repris-je. Tu as pu apprendre quelque chose à ce sujet ?

— Évidemment que oui ! fit-elle, et elle se tut.

— Alors ?

— Écoute, je ne peux pas te raconter ça au téléphone, ce serait trop long. Et puis, de toute façon, tu es occupé comme tu viens de le dire. Je ne veux pas te faire perdre ton temps. Je te raconterai quand on se verra, dit-elle, et elle raccrocha !

J'aurais pu l'étrangler si elle avait été à côté de moi ! Je n'avais même aucune idée de l'endroit où la trouver. Il me semble qu'elle sévit dans les bars d'Aksaray ou dans quelques autres lieux malfamés, mais je ne connais ni son adresse ni rien d'autre sur sa vie privée. Je sais juste qu'elle a l'habitude de courir à la morgue quand il arrive malheur aux nôtres. Et c'est là qu'on se rencontre chaque fois que je m'y rends aussi. Il ne me restait plus d'autre choix qu'attendre son prochain appel.

Ce genre d'agissement plus que débile a la fâcheuse conséquence de me perturber. Je ne savais déjà pas ce que j'étais venu faire au bureau, voilà que j'étais complètement déconcerté. Je suis resté cloué sur mon siège, le regard vide fixé sur le mur jusqu'à ce qu'Ali fasse son entrée, un instant plus tard.

— J'ai de très bonnes nouvelles à t'annoncer ! commença-t-il par me dire. Tu te souviens de cette société italienne, Mare T. Docile ? Eh bien, considère cette affaire dans la poche. On peut dire que j'ai obtenu le contrat. Je vois déjà la couleur des billets...

Il se frottait les mains avec excitation et affichait un large sourire. Il avait plissé les paupières et arborait encore cette expression d'extase dans le regard, comme chaque fois qu'il parle des profits qui nous attendent. Seulement, j'étais ailleurs ; je n'avais l'esprit à penser ni aux clients italiens, ni à leurs billets de banque.

— Alors, qu'est-ce qui t'arrive ? Ça fait deux mois que je cours après ce contrat, je l'ai enfin obtenu et ça n'a pas l'air de t'enchanter plus que ça. Dis-moi ce que tu as.

— Excuse-moi, j'étais plongé dans mes pensées.

— Ça, je l'avais compris... Écoute, à partir de maintenant, on doit laisser tout le reste de côté et ne plus penser qu'à ce contrat. C'est le plus gros qu'on ait jamais eu, c'est pourquoi, dès à présent, nous devons concentrer toute notre énergie dessus. Si on mène ce projet à bout, on pourra même envisager une retraite anticipée. Imagine un peu tous ces billets qui vont bientôt nous tomber dans les mains !

— Et combien allons-nous empocher ? lui ai-je demandé.

Le montant qu'il me donna faisait penser à une super cagnotte du loto.

— Ils veulent te rencontrer au plus vite pour une réunion. Il faudra même envisager que tu te rendes à leur siège à Gênes, ou encore à leur filiale de Nice pour analyser leurs systèmes.

Il sait parfaitement que je n'aime pas ce genre de voyage d'affaires.

— Ce ne sera donc pas long ! insista-t-il, un ou deux jours à tout casser. Et on pourra même rester deux jours de plus, si tu veux, pour en profiter et faire un peu de shopping.

— Tu sais très bien que je peux travailler sur leur système informatique sans me déplacer ; la technologie moderne, tu connais ?

— Oui, je le sais bien, mais ils veulent te rencontrer. En plus, ils m'ont dit que leur réseau est inaccessible de l'extérieur et qu'il est différent des autres systèmes avec des codes secrets et tout le reste. Je sais qu'ils ne se satisferont d'aucune mesure de protection tant qu'on n'ira pas les voir pour qu'ils te briefent eux-mêmes sur leur système informatique. Et le client est roi, n'oublie pas.

— Ali, depuis toutes ces années qu'on travaille ensemble, je n'ai pas encore réussi à te faire comprendre que le réseau informatique d'une société et les systèmes touchant à sa protection sont deux choses différentes et indépendantes l'une de l'autre.

— Oui, je le sais mais…

— Il n'y a pas de mais qui vaille ! Je comprends que tu n'aies pas pu leur expliquer une chose que tu ne comprends pas toi-même.

— Ne t'énerve donc pas.

— Je ne m'énerve pas… Combien as-tu dit qu'on aurait ?

Il me répéta le chiffre astronomique, ce qui me fit songer que je ferais peut-être mieux d'oublier tout ce qui me préoccupait et de commencer à faire des projets avec ma part qui, à elle seule, faisait rêver. Je me dis que je pourrais acheter toutes les parts du club ou même en acquérir un autre rien qu'à moi. Je pourrais même en ouvrir deux : l'un à Bodrum, pour la période estivale, et l'autre à Istanbul, pour la période hivernale… J'abandonnai les petits rêves pour passer aux plus grands : réaliser ces projets de boîte de nuit à Paris ou à Berlin… ou encore, j'arrêterais complètement de m'occuper du club et je ferais partie des clients V.I.P. de tous les night-clubs de la ville. Je ferais le tour de tous les bars et de toutes les boîtes de travestis du monde entier… j'irais partout où je le voudrais, voir les merveilles du monde…

— On doit s'atteler à la tâche au plus vite, reprit Ali. C'est pourquoi j'ai pris l'initiative de t'apporter du travail à faire chez toi.

Lorsqu'il est sorti de mon bureau afin d'aller chercher le dossier sur la firme italienne, j'ai jeté un œil aux documents que j'avais devant moi ; j'y avais transcrit les renseignements concernant les filles qui étaient mortes : les nom, prénom et pseudonyme de chacune, ainsi que la façon dont elles étaient mortes et d'autres informations qui m'ont semblé importantes.

Quand il est revenu avec deux CD-Rom en main, je lui ai demandé :

— Tu sais, ton ami Cengiz…

— Il ne t'a pas laissé indifférent, si j'ai bien compris. Je me doutais bien qu'il te plairait.

— Il nous a dit que sa résidence d'été était voisine de celle d'Adem Yıldız…

— Oui, effectivement. Apparemment, il a une maison dans la baie de Mazı, près de Bodrum. Son ex-femme et ses enfants y sont en ce moment même…

— Arrête de me couper sans cesse la parole, je veux te poser une question.

— D'accord ! d'accord !

— À quel point penses-tu qu'il connaisse Adem Yıldız ?

— Il t'a aussi tapé dans l'œil ?

— Certainement pas ! Il y a juste que j'ai quelques doutes le concernant et qu'il me faut des renseignements, mais discrètement.

— Vois ça avec Cengiz, je ne pourrais pas t'aider,

me répondit-il avant de poser sur mon bureau les CD-Rom et de revenir au sujet qui l'accaparait. Tu trouveras là les particularités de leur système informatique et les problèmes qu'ils ont rencontrés jusqu'à présent. Ils veulent qu'on les analyse. Tu peux regarder ? Je leur ai dit qu'on le ferait d'ici au début de la semaine prochaine… Dis-moi qu'on aura fini, hein ?

La pensée de tout l'argent que j'allais bientôt palper m'embrouilla l'esprit à moi aussi.

19

Il était vingt heures passées lorsque j'ai quitté le bureau. Le système informatique de Mare T. Docile me semblait être un vrai imbroglio. Afin de ne pas payer d'impôts sur les profits qu'ils tirent du transport maritime, ils ont domicilié leurs activités à Split, en Croatie, et dans des îles du Pacifique. C'est-à-dire que Mare T. Docile est une société italienne qui loue ses navires presque à perte à des petites sociétés bidon.

De retour à la maison, j'eus droit aux remarques de Pompon :

— Enfin, te voilà ! Ça fait trois heures que je t'attends pour passer à table. Encore un peu et j'allais commencer sans toi.

Quel désespoir s'empara de moi quand je vis que tout mon intérieur avait était chamboulé durant cette journée de grand ménage à l'initiative de ma chère amie. Résultat : adieu ma déco post-moderne et bonjour le salon de vieille dame ! L'auteur de ma nouvelle décoration intérieure, qui suivait mon regard, demanda avec fierté :

— Alors… c'est pas mieux comme ça ?

— Si, bien sûr. Merci de t'être donné tout ce mal.

Que pouvais-je répondre d'autre ?

— On en a vraiment bavé avec Mme Sati, mais le résultat en valait la peine ; on a tout nettoyé de fond en comble ! Et heureusement que j'étais là sinon elle n'aurait rien fichu.

— Sans doute.

— Tu sais, ta Mme Sati, je la trouve un peu fainéante. Elle vient trois fois par semaine, mais ça fait des mois qu'elle n'a pas balayé sous les tapis. Un jour, je t'enverrai ma Zerrin et tu verras la différence : une vraie tornade !

Je lui adressai un semblant de sourire, n'ayant pas la joie au cœur.

— Allez, viens manger maintenant, continua-t-elle. J'ai fait du poulet avec des gombos frais. Et avec plein de citron.

Le poulet aux gombos était un pur délice. Je n'aurais aucun mal à atteindre le poids de Pompon à ce rythme-là.

— J'ai eu des appels ? demandai-je.

— Ah oui ! j'allais presque oublier. Il y a ton ami policier qui a téléphoné. Il voulait te dire quelque chose à propos d'un certain Ferruh ou Fahri.

Elle devait parler de Fehmi Şenyürek.

— Et quoi donc ?

— Il ne me l'a pas dit ; il va te rappeler.

— Qui d'autre ?

— Il y a eu aussi un appel de pervers. Je décroche, et rien ! Je l'entends respirer mais il ne parle pas. Il téléphone toutes les demi-heures ; il ne devrait pas tarder, là. Un vrai malade mental !

— Et Hasan ?

— Je l'ai appelé pour lui demander s'il avait appris quelque chose de nouveau, mais non, il n'y a rien pour le moment.

J'attendais avec impatience que Pompon sorte pour pouvoir appeler en toute tranquillité Selçuk, et *Cihad2000* que je soupçonnais d'être l'auteur des appels anonymes. Mais elle n'avait pas l'air de vouloir bouger.

— À quelle heure penses-tu sortir, ce soir ? lui ai-je demandé.

— Je ne sors pas, c'est mon jour de congé ; et je n'ai pas d'extra non plus. On n'a qu'à rester ici entre filles et passer la soirée à regarder la télé ou à papoter. On pourrait parler des filles, se donner notre avis sur ce qu'on n'aime pas chez elles, les critiquer comme de vraies commères !

J'adore bavarder avec Pompon mais, ce soir-là, le cœur n'y était pas. J'étais préoccupé par autre chose, notamment trouver des réponses aux questions que je me posais sur la série de meurtres dont notre communauté était victime. Ensuite, je voulais me concentrer sur le fameux contrat Mare T. Docile qui allait me mettre à l'abri du besoin pour le restant de mes jours.

— Ne m'en veux pas trop, mais il faut que je travaille un peu, lui dis-je.

Son expression changea.

— Et moi alors, qu'est-ce que je vais faire pendant ce temps ?

— Tu n'as qu'à regarder la télévision ; j'ai des nouveaux DVD. Ou, si tu veux, on peut t'appeler quelqu'un.

— Je t'en prie, ça fait belle lurette que je ne fais plus ce genre de choses !

J'avais oublié que Pompon était un travesti asexué. Certaines mauvaises langues ont même prétendu qu'elle se travestissait uniquement pour narguer sa famille.

— Je vais quand même m'asseoir à côté de toi, si tu veux bien, et je te ferai du thé ou du café, ou du pop-corn si t'en as envie. On pourra échanger quelques mots pendant que tu travailleras. Promis, je ne te dérangerai pas !

C'était bien ma chance ! Elle parlait avec l'air de plaisanter, mais je savais qu'il n'en était rien. J'essayai de l'en dissuader d'un ton léger :

— Je ne sais pas…

— Oh, allez ! tu vas voir, on va bien s'amuser… Commence à travailler, et moi, je vais mettre l'eau à bouillir pour le thé.

En souhaitant que la préparation du thé lui prenne un bon moment, je composai le numéro du fixe de Selçuk. C'est Ayla, son épouse, qui décrocha. Après avoir échangé deux ou trois mots, elle m'annonça qu'ils m'attendaient le vendredi à dîner, et elle passa le combiné à Selçuk.

— J'ai des nouvelles concernant Fehmi Şenyürek. J'ai appris qu'il travaille pour une compagnie de transport maritime du nom d'Astro, me dit-il d'emblée.

— Jamais entendu parler…

— Moi non plus, mais j'ai approfondi mes recherches et j'ai découvert qu'elle faisait partie du Groupe Yıldız.

Bingo ! Je lui ai demandé pour en être bien certain :

— Du même nom que les salons de thé Yıldız ?

— En plein dans le mille ! Et en plus, ils ont même une petite compagnie aérienne. Ils sont assez discrets à ce niveau-là.

— J'apprécie beaucoup ton aide.

— Je ne sais pas ce que tu cherches au juste, mais je suis content de pouvoir faire ça pour toi. Oh, et les tests ADN sont en route. Je te préviendrai quand j'aurai les résultats.

Il avait raison quant à la discrétion, car je n'en avais jamais entendu parler ; peut-être parce que le

Groupe Yıldız n'apparaît que rarement dans la presse. Je ne sais pas si c'est délibéré ou parce qu'ils ont un mauvais service de relations publiques. D'un autre côté, il faut aussi savoir que la plupart des patrons conservateurs gèrent leur entreprise de cette manière, sans publicité et sans trop se faire remarquer du grand public.

J'étais en train de faire des recherches sur les sociétés Astro et StarAir sur le Net quand Pompon arriva avec nos thés. En dehors du site de la Chambre de commerce et d'industrie de la ville, il n'y avait pas grand-chose.

— Tu sais, commença Pompon, chaque fois que tu te concentres sur quelque chose, tu fais la moue et tu fronces les sourcils. Je t'ai observé et tu fais ça chaque fois. (Elle fit une grimace pour illustrer son propos.) Tu ne devrais pas parce qu'en faisant ça tu ne fais que creuser les sillons de futures rides et, une fois qu'elles sont là, c'est trop tard. Tu devrais prendre davantage soin de toi. Je te conseille des masques, par exemple. Si tu veux, je t'en prépare un tout de suite. Le produit sèche sur ton visage et tu ne peux plus plisser le front pendant un moment. Ou tu n'as qu'à te faire injecter ce produit… tu sais, celui qu'utilisait Tansu Çiller[1]. Au moins, applique-toi des produits, même juste pour hydrater ta peau. Ce sera toujours mieux que rien.

— Du botox, fis-je.

— Ah oui, c'est ça !

L'idée d'envoyer Pompon me préparer un masque facial pour pouvoir contacter tranquillement *Cihad-2000* n'était pas mauvaise. Je n'avais aucune envie qu'elle voie ce qu'il allait encore écrire.

---

1. Ancien Premier ministre (femme).

— Quel genre de masque vas-tu me préparer ?

— Le plus pratique est celui à l'argile. C'est déjà prêt, il n'y a qu'à ouvrir la boîte et l'appliquer sur le visage.

Certainement pas ! C'était l'affaire de quelques secondes alors que je voulais l'occuper plus longtemps. Par exemple, en lui demandant de me préparer une de ses spécialités.

— Tu ne pourrais pas plutôt me préparer un des masques que tu as l'habitude de faire pour toi-même ? Tu sais, avec des produits naturels, des carottes, des concombres ?

Elle mordit à l'hameçon.

— Si, bien sûr ! J'en ai un génial ! Mais la préparation va me demander du temps. Si tu peux patienter, je t'en prépare un.

Je lui demandai de la façon la plus innocente :

— Ça va prendre longtemps ?

— En prenant en compte la préparation (elle réfléchit aux produits nécessaires et au temps que ça lui demandait), je dirais dans les vingt minutes.

— C'est parfait ! Si tu t'y mets tout de suite, on pourra me l'appliquer sur le visage et l'enlever avant d'aller au club !

— Super !

Pompon adore se rendre utile. Elle se leva d'un bond joyeux et se dirigea vers la cuisine à pas de gazelle. Quant à moi, je me rendis sur différents forums de discussion pour mettre la main sur *Cihad-2000*. Je savais que je n'aurais aucun mal car il passe tout son temps d'éveil sur Internet à chatter, notamment pour inviter les internautes à rejoindre la Voie de Dieu. Je l'ai trouvé en un clic : il était sur le forum des « Filles nées garçons » mais en participant anonyme. Je ne supporte pas les personnes qui cachent leur identité sur le Net ; quel besoin de faire ça alors que tout y est déjà virtuel : les noms, les descriptions que les gens font d'eux-mêmes, ce qu'ils écrivent sur leurs fantasmes, leurs orgasmes en ligne, etc.

Il me remarqua aussi et me prit immédiatement en privé :

— *où étais-tu passé ! ?*
je t'ai attendu toute la journée
tu ne t'es pas connecté, m'écrivit-il.

— *j'étais occupé,* répondis-je.

— *quand est-ce que tu vas venir ?*

— *ce n'est pas le moment*

Et il m'envoya encore un de ses messages prédicateurs en bloc.

— *Destur*[1] *! Destur !*
BISMI'LLAHI'R-RAHMANI'R-RAHIM
DIEU TOUT-PUISSANT PARDONNE AUX MÉCRÉANTS
MONTRE LE VRAI CHEMIN À CEUX QUI ONT LA FOI COMME À CEUX QUI NE L'ONT PAS
MONTRE-LEUR LE BIEN, LA JUSTICE, LE DROIT CHEMIN
PARDONNE-NOUS NOS PÉCHÉS !
Ô TOI L'IMPIE, Ô TOI LE MÉCRÉANT, Ô TOI QUI VIS DANS LE PÉCHÉ REPENS-TOI !
REPENS-TOI SI TU NE VEUX PAS BRÛLER DANS LES FLAMMES DE L'ENFER !

Il m'était impossible de lui demander quoi que ce soit ; il remplissait à nouveau l'écran de tout ce qu'il avait en sourates, prières et autres formules religieuses.

— *continue comme ça et je te jure que tu vas le regretter !* écrivis-je en multipliant par 99 le nombre

1. Terme islamique qu'on invoque pour chasser les mauvais esprits.

d'envois ; il allait forcément le voir entre ses blocs de messages. Et il le vit.

— *en quoi puis-je t'aider ?* répondit-il enfin, en petits caractères, signe de son accalmie.

— *as-tu trouvé quelque chose ?* demandai-je.

— *plus ou moins*

— *c'est-à-dire ?*

— *je ne suis pas assez bête pour te l'écrire ici*

et de plus, j'aurai plus d'informations d'ici demain

si tu y tiens tant que ça, viens les prendre chez moi !

Il ne manquait plus qu'on se fasse mutuellement du chantage ! S'il désirait la guerre, il allait l'avoir, mais je voulais d'abord savoir ce qu'il avait appris.

— *à quelle heure penses-tu venir demain ?*

— *je ne peux pas te donner d'heure fixe*

— *et moi, je ne peux pas demander à ma mère de rester dehors toute la journée, donne-moi une heure précise !*

Il était déterminé à avoir le dessus, mais il se trompait s'il croyait que j'allais céder à son jeu pervers. Le mieux était que j'y aille à un moment où sa mère y serait, par exemple vers midi ou avant, pour être sûr de ne pas être seul avec lui dans l'appartement. Mais je lui écrivis que j'irais dans l'après-midi.

— *dans l'après-midi,* répondis-je.

— *quelle heure ?*

donne-moi une heure précise ! insista-t-il.

— *je ne sais pas mais après 15 heures, ça te va ?*

— *très bien mais ne sois pas en retard*

je vais me préparer pour toi

Qui sait quelles cochonneries devaient lui passer dans la tête en écrivant cela.

— *bon, dis-moi au moins ce que tu as trouvé,* insistai-je.

— *Négatif ! Pas tant que tu n'es pas là !*

Il ne me manquait plus qu'un pervers dans ma vie et c'était chose faite ! Il est aussi étrange et tordu qu'un personnage de film d'horreur. Puisqu'il n'allait rien me dire de plus, inutile de rester plus longtemps en ligne. Il se serait contenté d'écrire ses saletés et de se masturber. Et je n'avais aucune envie de participer à son jeu, même si on pouvait le qualifier d'innocent comparé à tout ce que j'ai déjà fait.

Pompon cria de la cuisine :

— Je vais utiliser tout le miel ! Il t'en reste encore ?

— Pas de problème !

— Je ne t'ai pas entendu ! Qu'est-ce que tu as dit ? Je n'arrive pas à t'entendre à cause du bruit du mixer !

J'ai éteint l'ordinateur et je suis allé la rejoindre dans la cuisine. C'était l'heure des soins esthétiques.

20

La mixture que Pompon avait préparée à mon intention ressemblait à du caca de bébé. J'hésitais à l'étaler sur mon visage.

— On va d'abord te nettoyer la peau avec un tonique à base de bijapura, c'est-à-dire de citrus medica, de jayanti et de sesban, me dit-elle.

La matière fluide qu'elle appliquait sur mon visage avait un aspect à vomir, mais une odeur agréable.

— C'est quoi exactement ? demandai-je.

— Je viens de te le dire ! C'est fait avec du bijapura et du jayanti ; ça vient de l'Inde.

— Ah, d'accord ! Je vois parfaitement ce que c'est ! ironisai-je.

— Laisse tomber. Si tu veux savoir, moi non plus je ne sais pas exactement ce que c'est, mais ce dont je suis sûre, c'est que c'est très efficace. Je les commande par Internet et je les reçois au plus tard une semaine après par DHL.

— D'accord.

— Maintenant, arrête de parler ou sinon ça n'agira pas. Tu ne dois pas bouger les traits de ton visage si tu veux que le masque fasse effet. Si tu bouges, ça ne tiendra pas.

Elle m'appliqua ensuite sur le visage la matière visqueuse rappelant le caca de bébé avec la minutie d'un microchirurgien.

— Avec quoi c'est fait ? demandai-je encore.

— Mais tais-toi donc !

Je me tus.

— Si tu tiens absolument à le savoir, il y a aussi du miel. Et un peu de coquille de noix pulvérisée. Ça aide à exfolier les cellules mortes… à extraire la saleté qui s'est incrustée dans ta peau… et à prévenir les points noirs.

Ayant fini de tartiner mon visage, elle recula et m'examina d'un air professionnel. Son visage exprimait la satisfaction.

— Maintenant, tu ne parles pas pendant une demi-heure !

Elle commença à ranger le désordre dans la cuisine tout en chantant, horriblement mal, dois-je avouer, pour une personne dont c'est le métier depuis tant d'années. Ne pouvant me retenir, je me mis à rire.

— Arrête de rire, tu vas gâcher ton masque ; et je ne t'en ferai pas d'autre, que tu le saches !

Je me mordis l'intérieur des joues.

— Allez, maintenant, tu me montres les images porno que tu as téléchargées sur Internet. Comment il s'appelle, déjà, celui qui a un physique de dieu grec… tu as de nouvelles choses sur lui ?

Elle parlait de John Pruitt. Mais je lui avais déjà copié sur un CD tout ce que j'avais, ses photos et ses films. Et d'après ce que j'en sais, il n'a joué que dans des films en solo, jamais dans des vrais pornos, qu'ils soient homo ou hétéro. Comme j'avais interdiction de parler, je lui fis non de la main.

— Oh, c'est pas possible ! Tu veux dire qu'il n'a

pas tourné d'autres films ou fait d'autres photos ? Quel dommage !

Nous nous sommes tout de même installés devant l'ordinateur et je lui ai montré tout ce que j'avais téléchargé. Elle passa chaque album en revue en s'exclamant : « Je l'ai aussi », « Je l'adore ! », « Celle-ci est affreuse ! »… On a rassemblé dans un dossier, que j'ai créé pour elle, les photos qui lui plaisaient et qu'ensuite je lui copiais sur un CD.

Il restait encore du temps avant que je puisse enlever mon masque, et mater des photos X ne me disait absolument rien. En fait, je les regardais avec la même indifférence que lorqu'on a joui trois fois de suite.

J'entrepris de dresser une nouvelle liste sur la feuille que j'avais devant moi. Pompon y jetait des coups d'œil furtifs pour retourner aussitôt à ses photos de charme.

J'ai commencé par écrire, en tête de ma liste, les pseudonymes et prénoms des filles qui étaient mortes. Puis j'inscrivis le nom d'Adem Yıldız, suivi de *adam star, starman, *adam* et *étoile rouge*. Venaient ensuite *Cihad2000* en face de son véritable nom, Kemal Barutçu, et tout à la fin Fehmi Şenyürek. Je me suis avancé devant Pompon pour prendre le stylo rouge et j'ai dessiné une grande étoile à côté des mots « étoile rouge ». Ce geste avait attiré son attention ; elle me demanda :

— D'où connais-tu ce barge, toi ?

Pensant qu'elle parlait de *Cihad2000*, je lui ai montré son nom avec le stylo.

— Non, pas lui, Fehmi Şenyürek, répondit-elle.

Me fichant complètement du masque, j'ouvris la bouche :

— Tu sais qui c'est ?

— Mon plus fervent admirateur ! Il vient me voir faire mon show chaque semaine… et il m'envoie un bouquet de fleurs chaque fois ; il ne part jamais sans laisser de gros pourboires. Un vrai fan !

Ça alors ! Si je m'étais imaginé que Pompon détenait, sans même le savoir, des informations qui pouvaient m'intéresser !

— C'est le seul contact que vous ayez eu ? demandai-je.

— Bien sûr que non. Il m'invite aussi à sa table et il me présente même à ses amis. À ce propos, il vient toujours accompagné de plusieurs personnes, rarement des femmes ; ça donne un aperçu de ses goûts ! Il ne vient pas pour rire de moi mais pour m'admirer, parce que ça lui procure un réel plaisir.

Ça méritait réflexion. Cela fait plusieurs années que je ne suis pas allé voir Pompon sur scène, mais je peux sans conteste affirmer qu'elle n'a rien d'une artiste. Ni d'une chanteuse. Ni même d'une comédienne. Il va de soi que je m'abstins de lui faire part de mes pensées.

— Et ensuite, reprit-elle, il y a quelque temps, il m'a invitée à dîner. Après un de mes spectacles.

— Tu y es allée ?

— Tu me prends pour qui ? Tu crois vraiment que je suis du genre à finir mes soirées avec des types que je ne connais même pas ? dit-elle avant de pouffer de rire. Bon, je l'avoue… on est allés dans un restaurant au bord du Bosphore, en tête à tête.

— Maintenant, tu me racontes absolument tout en détail, sans rien omettre.

Elle fixa son regard sur moi un instant sans ciller.

— Je ne suis pas sûre de pouvoir tout te raconter.

Sa phrase terminée, elle resta ainsi sans bouger pendant trois secondes et, ensuite, elle fit papilloter ses yeux, dans le style Julia Roberts. Elle essaya également d'imiter le sourire de l'actrice, sans succès bien sûr. Peut-être parce qu'elle fait le double de la belle, et en âge, et en poids !

— Pourquoi ça ? m'étonnai-je. Tu serais capable de te rappeler des choses que tu as dites il y a quinze ans, et en détail en plus, mais pas une conversation datant d'il y a à peine trois jours ?

— Non, ce n'est pas ça. C'est que certaines choses dont on a parlé sont personnelles. Je ne peux pas te les répéter.

— Maintenant, écoute-moi bien ! dis-je, redoublant de sévérité. Ce n'est pas une affaire qu'on peut prendre à la légère, ce type est peut-être un criminel !

Ses airs de séductrice innocente à la Julia Roberts laissèrent la place à une Pompon prise de panique ; elle laissa échapper un cri strident digne de Yma Sumac[1] qu'elle essaya ensuite d'étouffer.

— Figure-toi que ton cher Fehmi Şenyürek travaille pour l'homme que je soupçonne d'être le tueur en série ! expliquai-je.

Les yeux grands ouverts et la lèvre inférieure tremblotante, elle me fixait du regard.

— Il fait partie du clan d'Adem Yıldız. Il travaille avec lui depuis plusieurs années… il est à son service. Il est donc possible qu'ils aient agi ensemble. Et j'ai aussi appris qu'Adem Yıldız se paie les services de nos filles pour qu'elles le sodomisent ; imagine un peu ce dont ils sont capables, tous les deux !

Enfin, c'était sorti ! J'en fus soulagé mais Pompon retenait toujours son souffle, attendant je ne sais quoi ; elle ne réagit même pas à l'annonce de l'homosexualité d'Adem Yıldız. Moi qui pensais faire sensation !

— Et ton admirateur possède même un appartement dans l'immeuble où Deniz est morte, repris-je.

1. Chanteuse péruvienne célèbre pour son étendue de registre.

Elle ne put davantage contenir son cri :
— Ah, c'est terrifiant ! fit-elle.

Lorsque Pompon montre des signes de peur, de nervosité ou de panique, ce sont en réalité les symptômes d'une crise à venir, et ce n'est certainement pas ce qu'il me fallait à ce moment. J'ai donc essayé de rectifier le tir.

— Je peux aussi me tromper, tu sais ; je n'ai aucune preuve, juste des soupçons. C'est pourquoi j'ai besoin que tu me racontes tout ce dont tu te souviens à propos de lui, et n'omets aucun détail car chaque mot que tu vas prononcer peut avoir son importance.

Elle se concentra tout en rongeant l'ongle de son auriculaire gauche, et me demanda :

— Tu veux dire que c'est le patron de Fehmi Şenyürek qui est le tueur en série ? Et lui, c'est son complice, c'est ça ?

— C'est du moins ce que je pense, répondis-je.

J'espérais qu'elle se calmerait un peu, mais c'est tout le contraire qui se produisit.

— Dis-moi la vérité, c'est lui le tueur ? Fehmi ?

— Je ne sais pas.

Et c'était vrai, je n'avais aucune certitude.

Je touchai mon front, et ma main se retrouva couverte de boue visqueuse.

— Je ne pense pas, dis-je.

Je la trouvai en pleurs après être allé me laver le visage et les mains.

— Ça fait je ne sais combien de temps que je n'ai eu aucune relation, tout ce que j'ai c'est un admirateur et il faut que ce soit un criminel !

— Ce n'est pas lui !

Elle leva la tête vers moi et me toisa avec une lueur d'espoir dans les yeux. Son mascara avait coulé.

— C'est vrai ?

— Comme je te l'ai dit, je ne pense pas. Ton

Fehmi n'est que l'homme de main du tueur. Et son implication n'est qu'hypothétique.

— Si c'était réellement le tueur, il n'aurait pas perdu tout son temps à me courir après, non ? Je veux dire, dans les films, ils tuent leur victime sans tarder… S'il voulait me tuer, il n'aurait pas attendu… sans parler de l'argent et de l'énergie qu'il a investis.

— C'est vrai.

Je ne voulais pas insister plus longtemps car, à continuer ainsi, nous ne faisions que nous enfoncer dans une impasse. Au moins, j'avais échappé de peu à une de ses crises.

21

Pompon alla se passer un peu d'eau sur le visage et revint s'asseoir en face de moi, ayant d'abord pris soin de baisser l'intensité de la lumière.

— Je me sens mieux, fit-elle. Très bien, je t'écoute, pose-moi toutes les questions que tu veux.

— Je ne veux pas te poser de questions. Ce que j'attends de toi, c'est que tu me racontes tout ce que tu sais sur Fehmi Şenyürek depuis le début. L'ordre n'a pas d'importance, et n'oublie pas que le moindre détail peut être crucial.

Elle se cala dans le fauteuil avec la grâce que lui ont accordée ses longues années de pratique de la scène, s'apprêtant pour son public – moi en l'occurrence –, et s'éclaircit la voix d'un léger toussotement.

— Attends, je reviens.

Elle se leva pour aller à la cuisine à pas rapides et revint avec une bouteille de whisky.

— Bon, alors, je commence…

Je n'ai pas tardé à regretter de lui avoir dit que l'ordre n'avait pas d'importance. Elle commença à me parler de sa vie, ou plutôt de celle des personnes qu'elle avait connues. Le nom de Fehmi Şenyürek ne faisait que passer, mais sa manière de conter, comme un livre, aurait rendu verts de jalousie les James Joyce, Virginia Woolf, Marcel Proust ou encore Oğuz

Atay[1]. Je crus que j'allais m'assoupir avant qu'elle en vienne à ce qui m'intéressait. J'ai dû déployer un grand effort pour résister… Pour m'y aider, je me suis levé un moment pour passer un appel téléphonique au club afin de leur dire que je serais probablement en retard, voire absent. J'avais décidé de passer ma soirée avec Pompon dans le but d'apprendre une ou deux petites choses sur Fehmi Şenyürek qui auraient pu m'aider à mieux cerner le personnage.

Connaissant déjà toute l'histoire de la vie de Pompon, y compris la plupart de ses aventures, je le lui fis gentiment comprendre et lui demandai d'en venir à notre sujet.

L'homme qui m'intéressait a fait irruption dans sa vie depuis peu, au plus tard au début de l'été. Est-il venu la voir sur scène avant cette date ? Elle ne put me répondre. D'après ses souvenirs, elle l'a vu pour la première fois un soir, peu avant le début des vacances, avec un groupe d'amis, au Zilli Meyhane, cabaret où elle se produit. Il lui semblait que c'était en semaine, un de ces soirs où il n'y a pas foule. Et comme cela se passe habituellement dans ce genre de moments, la petite bande a profité de toutes les attentions du personnel et des artistes. Ils ont demandé à la fille qui précédait Pompon sur scène de chanter plusieurs chansons qu'elle a interprétées comme une casserole.

Quand notre cantatrice est montée sur scène, la bande de Fehmi Şenyürek lui aurait montré des égards et une admiration dignes de Hamiyet Yüceses[2] – allez savoir s'ils avaient trop bu ou s'ils en avaient eu pour leur compte d'excitation avant ça. Trouvant leur

1. Écrivain turc.
2. Grande chanteuse turque classique.

accueil glacial, Pompon a même cru qu'ils n'aimaient pas sa prestation ; elle a compris son erreur en voyant les fleurs qu'ils lui ont envoyées sur scène, les pétales de roses qu'ils ont fait pleuvoir sur elle et leurs serviettes qu'ils jetaient en l'air en criant « Bravo ! ».

— On a tendance à mettre plus d'ambiance dans ces soirées où il y a peu de monde, continua-t-elle, et c'est ce que j'ai fait. Puisqu'ils s'étaient donné la peine de venir me voir sur scène et qu'en plus ils aimaient ma prestation, je me suis déchaînée pour qu'ils en aient pleinement pour leur argent. J'ai allumé le feu !

Ils ne se sont pas parlé ce soir-là, mais Pompon a voulu savoir qui avait payé la note. C'est ainsi qu'elle a appris que c'était Fehmi Şenyürek. Elle connaissait déjà son nom grâce aux fleurs qu'il lui avait fait envoyer.

— Et le soir suivant, ou celui d'après, c'était un vendredi, à la veille des vacances. Il y avait tellement de monde que la salle était pleine à craquer ! Je me suis évidemment laissé gagner par l'ambiance, à prendre des airs de diva, j'étais carrément Maria Callas ! Et c'est là que je le revois au beau milieu de tout ce monde. Mais j'étais évidemment loin de me douter que c'était un psychopathe. C'est dur à croire tu sais, tu l'aurais vu, si charmant… un vrai gentleman ; mais je te crois, bien sûr. Avec tous les déséquilibrés qu'il y a sur terre ! Mais bon… Le voir ce soir-là m'avait fait plaisir, je lui ai même parlé depuis la scène pour lui dire des choses agréables du genre « Bonsoir, très cher, je vois que vous ne pouvez plus vous passer de moi ». Et il m'a même répondu, de là où il était, en me disant : « Qui admirer sinon vous ? » Il était si charmeur et mon ego n'en était que plus flatté. J'étais dans ma loge, après ma prestation, quand un homme est venu me faire savoir qu'il m'invitait à sa table. J'ai été contrainte de refuser parce que j'avais un autre show ailleurs. Il m'a alors fait passer sa carte de visite, en ajoutant le numéro de son portable au dos.

Pompon éclusait son whisky sans modération. En continuant ainsi, elle n'allait pas tarder à piquer du nez. Je réfléchis aux conséquences : si cela se produisait, je pourrais passer le reste de la soirée dans la tranquillité. Mais je ne le souhaitais pas tant qu'elle n'avait pas fini de tout me raconter et je craignais surtout qu'elle ne commence à divaguer sous l'effet de l'alcool. Il n'y avait pas urgence non plus ; ce n'était pas la dernière fois que nous nous voyions. Elle aurait simplement repris son récit le lendemain matin.

— Comme tu le sais, je me suis d'abord rendue à Bodrum pour y passer des vacances et ensuite à Antalya pour le travail. J'avais modifié tout mon répertoire à cause des touristes. Je devais imiter des chanteuses qu'ils connaissent, interpréter des titres qui devaient leur être familiers. Mais tu connais mon sens du patriotisme. Je n'ai pas pu m'empêcher de faire l'ouverture avec *La Chanson du bisou* de Tarkan et de terminer avec *Ma patrie* d'Ayten Alpman. Et un soir, alors que ça ne faisait même pas une semaine que j'étais arrivée, qui est-ce que je vois ? Lui ! Il était encore venu avec un groupe. Ils se sont installés à une table près de la scène.

En observant Pompon, le personnage d'Albin dans *La Cage aux folles*, interprété par Michel Serrault, me vint à l'esprit. La ressemblance était frappante : sa façon de s'emporter, de bouder, sa vivacité pleine de naïveté, sa gestuelle et même sa manière de tenir le verre étaient sa parfaite imitation. Je me mordis l'intérieur des joues pour ne pas rire.

— Mais arrête donc de faire ça comme Ajda Pekkan ! me réprimanda-t-elle avant de poursuivre : Et comme tu t'en doutes, il m'a comblée de mille attentions, du champagne en veux-tu en voilà, et m'a invitée à me joindre à eux…

— Tu y es allée ? m'enquis-je.

— Pas tout à fait.

— Comment ça ? Tu es allée t'asseoir à leur table, oui ou non ?

— On ne peut pas dire que je me suis vraiment jointe à eux. En fait, j'y suis allée mais je n'y suis restée qu'un tout petit instant.

— Donc, tu y es allée.

— Oh, oui, si tu veux ! Pourquoi tu insistes tellement ? Eh bien, oui, j'y suis allée, t'es contente ?

— De quoi avez-vous parlé ?

— De rien du tout. Si tu veux savoir, ils m'ont un peu tripotée et il y en a un qui m'a touché les fesses. J'ai bu deux gorgées de whisky et c'est tout. De toute façon, ça n'a pas duré plus de quelques secondes, au beau milieu d'une chanson.

— Comme tu le dis si bien, ils se sont comportés en vrais gentlemen avec toi, de vrais lords anglais ! ironisai-je.

— Oui, c'est bon ! Tu deviens lourde avec ça !

La soirée terminée, la joyeuse bande avait invité Pompon à les accompagner dans la villa où ils résidaient mais, vu leur nombre et surtout leur état d'ébriété à tous, elle avait gentiment décliné leur proposition.

Antalya ! Une villa à Antalya !… Fehmi Şenyürek… peut-être de mèche avec Adem Yıldız… Je commençais à reconstituer les pièces du puzzle, mais il n'y avait toujours pas de preuves à l'horizon.

Les admirateurs de Pompon sont revenus l'applaudir, pour la dernière fois, le lendemain soir.

— Ils ont certainement dû terminer le travail qu'ils étaient venus accomplir et retourner à Istanbul, dis-je.

— Certainement… Après ce soir-là, je ne l'ai plus revu pendant un long moment. Je l'avais même presque oublié quand il a réapparu le premier soir de la nouvelle saison au Zilli Meyhane. Il a fait envoyer dans ma loge un bouquet de fleurs grand comme une couronne funéraire et, à partir de là, il a commencé à venir me voir une fois par semaine.

— Sait-il que ton prénom est Zacharie ?

Elle me dévisagea.

— Je ne pense pas ; à moins que ce refoulé de Hasan ne s'en soit chargé.

— Les boîtes où tu travailles doivent le savoir aussi ; il a très bien pu leur demander.

— Non, ils ne le savent pas. Ils ont autre chose à faire que de contrôler mon identité.

— Et quand tu signes tes contrats ?

— Oh, je t'en prie. Je fais mon travail et ils m'avancent les billets ; voilà notre contrat ! Quel besoin de nous embarrasser avec des papiers ?

Il était inutile d'insister sur le sujet, mais je n'ai pas pu m'empêcher de penser qu'il lui était impossible d'utiliser le pseudonyme de Pompon pour sa déclaration de revenus, par exemple, ou bien pour ses formulaires d'embauche. Elle avait forcément dû user de son identité à une quelconque occasion. Et des types tels que Fehmi Şenyürek et Adem Yıldız ne devraient avoir aucun mal à apprendre, par ce biais, qu'elle se prénomme Zacharie. Je me gardai bien de lui livrer ma pensée.

22

Je ne pus rien arracher de plus aux méandres de la mémoire de Pompon, mais les numéros de téléphone de Fehmi Şenyürek étaient inscrits dans son répertoire. Ses paupières commencèrent à s'alourdir au bout du troisième verre de whisky, et elle s'assoupit, ce qui me laissa le champ libre pour éplucher en toute tranquillité son calepin. J'y vis une longue liste de noms qui ne m'évoquaient rien, mais j'en reconnus quelques-uns à faire pâlir de peur. Certains de ces noms comportaient des signes +, – et x. Ce devait être un système d'appréciation des hommes selon des critères qui lui sont propres. Il n'y en avait pas à côté de celui de Fehmi Şenyürek et celui d'Adem Yıldız n'y figurait pas. Je ne pus fermer l'œil de la nuit, l'esprit occupé à élaborer moult hypothèses.

Le masque facial à la texture de caca de bébé n'eut pas le moindre effet sur mon teint, sans parler de mes yeux bouffis, résultat de ma nuit blanche. Pompon dormait encore au moment où je terminai de me doucher et de me raser. Je bus mon café à la hâte car je voulais sortir au plus vite afin de rendre une petite visite à *Cihad2000*. J'ai enfilé un body noir moulant mon corps comme une seconde peau et un pantalon en cuir qui allaient lui mettre l'eau à la bouche. J'ai terminé ma tenue par une veste en cuir à clous et je me suis mis en route.

La fraîcheur matinale me fit du bien.

Je suis d'abord allé au salon de thé du coin où j'ai commandé une limonade et une viennoiserie toute chaude qui venait juste de sortir du four. Faisant une entorse à mon équilibre alimentaire, j'en ai demandé une autre. Au même moment, j'ai vu Hüseyin faire son entrée. Il modifia sa démarche et haussa légèrement un sourcil en me voyant. Il m'adressa un salut de manière trop familière à mon goût. Il avait encore trouvé le moyen de m'agacer !

Le tenancier du salon me connaît bien ; il comprit aussitôt la situation et intervint à sa manière :

— Avez-vous besoin d'autre chose ? me demanda-t-il.

— Non, merci, répondis-je.

J'ai continué tranquillement de manger et Hüseyin ne trouva pas d'autre endroit que la table juste en face de la mienne pour s'installer.

— Bonjour, comment allez-vous ? me dit-il.

— Bien, merci, répondis-je.

— Vous voyez, je m'adresse à vous en vous vouvoyant, continua-t-il.

Malgré la tension, je pris note de son attention et la mis sur le compte de son évolution personnelle.

— C'est bien.

— Mais je vois, par contre, que votre ego n'a pas désenflé d'un pouce.

Il me cherchait ! Et il allait me trouver s'il continuait à me narguer ainsi, mais je préférai l'ignorer.

— Je peux vous emmener si vous devez aller quelque part, reprit-il.

Le tenancier sentit que l'ambiance s'électrifiait mais, ne pouvant rien y faire, il se contenta de nous lorgner du coin de l'œil. Je comprends parfaitement qu'il ait craint un esclandre dans son salon, de plus à une heure matinale où les clients affluent.

Mon petit déjeuner terminé, je me suis essuyé la bouche et les mains. Puis j'ai froissé la serviette et l'ai jetée dans mon assiette en regardant Hüseyin droit dans les yeux.

— Fais-moi penser de te mettre en bouillie un de ces quatre, lui ai-je lancé à brûle-pourpoint, pour que tu apprennes…

— Tu veux porter la main sur moi ? Une véritable bénédiction ! ironisa-t-il.

Il m'avait à nouveau tutoyé ! Ne pouvant plus me contenir, je suis passé à l'action. Je me suis levé pour lui assener un coup à l'épaule avec mon pied gauche, ce qui le mit à terre et renversa sa chaise. Pris de court, il me regardait, l'air penaud.

— Putain, mais qu'est-ce qui t'a pris de faire ça !? beugla-t-il.

Ne lui donnant même pas le temps de se reprendre, je me suis précipité pour lui coller mon pied droit contre la gorge. J'ai légèrement appuyé dessus et lui ai dit :

— Ce sera tout pour ce matin.

Je l'ai également gratifié d'un clin d'œil.

Le morceau de viennoiserie qu'il avait en bouche lui resta en travers de la gorge. Il avait ouvert la bouche pour faciliter sa respiration ; on pouvait absolument tout y voir, jusqu'à la luette. Il était évidemment incapable de parler dans cette position. J'ai accentué la pression de mon pied avant de l'écarter pour lui en effleurer la joue. Il ne réalisait même pas ce qui venait de lui arriver. Le propriétaire des lieux recommença à respirer normalement une fois que je fus sorti. Hüseyin, toujours allongé au sol, me regarda partir, sous le choc.

Je n'eus aucune peine à retrouver l'immeuble de *Cihad2000*. La porte d'entrée n'étant pas fermée, je suis vite monté à l'étage. Sa mère au regard de braise ne s'étonna nullement de ma tenue lorsqu'elle m'accueillit.

— Bonjour, entrez ! Kemal est dans sa chambre.

Je réfléchis à la question de savoir si elle allait nous épier une fois que nous serions seuls. Elle le pouvait, pourquoi pas, si elle n'avait rien d'autre à faire. Je n'entendais aucun son de télévision ou de radio ; on pouvait donc facilement entendre notre conversation.

Kemal s'étonna de me voir. Il portait encore ce qui semblait être le training qu'il met pour dormir. Ses pieds étaient recouverts d'épaisses chaussettes en laine.

— Tu es en avance, ce n'est pas ce qu'on avait convenu ! dit-il, mettant un peu d'ordre dans ses cheveux en bataille avec ses mains. Je ne me suis même pas encore lavé.

— Laisse tomber ! répondis-je. Tu n'es pas mal non plus dans cet état.

Je ne sais pas si mon mensonge fit son effet, mais il esquissa un sourire.

— Arrête…

— Je n'ai pas eu la patience d'attendre… Raconte-moi tout ce que tu as découvert… Bon, je reviendrai dans l'après-midi, si tu veux.

— Tu mens.

Je l'ai regardé dans le blanc des yeux ; ou plutôt entre les yeux. Je maîtrise depuis bien longtemps la technique qui consiste à donner l'impression à mon adversaire que je le regarde dans les yeux alors qu'en réalité je fixe le point se trouvant entre ses yeux ; l'effet est sans équivoque.

— Tu mens, répéta-t-il. Tu vas t'empresser de partir dès que tu auras appris ce que tu voulais savoir et tu ne vas pas revenir.

Je continuais de le regarder.

— Bon, très bien, concéda-t-il finalement.

— Vas-y, je t'écoute.

— Je n'ai même pas encore pris mon petit déjeuner, je viens à peine de me lever. J'ai passé toute la nuit devant l'ordinateur pour un contrat avec une société allemande du nom de Frechen.

Ce devait être la société dont Ali m'avait parlé. Donc, ils ont porté leur choix sur cette imitation de Stephen Hawking plutôt que sur nous. Ils étaient évidemment libres de leurs décisions. Il fallait que je trouve un moment pour leur envoyer un virus informatique.

— Je vais te faire patienter un instant, le temps de prendre une douche. Ma mère ne sort jamais sans m'avoir d'abord aidé à ma toilette. Et tant qu'elle sera là, tu n'auras pas ce que tu es venu chercher, et moi je ne pourrai pas faire ce que j'ai prévu avec toi...

Je savais bien à quel point il pouvait être rusé mais je n'acceptais pas l'idée qu'il joue au chat et à la souris avec moi.

— Je peux te laver si tu veux, lui ai-je proposé.

Je ne sais pas ce qui m'a fait dire ça mais c'est une chose que je pouvais assumer. Et s'il se faisait trop lourd, je pouvais toujours maintenir sa tête sous l'eau. Ses yeux brillèrent d'excitation.

— Ce n'est pas possible, fit-il, ma mère n'acceptera pas.

Et avant même de me laisser le temps de répondre, il avança sa chaise roulante vers la porte et appela sa mère, qui, comme il fallait s'en douter, apparut aussitôt. Ils se dirigèrent ensemble vers la salle de bains.

Profitant de l'occasion, je me suis installé devant son ordinateur. Je me suis dit qu'un handicapé devait avoir besoin d'un assez long moment pour faire sa toilette, temps que je mis à contribution pour jeter un œil à ses fichiers. Il est connecté sur Internet en continu ; je pouvais donc rapidement transférer les données qui m'intéressaient dans ma boîte mail.

En premier lieu, j'ai procédé à un contrôle de ses systèmes de sécurité que j'ai trouvé très avancés. Ces mêmes systèmes me permirent d'entrer dans ses fichiers sans qu'il puisse s'en rendre compte. C'est-à-dire que je me suis servi des programmes de sécurité qu'il avait installés pour ses propres besoins afin de fouiller dans ses fichiers ; il m'avait, en quelque sorte, préparé le terrain. Sa connexion était rapide. J'ai d'abord envoyé sur ma boîte mail tout ce que j'ai trouvé sur Frechen, la société allemande. On peut considérer cela comme de l'espionnage industriel mais c'était surtout plus facile qu'entrer dans leur système informatique et perdre du temps à essayer de découvrir ces données par moi-même. Je trouverais bien un moment de libre pour les étudier à tête reposée chez moi. Le plus important à cet instant était de les copier et de me les envoyer.

Il avait un grand fichier contenant des renseignements sur moi, que j'ai aussi envoyé sur ma boîte mail et qu'ensuite j'ai entièrement effacé. J'ai également détruit l'emplacement même de ces fichiers, de sorte qu'il ne puisse plus rien y placer à l'avenir.

Les bruits d'eau continuaient de parvenir de la salle de bains. Je n'avais aucune idée de l'objet de ma recherche mais j'ouvrais chaque dossier que je trouvais. L'un d'eux contenait des images porno qu'il avait téléchargées. Elles étaient exactement comme je le pensais : des hommes à forte carrure et des femmes à poitrine opulente, portant des tenues en cuir et des bottes à talons aiguilles, fouet à la main ; rien qui méritait que je m'y attarde. Il fallait absolument que je trouve ce que j'étais venu chercher avant qu'il ne sorte de la salle de bains. Un peu de stress n'a jamais fait de mal à personne, sinon une décharge d'adrénaline. Je sentais que je transpirais du front ; c'est tout de même la première fois que je commettais un tel acte et je trouvais ça hyper-excitant !

Il y avait un nombre incalculable de fichiers et de dossiers enregistrés sous des numéros au lieu de noms, et le peu de temps dont je disposais ne me permettait évidemment pas de tous les ouvrir pour prendre connaissance de leur contenu. Par ailleurs, il y avait des dizaines de CD-Rom rangés autour du bureau. La quantité considérable d'éléments à vérifier ne faisait qu'ajouter à mon excitation.

Les bruits d'eau de la salle de bains cessèrent ; je ne disposais plus que du temps qu'il lui faudrait pour se sécher. Je pianotais sur le clavier le plus rapidement possible, à tel point que les dossiers s'ouvraient et se refermaient et je n'arrivais pas à suivre la cadence. Soudain, je suis tombé sur un fichier portant le nom d'Adem Yıldız que je me suis aussitôt envoyé. Il était lourd ; son téléchargement traînait, ce qui me fit stresser. Je n'avais aucune envie de m'attirer les foudres de ce dérangé de *Cihad2000* et de l'avoir sur le dos en tant que hacker.

Les bruits d'eau reprirent ; il devait se raser. Je compris aux bruits de pas que la mère était sortie de la salle de bains. Elle ne pouvait pas me voir là où je me tenais à moins de venir délibérément regarder. J'ai pris soin de ne laisser aucune trace de mes manipulations sur son PC et je suis retourné à ma place juste avant que la mère entre, chargée d'un plateau avec deux verres de thé.

— Kemal est en train de se raser, me dit-elle. Il n'en aura pas pour longtemps.

Elle me demanda si je prenais du sucre avec mon thé, je lui répondis que non. Elle en mit dans le verre de son fils, le mélangea avec la petite cuillère et le posa sur le bureau que je venais de quitter.

— Je prépare son petit déjeuner. Vous vous joindrez bien à lui ?

— Non, je vous remercie, j'ai déjà mangé avant de venir. Le thé sera suffisant.

Kemal fit son entrée au moment où sa mère sortait de la pièce. Je vis qu'il s'était coupé en se rasant au gros morceau de coton qu'il avait appliqué sur la plaie.

— J'espère que tu ne t'es pas trop ennuyé… avec tout ce qu'il y a à fouiller, me lança-t-il avec un clin d'œil complice.

Ses cheveux humides donnaient l'impression d'être gras.

Je n'avais aucune idée précise, sur le moment, des dossiers que j'avais piratés mais j'étais convaincu d'avoir mis la main sur des choses bien croustillantes. J'ai regretté d'avoir effacé le fichier me concernant ; il allait s'en apercevoir et m'en tenir rigueur. Ce n'était pas très malin de ma part. J'ai décidé de le lui avouer.

— Je suis tombé sur mon nom en fouillant dans tes fichiers. Tu as amassé pas mal d'informations sur moi d'après ce que j'ai pu en voir et…

Mes aveux furent interrompus par l'entrée de la mère avec le plateau du petit déjeuner. Je me tus, attendant qu'elle s'en aille.

— C'est le fruit d'un long travail, tu sais, me répondit Kemal, j'y ai passé beaucoup de temps.

Pour ne pas faire défaut à la traditionnelle hospitalité turque, la mère, qui venait de déposer le plateau devant son fils, me demanda une nouvelle fois :

— Vous êtes sûr de ne rien vouloir manger ?

Oui, j'étais sûr mais je dois avouer que l'odeur des pains grillés me donna l'eau à la bouche.

— Oui, merci beaucoup, madame, répondis-je. Je n'ai vraiment pas faim.

Je doutais que *Cihad2000* garde son sourire en constatant que les dossiers qu'il avait mis tant de temps à constituer s'étaient envolés. Dieu merci, sa mère sortit sans traîner.

— Je les ai supprimées, repris-je.

Son sourire se figea un instant.

— Tu sais, ce n'est pas agréable de savoir que tu as fait toutes ces recherches sur moi sans ma permission, continuai-je. C'est comme si tu m'avais épié et ce ne sont pas des choses à faire. Je n'ai pas apprécié du tout et je les ai toutes effacées.

— Tu n'aurais pas dû.

Ce n'est pas moi qui allais le contredire ; j'avais commis une belle bourde. J'esquissai un semblant de sourire pour tenter de minimiser la gravité de mon acte mais je crois que cela n'eut pas d'autre effet que de me donner un air de Woody Allen. Il éclata soudainement de rire.

— C'était du bluff ! me lança-t-il. Je ne t'en veux pas puisque tous mes fichiers sont copiés sur CD. Les télécharger sur mon ordinateur ne me prendra pas plus de dix secondes !

J'avais compris. Il fallait que j'use de stratégie pour me faire pardonner. Et tout ce cuir qui collait à ma peau ne faisait qu'attiser sa libido. Où était donc passé mon instinct au moment où je choisissais ma tenue ?

Il commença à me parler de ses découvertes tout en prenant son petit déjeuner.

— Tu sais, les noms d'utilisateur que tu m'as confiés, eh bien, ils donnent tous le même résultat : *starman* et **adam* appartiennent à Adem Yıldız !

— Comment ça ? Tu veux parler du même nom que les salons de thé Yıldız ? fis-je mine de m'étonner.

Je devais me prêter à ce petit jeu si je ne voulais pas porter la responsabilité d'avoir fait cette découverte.

— Mmm, acquiesça-t-il. Et ils n'ont pas seulement des salons de thé mais un groupement de sociétés.

— Eh ben !

— Tous ces noms sont utilisés par lui. Je les ai identifiés les doigts dans le nez ; je connais les pseudonymes de chaque membre de leur société comme ma poche. En fait, ils avaient loué mes services pour la création de leur site Internet. Avec les mouchards que je leur ai collés, je pourrais les trouver sans aucune difficulté, peu importe les endroits d'où ils se connectent et les noms d'utilisateurs bidon qu'ils auront beau se choisir.

— Je te fais confiance pour ça.

Il m'impressionnait réellement. Je fais également de la consultation en informatique mais recourir à ce genre de procédés ne m'a jamais traversé l'esprit. Je n'aime pas particulièrement savoir qui va sur quel site.

— C'est très simple, en fait. Je colle un mouchard à chacun des utilisateurs du système central ; de toute façon ils ne peuvent rien faire sans être passés par là. Et je peux ainsi les identifier où qu'ils soient. Évidemment, je suis le seul à pouvoir les reconnaître.

— Et *étoile rouge*, as-tu pu découvrir son identité aussi ? demandai-je.

— Ce point-là est un peu plus compliqué. Il est possible que ce soit également Adem Yıldız, mais sans certitude. Je voulais m'y atteler la nuit dernière mais j'avais du travail.

Il me gratifia d'un nouveau clin d'œil.

— Frechen, fit-il... Ils se sont d'abord adressés à vous mais c'est moi qui ai eu le contrat.

— Tant mieux pour toi.

— J'ai agi en conséquence. En voyant que vous preniez votre temps pour leur donner votre réponse, je leur ai fait du rentre-dedans. Je me suis fait connaître d'eux et j'ai eu le contrat.

— Ali ne va pas apprécier.

— L'imbécile qui court après l'argent ?

— C'est loin d'être un imbécile.

— Couches-tu avec lui aussi ?

— Ça ne te regarde pas. Tu parlais d'Adem Yıldız.

— Oui, tu couches avec lui aussi. Sinon, tu ne m'aurais pas donné cette réponse.

— Ce ne sont pas tes affaires.

Il jouait avec mes nerfs. C'était clair comme de l'eau de roche : il me provoquait pour que je le gifle ; ayant calmé son estomac, il lui restait sa libido.

— Revenons-en à Adem Yıldız, le relançai-je.

— Il est certain que les deux pseudonymes sont les siens. Je le connais bien, tu sais, ce n'est rien d'autre qu'un pauvre type ! Son père a bien tout essayé pour en faire quelqu'un. Il se comporte comme le fils parfait en sa présence ; il le prend pour son mentor, il l'accompagne à la prière du vendredi et il est même allé au pèlerinage de La Mecque avec lui. Mais quand son paternel s'absente pour affaires, il se comporte en véritable dégénéré !

J'eus du mal à me retenir de l'informer de ses pratiques sexuelles.

— Tu as l'air de bien le connaître, fis-je.

— Je l'avais vu lors de notre collaboration. Il s'était comporté vis-à-vis de moi comme si j'étais une immondice et il m'avait payé comme par charité. C'est un peu pour ces raisons que j'avais collé les mouchards à ses pseudonymes.

— Et en ce qui concerne les autres noms d'utilisateur ?

— Comme je te l'ai dit, il est possible qu'*étoile rouge* nous conduise aussi à Adem Yıldız.

— Et l'autre, *adam star* ?

— C'est aussi quelqu'un de chez eux, mais ce n'est pas lui. C'est une personne qui fait partie de leur groupe et elle se connecte tantôt de l'une, tantôt de l'autre de leurs entreprises ; c'est assez aléatoire.

— Tu as fait du bon travail, le complimentai-je.

Il devait certainement s'agir des sociétés Astro et StarAir ; donc, de Fehmi Şenyürek. Ou encore, c'est Adem Yıldız qui se servait de ces pseudonymes lorsqu'il se rendait dans ces lieux.

L'expression du visage de Kemal me disait que c'était à mon tour de lui rendre service, qu'il attendait le dividende de ses informations comme convenu. De mon côté, j'étais en train de réfléchir à la façon dont j'allais m'y prendre pour honorer ma dette, ou y échapper. La mère aux yeux noirs entra comme pour venir à ma rescousse.

— Kemal, dit-elle à son fils, je vais au marché. Si tu as besoin de quelque chose, ton ami pourrait t'aider. (Se tournant vers moi :) Vous pourrez l'aider, n'est-ce pas ?

— Bien sûr, répondis-je.

— Je ne serai pas longue.

Sa mère à peine sortie, les yeux de Kemal s'animèrent à nouveau d'une vilaine concupiscence.

— Mes découvertes ne s'arrêtent pas là.

— Je t'écoute.

En disant cela, je me suis adossé contre le mur du lit sur lequel j'étais assis afin d'apporter un semblant de décontraction à la situation, me rendant aussitôt compte que je lui offrais une vue plongeante de mon entrejambe ; il se plia en deux sur sa chaise roulante et s'avança pour y mettre la main, puis me dit :

— À ton tour.

Je me suis immédiatement dégagé de sa prise en changeant de posture, faute de quoi il m'aurait, à coup sûr, sauté dessus.

— Désolé mais il est trop tôt pour moi, fis-je, je ne suis pas du matin.

— Alleeez !...

— Continue de parler et on verra ensuite.

— Non !

Il avait une réaction pire que celle d'un enfant. Conscient du fait que le moment d'honorer ma part du marché était venu, je me suis contraint à me lever et à lui donner une gifle. Il était aux anges, bien sûr.

— Oui !!...

— Écoute, si tu me racontes tout sans te faire prier, j'aurai une belle surprise pour toi.

Je ne savais pas moi-même quelle était cette surprise mais j'allais bien en trouver une.

— Pas besoin de surprise, je prends suffisamment mon pied comme ça.

— Mais tu ne vas plus rien me dire une fois que tu auras joui.

— Tu n'as toujours pas confiance en moi.

— Il ne tient qu'à toi de changer ça. Tu n'arrêtes pas d'envoyer des messages débiles sur tous les forums de discussion, de faire du prosélytisme et d'écrire des sourates à chaque internaute avec qui tu chattes ! Et tu n'es même pas capable de me faire part de tes découvertes sans exiger une contrepartie.

— C'est mon vécu qui m'a appris à me conduire ainsi. Tu le sais, la vie est injuste, et elle l'a été encore plus avec moi. Elle m'a appris à ne jamais rien donner sans retour.

Il ne manquait plus qu'une dose de psychodrame !

— Tu n'en fais pas un peu trop ?

— Pas le moins du monde ! Tu peux me dire combien de personnes tu as vues ou connues qui sont dans la même situation que moi ? Tu t'es même permis de fouiner dans mon ordinateur…

— Je n'ai rien fait d'autre que te rendre la pareille. Tu as piraté des documents intimes me concernant… comme un voleur.

— Ce n'est pas sympa du tout ce que tu me fais là ; tu n'es pas fair-play. Je m'attendais à plus de ta part. Mais bon, puisque c'est ainsi…

Il roula sa chaise jusqu'à son bureau et piocha une olive qu'il mit dans sa bouche. Il reprit le fil de ses trouvailles sur le Net après avoir craché le noyau :

— Apparemment, Adem Yıldız se trouvait aussi dans les autres villes où ces décès ont eu lieu et aux mêmes dates. Sa présence à Van pour l'inauguration d'un salon concorde avec le moment de la mort de l'Iranien Mahomet, et à Antalya pour le lancement d'une ligne de vols charters sur StarAir avec la mort de Moïse le bègue.

Il prit une enveloppe jaune sur son bureau et me la tendit.

— Tiens, tout est là-dedans. Je l'avais déjà préparé à l'avance pour toi.

Je saisis l'enveloppe et l'ouvris. Elle contenait des articles de journaux et autres textes qu'il avait imprimés sur Internet concernant ce qu'il venait de m'apprendre à propos de l'inauguration du salon à

Van et du lancement des vols charters entre l'Allemagne et la Turquie avec StarAir – qui contribue ainsi à l'essor du tourisme de notre pays.

— Ces documents peuvent m'aider à y voir plus clair mais ils ne prouvent rien, fis-je remarquer.

— C'est tout ce que j'ai pu trouver.

Je lui tendis une main indécise et lui dis :

— Je te remercie quand même. Qui sait, on pourrait peut-être devenir amis... Je n'ai aucune envie de t'avoir comme ennemi.

— Évidemment, tu as peur... Tu as peur de moi.

— C'est possible, fis-je avec la main restée dans le vide.

— Laisse-moi seul maintenant. Tu m'as beaucoup déçu. Je te croyais différent mais je me suis fourvoyé.

23

Je suis parti en trombe de chez *Cihad2000*. Qu'il ait envisagé que je puisse tomber amoureux de lui, ou même que je puisse seulement m'intéresser à lui était de la pure démence ! Et moi qui lui ai donné de faux espoirs sans même m'en rendre compte. Mais ce qui est fait est fait, et seul le temps va révéler si j'ai maintenant un ennemi mortel. D'un autre côté, il ne faut jurer de rien ; peut-être était-ce, au contraire, la naissance d'une relation d'amitié. Il est vrai que je lui ai témoigné mon admiration pour ses prouesses informatiques ; cela ne signifie pas pour autant que je ressens quoi que ce soit à son égard en tant qu'homme, et pis encore, obsédé sexuel masochiste !

Ces pensées à faire vomir ne firent que s'ajouter à mon manque de sommeil. Rentrer chez moi et supporter Pompon étant au-dessus de mes forces, j'ai décidé d'aller directement à l'agence.

Ali n'y était pas. Je suis entré dans mon bureau après avoir informé Figen, la pipelette qui nous sert de secrétaire, de ne pas me passer d'appels ; je voulais me plonger dans les dossiers que j'avais piratés du terminal de *Cihad2000*. Toute trace stimulante du café que j'avais pris le matin ayant disparu, mon organisme me réclamait à grands coups sa prochaine dose de caféine. J'avais déjà fait une entorse à mon régime avec deux énormes viennoiseries, alors un café de plus ou de moins ! Après avoir demandé à Figen, occupée à se tourner les pouces, de m'en préparer un bien serré, j'ai allumé l'ordinateur afin de me connecter sur le Net. J'ai également pris un ou deux CD-Rom, après quoi, je me suis attaqué au téléchargement des documents, à commencer par ceux me concernant.

Il avait piraté absolument toutes les actions que j'avais réalisées sur Internet, y compris celles concernant John Pruitt ! Mon adresse, mes numéros de téléphone, les achats que j'avais effectués via le Net et tout ce que j'avais envoyé ou reçu, tout était là ! *Cihad2000* est réellement une personne à craindre. Je me demandais si son état était à mettre sur le compte de Dame Nature ou d'une volonté divine ; un esprit aussi tordu dans un tel corps ! Y a-t-il une relation de cause à effet ? Si oui, dans quel ordre ? Ou encore, laquelle de ces deux caractéristiques émanait du Divin ?

Mes propres pensées me firent frémir et j'en eus même honte en me rendant compte que je raisonnais comme les prêtres de l'Inquisition qui avaient expédié des handicapés sur le bûcher en pensant qu'ils étaient habités par le Diable. Figen me tira de mes songes en frappant trois coups secs à la porte et en avançant sa crinière de soie dans l'entrebâillement.

— Je sais que vous êtes occupé, me dit-elle, et que vous ne voulez pas être dérangé, mais la personne qui appelle dit que c'est important.

— Qui est-ce ? demandai-je.

— La dame à la voix grave qui avait appelé l'autre jour.

C'était Gönül. Je l'avais complètement oubliée alors qu'elle m'avait dit avoir des choses à m'apprendre.

— Très bien, tu peux me la passer.

La voix de mon interlocutrice respirait la joie, comme à son habitude. C'est une personne si enjouée que je me dis que ce doit être une sorte de cadeau de compensation de Dieu pour l'avoir créée sans matière grise.

— J'espère que je ne te dérange pas.

— Absolument pas, répondis-je. Au contraire, je pensais justement à toi. Je me demandais de quelle manière je pouvais te joindre.

— J'ai bien fait d'appeler alors.

— Tu ne pouvais pas mieux tomber. Tu avais des informations pour moi…

— Si tu veux, invite-moi à déjeuner et on en parle. Mais pas là où on était l'autre fois, je me suis ennuyée à mourir : y avait aucun mâle à se mettre sous la dent. Pour aujourd'hui, je veux un endroit où ça grouille de mecs. Qu'on joigne l'utile à l'agréable. J'ai pas raison ?

Le moment était mal choisi pour aller déjeuner mais il est relativement difficile de joindre Gönül. De toute manière, midi approchait et mon estomac n'allait certainement pas tarder à se manifester. Raisons pour lesquelles je décidai de ne pas culpabiliser : tant pis pour ma ligne.

— Qu'est-ce qui se passe ? demanda-t-elle. Si tu ne veux pas me voir, dis-le-moi franchement.

— Non, ce n'est pas ça, j'étais en train de réfléchir au restaurant où on pourrait aller.

— Ah, d'accord, mais réfléchis pas trop ou tu vas perdre la tête.

Puis elle lâcha un grand éclat de rire.

— Il y a une pizzeria assez sympa à Levent, un endroit classe et agréable.

— Ça me va.
— Tu penses y être pour quelle heure ?
— Vers midi.
— Plus précisément ?
— Là, je suis à Altımermer. Combien de temps il me faudra, à ton avis, pour aller jusque là-bas ?
— C'est où ça, Altımermer ?
— Près de Haseki. Je ne viendrai pas en taxi, je préfère te prévenir. J'ai aucune envie de payer une fortune en transport.
— Très bien, mais donne-moi une heure précise. En ce moment, il est 11 heures et on peut se retrouver là-bas à 12 h 30 ; ça te va ?
— O.K. mais dis-moi juste le nom et où ça se trouve exactement. Levent est un quartier si grand… Faudrait pas qu'on perde notre temps à se chercher.
— Ah oui, excuse-moi. Ça s'appelle Pizza Express, et c'est sur l'avenue Nispetiye, sur ta gauche quand tu arrives par Etiler.
— C'est bien l'avenue qui conduit au centre commercial ?
— Exactement ; et c'est un peu plus loin que le salon de kebab Namlı.
— O.K. chouchou. T'inquiète, je le trouverai comme si c'est moi qui avais dessiné les plans.
— Parfait, je te dis à tout à l'heure alors.
— Attends, tu crois qu'ils vont comprendre pour moi là-bas ?
Je ris en moi-même. Il faut être atteint d'une profonde altération des facultés mentales pour ne pas déchiffrer Gönül dès le premier coup d'œil.
— Ne t'inquiète pas pour ça. À ce propos, je serai en tenue d'homme ; que tu sois prévenue.
— Je te reconnaîtrai, va.
Avec ce contretemps, je dus remettre à plus tard une partie de mon travail, mais il me restait tout de

même plus d'une heure que je pouvais utiliser avec profit à condition de commencer sans tarder, ce que je fis. En premier lieu, j'ai consulté les éléments concernant Adem Yıldız. Des informations de toutes sortes le concernant de près ou de loin s'y trouvaient, comme par exemple le fait que, malgré l'insistance de sa famille, il ne soit toujours pas marié, à trente et un ans, âge considéré comme plus que tardif dans son milieu. Il a effectué un service militaire réduit. Après avoir fréquenté un lycée coranique quelconque, il est parti étudier en Grande-Bretagne. Et je crois bien que c'est à ce moment que sa vie a pris un tournant. Il est loin du conservateur dont il veut donner l'image. Il était également écrit qu'il prétextait des voyages à l'étranger pour échapper au ramadan. Je me suis demandé d'où *Cihad2000* pouvait tenir cette information. Puis j'ai regardé les mails qu'Adem Yıldız avait échangés avec différentes sociétés internationales ; rien de passionnant. Il visitait nombre de sites porno lors de ses connexions sur Internet, notamment ceux concernant les travestis. Il ne se passionne pas particulièrement pour les voitures mais apporte le plus grand soin à ses tenues vestimentaires ; que des grandes marques très coûteuses qui doivent certainement le conforter dans son statut d'héritier d'une fortune importante. Il multiplie les séjours à l'étranger mais ne reste pas très longtemps dans les lieux qu'il visite. Après avoir terminé ses études et être rentré au pays, il a commencé à se rendre régulièrement tous les trois mois en Grande-Bretagne ; d'autres destinations étaient également citées. Cette partie des informations était longue et sans intérêt ; il aime les voyages et puis c'est tout. Quant aux choses étranges qu'il doit faire dans ces endroits, c'est une autre question ! Il n'y avait rien à ce sujet, d'ailleurs. Visiblement, mon Stephen Hawking n'a rien découvert sur la question.

Un détail concernant ses études secondaires attira mon attention. D'abord, il les a faites en bien plus de trois ans, mais le plus étrange est qu'il ait passé son bac au lycée coranique de Sakarya et non pas à Istanbul où il avait étudié durant sept longues années. Je ne pus m'empêcher de penser qu'un événement de taille avait dû survenir pour qu'il change soudainement d'établissement et de ville alors qu'il était en terminale. Mais l'idée que ce pût être une dérogation accordée aux cancres des milieux aisés n'est pas à écarter non plus. Il est bien connu que ce genre de familles s'assurent de la réussite de leurs enfants en faisant des dons importants à des écoles non cotées lorsqu'elles se rendent à l'évidence que ceux-ci ne réussiront pas dans leur établissement d'origine, souvent réputé.

Il y avait un grand nombre de photos, prises sur les sites des journaux et magazines, le représentant notamment lors d'inaugurations de salons de thé à travers le pays. Il figurait sur chacune d'entre elles en grande tenue, le veston bien boutonné, la cravate nouée serré, un sourcil légèrement relevé, et il fixait l'objectif d'un air suffisant. La seule photo le représentant en tenue non officielle le montrait faisant du ski nautique à Bodrum. Il y portait un bermuda et exhibait les quelques poils qui ornent son torse. Il est difficile de se prononcer sur son corps parce que la photo animée n'arrêtait pas de se mouvoir d'un côté et de l'autre, mais il est évident qu'il ne hante pas les salles de sport. On ne peut pas affirmer qu'il a une surcharge pondérale, mais il n'a pas non plus le physique d'un athlète. Je me suis demandé si Fehmi Şenyürek figurait aussi sur les photos. Le type n'avait laissé aucune trace dans mon esprit ; je n'étais même pas sûr qu'il faisait partie de la bande d'Ahmet Kuyu l'autre soir au club.

Mon heure était écoulée ; il était temps d'aller sonder Gönül sur tout ce qu'elle avait appris de nouveau en relation avec les événements.

24

Gönül n'était pas encore arrivée lorsque je me suis installé sur la terrasse couverte à l'arrière du Pizza Express. J'ai répondu que j'attendais quelqu'un au serveur venu prendre ma commande et lui ai demandé un jus de pamplemousse. Des viennoiseries pour le petit déjeuner, suivies d'une pizza à midi et encore j'ignorais les bonnes choses que Pompon allait nous concocter pour le dîner. À ce rythme-là, je n'allais pas tarder à ressembler à un bibendum. Être bien en chair ne me convient guère, mais quitte à perdre la ligne, autant aller au bout des choses ; ce doit être une forme subconsciente d'acceptation de mon sort. Dès la fin de mon entrevue avec Gönül, il fallait absolument que j'aille faire du sport, et cela jusqu'à épuisement total. Ma résolution de préserver ma silhouette d'Audrey Hepburn m'a motivé à choisir une salade. Bien que leurs pizzas soient délicieuses, je ne devais pas oublier que j'avais une forme à tenir tant bien que mal. Je venais de reposer le menu quand la voix guillerette de Gönül me parvint :

— Bonjour, vous…

Sa tenue indiquait qu'elle avait tenté de se faire belle mais c'était, de nouveau, un vrai désastre ! Comme symbole de ce mauvais goût, un affreux serre-tête en plastique vert fluo qui retenait sa longue chevelure. Son parfum habituel, une imitation de Joop qu'elle utilise abondamment, ou plutôt dont elle s'asperge, me souleva le cœur. Il faudrait qu'à l'occasion, je lui offre un vrai parfum ou une eau de Cologne.

La connaissant parfaitement, j'avais choisi à sa place : la pizza la plus chère qui, j'en étais persuadé, allait lui plaire ; un sourire de satisfaction éclaira son visage.

— Je t'écoute, raconte-moi tout ce que tu as appris, lui ai-je dit.

— Attends que je reprenne mon souffle. Je viens juste d'arriver.

— C'est que je suis si impatient d'entendre ce que tu as à me dire.

— Tu sauras tout dans un instant, mais laisse-moi d'abord regarder autour de moi et voir dans quel genre d'endroit on est, s'il y a des mecs et comment ils sont.

Elle commença à reluquer, un par un, les clients qui occupaient quelques tables et les serveurs. Elle ne put s'empêcher de fixer droit dans les yeux chaque individu de sexe masculin présent dans les lieux, et de roucouler lorsqu'ils lui plaisaient. Je sentais que je commençais à rougir et me dis que je ne mettrais plus les pieds au Pizza Express pendant un bon moment.

— Qu'est-ce qu'ils sont chou alors, les serveurs ! s'exclama-t-elle.

Elle ne pouvait pas le crier plus fort ; toutes les têtes s'étaient tournées vers nous.

— Oh, la coquine, elle rougit ! me railla-t-elle, en plus.

— C'est un peu gênant, fis-je.

— Pourquoi donc ? Regarde une belle personne et Dieu te récompensera, ma chérie.

— Très bien, regarde mais ne crie pas aussi fort.

— D'accord, dit-elle.

Elle a baissé la voix à peine d'un ton avant de poursuivre :

— Tu sais à quel point je craque pour les mecs qui ressemblent à Kadir Inanır. Eh ben, tu vois celui-là…

Elle pointa son doigt en direction de l'homme en question et moi je saisis sa main pour la rabattre.

— C'est son portrait de jeunesse tout craché. Je te mangerais tout cru, moi ! Il est un peu plus petit que lui, sa mâchoire inférieure est un peu plus avancée ; ses yeux, c'est pas ça non plus mais c'est pas grave.

Le serveur, qui ne ressemblait en rien à Kadir Inanır, nous apporta du pain et de l'huile aromatique. Il attira évidemment sur lui le regard insistant de ma convive. Au moment où je m'aperçus qu'elle s'apprêtait à ouvrir la bouche, je lui donnai un coup de pied sous la table.

— Aïe, mais tu m'as fait mal !

— Ça suffit ! Continue comme ça et on ne va pas tarder à se faire jeter. On ira manger des sandwichs à la place de pizzas.

— Mais pourquoi ? Ils n'ont pas de quéquettes, ceux-là ?

Dieu merci, elle avait posé cette question à voix basse. J'ai fait comme si personne ne l'avait entendue.

— Calme-toi un peu. On ira à Bebek, tout à l'heure, si tu veux ; ça pullule de mecs, là-bas. Mais pour l'instant, parlons de ce qui nous amène ici.

— Oh, toi et tes interrogatoires alors !

Je l'ai fixée d'un regard insistant. Elle ne le fuyait pas, mais ne put retenir une moue boudeuse, avançant la lèvre inférieure, et consentit enfin à me parler de ce qu'elle avait appris avec le légiste.

— Les analyses pratiquées sur le corps de Gül ont montré qu'elle a été en contact avec plus d'une personne. (Les yeux de Gönül s'embuèrent en prononçant ces mots.) Elle a aussi été victime de maltraitance ; elle a été battue… Et en plus, ma pauvre Gül est aussi allée jusqu'au bout, continua-t-elle. En effet, elle a éjaculé alors qu'elle ne le faisait jamais au *travail*. « Je crache uniquement quand c'est pour le plaisir », qu'elle me disait. C'était une vraie dame…

Je me suis gardé de lui demander quel lien pouvait exister entre le fait de ne pas éjaculer et celui d'être une dame ; je ne voulais pas la déconcentrer.

— Ils ont même trouvé un de ces anneaux en acier sur son sexe… ce qu'on met pour prolonger l'érection. Il y était toujours lorsqu'ils ont découvert le corps. Il paraît que c'était tout mauve.

Ce point attira ma curiosité. Le légiste n'avait pas fait mention d'un *cock-ring* dans son rapport, ni même de l'érection de la victime.

— Ce n'était pas dans ses habitudes d'utiliser ce genre de choses. Elle en arrivait même à cacher son organe durant ses rapports tellement ça la gênait ; qu'elle aille jusqu'à mettre un anneau à la base de son pénis pour qu'il ne descende pas, j'y crois pas. C'est très étrange. Je tenais à te le dire parce que je sais que tu sais tout sur tout et que tu vas tout de suite trouver une explication à ça, comme le lieutenant Columbo.

Cette série datait de Mathusalem. Quant au *cock-ring*, une seule explication s'imposait : du sexe actif. Et ce point désignait sans équivoque ce cher Adem Yıldız.

— Mais tu ne m'écoutes même pas, me dit-elle.

À ce moment précis, on nous apporta la pizza et la grande salade, ainsi qu'un moulin à poivre noir et de l'huile piquante. Gül assaisonna sa pizza avec les deux ingrédients.

— Excuse-moi, c'est qu'un point me trotte dans la tête ; j'étais plongé dans mes pensées.

— Plonge pas trop profond ou tu vas te noyer !

Et elle pouffa à nouveau. Il ne restait plus l'ombre de la tristesse qui l'avait gagnée l'instant précédent.

— On va peut-être commencer à manger. Ma pizza a l'air délicieuse. Et toi, j'espère que ton assiette d'herbe te suffira.

— Je suis au régime.

— Je t'en prie, si on devait maigrir en broutant de l'herbe, les vaches seraient comme ça, dit-elle en levant le petit doigt.

Naturellement, une autre explosion de rire s'ensuivit. Si personne ne nous avait encore remarqués, c'était chose faite. Il était impossible de ne pas entendre ces rires et encore moins de ne pas chercher à savoir d'où ils émanaient.

Nous continuâmes à manger en discutant de choses et d'autres. Elle me rapporta évidemment, avec tous les menus détails, à quel point elle avait souffert lors de la rectoscopie. Je l'ai laissée parler mais elle me coupait l'appétit ; plus de la moitié de ma si belle salade resta ainsi dans mon assiette.

Elle lâcha sa bombe pendant qu'elle essuyait les restes de sauce de son assiette avec un morceau de pain :

— Tu sais, ils n'ont trouvé ni ses vêtements, ni son sac, ni sa carte d'identité et ni rien d'autre sur elle. Elle n'est quand même pas allée là-bas à poil !

La remarque était pertinente.

— Ce sont peut-être les policiers qui les ont pris, suggérai-je.

Ce ne serait pas étonnant de leur part. J'ai entendu dire qu'ils prenaient même les montres aux poignets des victimes d'accidents de la route.

— À qui viendrait l'idée de récupérer le genre de vêtements que portait ma Gül ?

— Pourquoi ? Qu'avaient-ils de particulier ?

— On voit que tu ne l'as pas connue. Le morceau de tissu le plus grand qu'elle portait n'était pas plus grand que ma main.

La taille de la main en question, qu'elle leva, n'était pas à minimiser du tout, mais ce n'était qu'un détail sans intérêt.

— Ils les ont peut-être égarés.

— Admettons que ce soit le cas, mais il est tout de même invraisemblable qu'ils n'aient même pas trouvé une chaussure, un sous-vêtement, son sac, même vide, des papiers d'identité ou n'importe quoi d'autre, non ?

Elle avait raison. Il est des plus étranges qu'on n'ait trouvé aucun vêtement ou accessoire sur le cadavre.

— Comment ont-ils identifié le corps, dans ce cas ? m'enquis-je.

— Eh bien, il n'y a pas un policier qui n'ait eu affaire à elle depuis qu'elle a fait son entrée sur le marché. Ils la ramassaient à tout bout de champ pour l'emmener au *zührevi*. Elle, elle allongeait les billets pour y échapper.

— Oui, mais il a quand même bien fallu qu'ils établissent son identité avec des documents.

— Peut-être grâce au tatouage qu'elle avait sur la fesse gauche ; une énorme rose de couleur rose. Elle l'avait fait faire dès son arrivée à Istanbul. Elle portait même un string pour le mettre en évidence.

Je ne lui ai pas demandé comment il se faisait qu'elle ait vu les fesses de Gül ; à une occasion quelconque certainement. Alors comme ça, la petite Gül-Joseph était encore plus sensible au paraître que nous autres.

25

En arrivant au bureau, j'ai appelé Selçuk afin de vérifier la véracité des dires de Gönül.

— Cette histoire a l'air de te tenir à cœur, j'ai l'impression, me dit-il. Je vois que tu m'appelles tous les jours. Heureusement que je peux te rendre quelques services, sinon je ne saurais même pas si tu es vivant ou pas.

— Je t'en prie, pas de morale. Tu sais mieux que moi comment approcher tes collègues pour ce genre d'affaires. Ils ne se donnent même pas la peine de faire une enquête digne de ce nom. Un travesti est mort, le dossier est clos et basta ! Tu n'es pas sans savoir que ce genre d'événements ne me laisse pas indifférent.

— Je comprends.

Je lui ai alors rapporté tout ce que j'avais appris de Gönül.

— Pourquoi tous ces éléments ne figurent-ils pas dans le rapport du légiste ? lui ai-je demandé. Se peut-il réellement que la police judiciaire n'ait rien trouvé sur Gül ? Je veux dire Joseph… Où sont passés ses vêtements, son sac ?

— Tu as raison. Maintenant que tu m'en parles, je me pose aussi la question. Je vais essayer de me renseigner. Il y a une ou deux personnes qui pourraient me rendre ce service. Je vois ça et je te rappelle.

— Je serai ici, dis-je avant de lui donner le numéro du bureau. Encore une chose, qu'en est-il des tests ADN ?

— Il est encore trop tôt. On n'aura rien avant une semaine, dix jours.

— La lenteur bureaucratique…

— N'exagère pas ! D'accord, on ne peut pas dire que nos hommes brillent pas leur efficacité mais, d'un autre côté, ils manquent aussi de temps et surtout de spécialistes. Il est vrai que si on ne s'en occupe pas en personne, le dossier va malheureusement aux oubliettes.

— Et encore plus vite lorsque l'affaire en question concerne des travestis. Il ne faudrait surtout pas que ces messieurs de la police engagent leur réputation…

— Ne t'inquiète pas pour ça. J'ai promis de t'aider et je tiendrai parole.

Ses propos de la veille résonnaient encore dans ma tête mais il n'était pas vraiment dans mon intérêt de les lui rappeler.

— Et si on m'affectait un agent de police pour que je puisse faire les recherches moi-même ? Que je puisse au moins aller inspecter cette maison à Küçükyalı, la citerne ou encore le jardin.

— Tu as perdu la tête ou quoi ? Tu crois réellement qu'ils accepteraient ?

— Dans ce cas, j'irai tout seul.

— Ça n'engage que toi. Et je ne peux rien te promettre en cas de pépins.

Ayant raccroché, j'ai demandé à Figen, qui avait profité de la pause-déjeuner pour coiffer ses cheveux de manière encore plus ordonnée qu'ils ne l'étaient déjà, de surtout me transférer les appels provenant du commissariat ou de Selçuk Taylanç. La sonnerie du téléphone retentit à peine ma consigne donnée. C'était Selçuk.

— J'ai oublié de te parler d'une chose. Un nouveau cadavre a été découvert ; son identité n'a pas encore été déterminée. On sait juste que c'est le corps d'un homme ayant des seins en silicone et qu'il est resté un long moment dans l'eau.

J'eus l'impression que mon cœur me lâchait. J'avais gardé en moi l'espoir qu'elle réapparaîtrait un jour.

— Funda, dis-je pour l'éclairer. Son véritable prénom doit être Jonas. Mais je ne connais pas son nom de famille. Je peux me renseigner si tu veux.

— Je veux bien, ce serait une question en moins à résoudre pour les nôtres.

Voilà que Funda-Jonas a aussi servi d'appât aux créatures de la mer tout comme le fut le prophète Jonas, mais à deux différences près : la première étant qu'elle n'a certainement pas eu affaire à la baleine citée dans la Bible ; et la deuxième – la plus importante – que le saint homme s'en est sorti vivant après quelques jours passés dans le ventre du cétacé. Tandis que notre Jonas à nous… Dieu ait son âme.

J'essayai de déterminer depuis combien de temps elle avait disparu ; le temps qu'elle avait passé dans les abysses. Plusieurs mois se sont écoulés depuis sa disparition, qui est survenue au début de l'été. Il est donc impossible que son corps ne se soit pas décomposé depuis le temps. Quand bien même l'eau salée de la mer aide à la conservation des matières organiques, il est scientifiquement impossible qu'un corps humain puisse être conservé aussi longtemps.

Il y avait anguille sous roche.

J'ai promis à Selçuk de découvrir le nom de famille de Funda-Jonas et la personne la plus qualifiée pour m'y aider était bien entendu Hasan. Ce serait aussi l'occasion de le mettre dans la confidence des excès d'Adem Yıldız.

Hasan décrocha à la première sonnerie. Je lui ai parlé du corps retrouvé, dont je pensais qu'il appartient à Funda-Jonas. Il était déjà au parfum.

— Pourquoi ne pas m'en avoir parlé ? lui demandai-je.

— Comme si on pouvait te joindre. J'ai laissé pas moins de cinq messages à Pompon ; j'ai aussi appelé ton bureau, la secrétaire ne veut ni transférer mon appel, ni prendre de message. Il serait peut-être temps que tu t'achètes un portable.

— Alors, qu'en est-il ? m'enquis-je.

— En fait, il pourrait s'agir de Funda mais il se peut aussi que non. Il paraît que le corps est méconnaissable.

— Mais il a des seins.

— Oui, la silicone ne se décompose pas. Et c'est pour cette raison que la police a contacté les nôtres. Pour savoir si l'une d'elles la connaissait.

— Et puis ?

— Ils en ont embarqué deux sur le bord de la route. L'une s'est évanouie en voyant le corps tellement il faisait peur. Elles leur ont répondu qu'elles ne la connaissaient pas.

— Hasan, tu veux bien essayer de découvrir le nom de famille de cette Funda ?

— Tu en as fini avec les prénoms, tu t'attaques maintenant aux noms de famille ?

— Je sais, mais c'est important. Je dois un service à un ami.

— Un flic.

— Effectivement. Je l'ai promis à un ami qui est dans la police.

— Très bien, je m'en occupe. Mais sache qu'aucun corps humain ne peut se conserver aussi longtemps même dans l'eau de mer. Les policiers aussi l'ont dit. C'est pourquoi il est improbable qu'il s'agisse de Funda. Mais ne te fais pas trop d'illusions non plus.

— À moins qu'elle n'ait été conservée dans un autre lieu et jetée ensuite dans la mer, proposai-je.

— Comment ça, tu veux dire conservée par congélation ?

— Pourquoi pas ?

Je réfléchis à la question de la congélation du corps de Funda après avoir raccroché. Toutes ces chambres froides qui existent de nos jours… n'importe laquelle a pu faire l'affaire. Le tueur a très bien pu conserver le corps un certain temps dans une de ces chambres froides et le jeter à la mer récemment ; quelques jours lui auront permis de se décongeler et seulement, ensuite, de commencer à se putréfier.

La question qui se posait alors était de savoir dans quel genre d'endroits se trouvent ces chambres froides. Réponse : dans le secteur alimentaire ! Et quelle est l'activité principale des entreprises Yıldız ? La pâtisserie !

Les indices convergeaient vers lui, seulement je n'avais toujours aucune preuve contre lui en ma possession.

Il fallait que je fasse le point sur toutes ces informations, mais je n'arrivais pas à me concentrer. D'horribles scènes de tuerie se jouaient dans ma tête : Adem Yıldız en train de tuer les nôtres avec une barbarie dépassant les pires films d'horreur.

Dieu merci, Vuslat la Poupée a échappé à ses griffes. À ce propos, il fallait absolument que je la mette en garde, même si son prénom n'est pas tiré des livres saints. On n'est jamais assez prudent.

Il doit y avoir un moyen de coincer ce type… il a forcément laissé des indices quelque part. Les résultats des tests ADN pourraient me mener sur une piste sérieuse s'ils se révélaient probants, mais j'en doute. Et porter une accusation contre lui est une autre paire de manches. Il est tout de même le fils d'une puissante famille et je serais le plus surpris si la police l'inculpait et lui imposait un test ADN sans raison valable. On peut encore moins pratiquer cette analyse avec tous les hommes du pays et essayer de trouver une concordance avec les traces trouvées sur les corps. Comme le dit si bien Pompon, les hommes ne valent pas un clou !

Passer plus de temps au bureau sans rien obtenir de sérieux était inutile. Les dossiers de *Cihad2000* ne donnaient rien de concluant. S'ils contenaient des éléments révélateurs, je n'arrivais pas à les extraire. C'est pourquoi j'ai jugé préférable d'aller à la salle de sports. Un peu d'exercice allait me faire le plus grand bien et me permettre de me débarrasser de cette mauvaise conscience qui me taraudait à cause de tout ce que j'avais avalé dans la journée.

26

Je mis en branle ma matière grise afin d'échafauder un plan. De quoi vais-je avoir besoin pour sa mise en pratique ? De preuves à l'appui. Mais il s'avère que je n'en ai pas la moindre. Conséquence : il ne tient qu'à moi d'en trouver même si cela revient à tenter le diable.

Par quel genre de personnes est attiré Adem Yıldız ? Par de très jeunes travestis. Puis-je être considéré comme étant très jeune ? Non. Je vais donc avoir besoin des services d'une minette pour servir d'appât. Une fille qui occuperait un rôle capital dans ma stratégie, qui en accepterait les risques et qui serait par conséquent sous ma protection permanente. Elle doit avoir de préférence un prénom de saint homme. Je me suis arrêté un instant sur ce point afin de réfléchir aux noms de personnages sacrés dont les travestis homonymes n'ont pas encore été éliminés : Jésus, Noé, Loth, Benjamin, Jean, Jacob, David… ce sont les seuls qui me vinrent à l'esprit et c'était plus que suffisant. Les plus accrocheurs étaient Jésus et Noé.

La question épineuse de savoir comment et où trouver une fille qui accepterait de jouer le jeu avec tous les dangers qui en découlent me traversa l'esprit, mais j'ai décidé de ne pas en faire cas pour le moment. Il faut avouer que ce scénario rebuterait toute personne ayant un minimum de bon sens. Toutefois, deux choses me confortèrent dans le cours de mes pensées. Primo : qualifier les nôtres de personnes sensées serait leur faire injure ; elles ne peuvent certainement pas être considérées comme des individus au sens classique du terme. Et ce ne sont pas elles qui diront le contraire. Ainsi, elles se confortent dans l'idée qu'elles peuvent mener une existence plus libre que Monsieur Tout-le-monde, avec un soupçon de marginalité. Je vais forcément trouver une fille aussi démentiellement courageuse que moi. Les visages et les prénoms de celles que je connais défilaient déjà dans ma tête. Secundo, le plus délicat des deux points : il n'est absolument pas indispensable que l'élue qui va me servir d'appât soit au parfum des risques encourus, même si cela peut paraître périlleux et être considéré comme de la tromperie. Cependant, le risque peut être réduit au minimum si je ne la quitte pas d'une semelle et garde l'œil sur elle à tout instant.

Adem Yıldız n'est absolument pas mon type d'homme et pourtant il pourrait plaire à bon nombre de nos filles. Il n'est pas très grand de taille mais la finesse de son visage donne l'illusion du contraire ; et son teint légèrement hâlé, qui m'avait semblé blanc laiteux sous les spots du club, contraste avec ses cheveux noirs et sa barbe taillée. J'aime les hommes à la taille étroite et aux fesses bombées. Adem Yıldız n'a pas ces contours. Je peux même affirmer qu'il a un gros arrière-train.

Il a un goût prononcé pour les vêtements de marque. Je n'y ai pas prêté attention la dernière fois, mais il est possible qu'il portait une Rolex en or au poignet ; ce qui, pour une bonne partie des filles, constituerait un argument de poids.

En l'absence de partenaire de jeu dans la salle de squash du Hilton, j'ai joué contre le mur en donnant des coups secs de raquette, et continué à penser à toute cette histoire : tendre un guet-apens au tueur en jetant dans la gueule du loup une des nôtres… J'étais pris d'un sentiment de culpabilité en pensant à elles. Autre détail : je ne connais que les filles qui fréquentent mon club, or il y a toutes celles qui travaillent dans d'autres lieux, notamment dans les autres clubs de la ville, dans des bars ou en plein air. Remarquez, il existe une personne qui pourrait me renseigner sur ce sujet : Hasan ! Sans oublier Şükrü dont je viens d'apprendre son attirance pour les petits jeunes.

J'ai continué à me dépenser jusqu'à ce que je sois totalement convaincu d'avoir éliminé jusqu'au dernier gramme avalé dans la journée. Les lieux commençaient à s'animer au moment où je me dirigeais vers le vestiaire, ce qui m'incita à traîner afin d'évaluer les morceaux qui venaient d'arriver. J'espérais tomber sur quelques types appétissants que je pourrais mater et, pourquoi pas, consommer s'il y avait moyen.

Dans cette optique, je bus mon soda sans me presser. Il y avait en tout et pour tout deux hommes dont l'un n'était absolument pas mon genre : trop rond. Il me perça à jour sur le coup. Quant à l'autre, il était aussi efféminé que moi. Il faisait fausse route en croyant pouvoir tromper mon œil averti. En passant, il m'a reluqué comme s'il jaugeait une concurrente, et moi, je l'ai salué d'une légère inclination de la tête.

J'ai finalement décidé de ne pas m'attarder et de passer à la douche. Le rondelet avait ouvert le rideau de sa douche et m'attendait tout en se savonnant le sexe. Son expression trahissait un manque de courage. Je ne pus m'empêcher de jeter un coup d'œil sur l'objet. Il était de ceux qu'on qualifie d'impressionnants. Mais le type ne valait pas un clou. Son regard m'invitait à le rejoindre et ses lèvres mimaient des baisers tout en émettant un son sourd. Je lui ai renvoyé un regard hautain et ai continué mon chemin jusqu'à une cabine à l'écart. J'ai soigneusement tiré le rideau et commencé à me laver. Lorsque j'eus terminé, il était toujours au même endroit, avec le rideau ouvert. Il recommença à m'envoyer des baisers dont il devait être convaincu du pouvoir érotique. Il méritait sérieusement que je le remette à sa place, en le dénonçant, par exemple, à l'employé occupé à rêvasser. Mais cela n'en valait pas la peine. J'avais d'autres chats à fouetter, et ma priorité était de trouver une fille jeune avec un prénom du style Jésus ou Moïse. Je lui ai envoyé un baiser pour l'exciter davantage en lui disant : « Au revoir, mon amour. »

Il a éjaculé avec la force du Vésuve rejetant sa lave ! Son éruption terminée, il tira aussitôt le rideau et termina de se laver.

27

De retour chez moi, je fus accueilli par une Pompon coiffée d'un turban de lamé et vêtue de ma robe de chambre rose. À peine venais-je de mettre le pied à l'intérieur que ses premiers mots trahissaient son anxiété.

— J'ai cru que j'allais mourir d'impatience !

— Pourquoi donc ? Que t'arrive-t-il ?

— À ton avis ? T'aurais quand même pu me passer un petit coup de fil pour me dire où tu étais, à quelle heure tu pensais rentrer. Et le téléphone qui n'a pas arrêté de sonner toute la journée ! Je ne savais même pas quoi répondre aux gens, vu que je n'avais pas de tes nouvelles. J'ai alors passé mon temps à essayer de te joindre avec tout le travail que j'avais sur les bras. Évidemment, tu n'étais ni au bureau ni au club. J'ai appelé Hasan, il m'a dit que tu étais au bureau. J'appelle le bureau, et là, la secrétaire me dit que tu es sorti. J'ai cru que j'allais devenir folle !

À voir son état, elle n'allait pas se calmer de sitôt. Je me suis débarrassé de mon manteau et suis passé au salon.

— Un certain Kemal a appelé, reprit-elle.

Il ne manquait plus que ça ! Internet ne lui suffisant plus, il s'était trouvé une nouvelle occupation : le téléphone. J'espérais seulement ne pas avoir encore à changer mon numéro.

— Plusieurs fois même, ajouta-t-elle. À croire qu'il n'a rien d'autre à faire de la journée. Il t'aurait envoyé un mail très important et il voulait savoir si tu l'avais lu. C'est en rapport avec David.

— Qui est-ce ? demandai-je.

— Comme si je le savais ! Je n'avais pas la moindre idée de l'endroit où je pouvais te joindre, alors tu m'excuseras de ne pas savoir qui est David.

— Très bien, je verrai ça plus tard.

La sonnerie du téléphone retentit à la fin de ma phrase et Pompon, qui avait tôt fait d'endosser le rôle de maîtresse des lieux, courut immédiatement décrocher.

— Allô ! fit-elle.

Son visage exprimait l'étonnement. Et d'ajouter :

— Il vient juste de rentrer. Je le lui dirai.

Au lieu de me tendre le combiné, elle le garda encore collé à son oreille, plissa les paupières, et raccrocha.

— C'était encore ce Kemal. Il ne voulait pas te parler mais il faut que tu lises son mail au plus vite. « C'est d'une extrême importance », qu'il m'a dit.

— Étrange…

— C'est bien pire ! J'ai passé mon temps à répondre au téléphone, et on aurait dit que tout ce qu'il y a de zinzins et de fêlés en ville se sont passé ton numéro. Il y avait même la police et aussi un type qui m'a carrément récité un *besmele* ! Par contre, un homme agréable à écouter, avec qui on puisse flirter un peu, évidemment, il n'y en avait pas.

— Personne ne t'a obligée à répondre.

— Merci la reconnaissance ! Comme si j'en raffolais, moi, de discuter avec tes dérangés. Je décrochais uniquement parce que j'espérais que ce serait toi. Mais laisse-moi te dire une chose : tu ferais bien de mieux choisir tes amis. J'ai peur qu'il ne t'arrive quelque chose à force de côtoyer tous ces déséquilibrés !

— Merci pour ces conseils si précieux.

— Parle à mon cul, ma tête est malade ! Comme tu voudras, ma chérie, c'est toi qui vois. C'était juste un conseil d'amie, tu en fais ce que tu veux. Après tout, tu es une grande fille.

Me demandant ce que *Cihad2000* avait pu m'envoyer de si urgent, je me suis installé devant mon ordinateur, tout en me préparant à lire une lettre dans laquelle il me dirait à quel point je l'excitais et qu'il tenait à moi.

J'ai constaté qu'il m'avait envoyé son courriel sous sa véritable identité, Kemal Barutçu. L'objet de son message était « Pour toi » et contenait deux pièces jointes. Le doute s'installa en moi juste au moment où je voulais les ouvrir. Et s'il m'avait envoyé un virus qui aurait mis mon ordinateur hors service ? Je ne suis pas d'une nature paranoïaque mais toutes sortes de pensées, aussi farfelues soient-elles, peuvent s'installer dans l'esprit de n'importe quelle personne ayant affaire à un individu tel que *Cihad2000*. Je pris soin de les passer au crible de mon programme de détection de virus le plus performant ; elles étaient propres. Je les ai donc ouvertes et suis resté pétrifié d'horreur en voyant leur contenu.

La dépouille d'un chanteur travesti du nom de David a été retrouvée à Bodrum. Il travaillait dans un bar à chansons et on lui a versé de l'acide citrique dans la bouche.

Je me suis enfoncé dans le fauteuil et mes épaules se sont affaissées, j'avais l'impression d'avoir été vidé de toute ma force. J'avais la chair de poule et la tête en compote, obnubilé par la nouvelle horrifiante que je venais d'apprendre.

Je revins à moi lorsque je sentis la présence de Pompon à côté de moi, en train de lire ce qu'il y avait sur l'écran.

— David à la voix enchanteresse ! s'exclama-t-elle d'un cri hystérique. Seigneur tout-puissant, protégez-nous ! Je sens mon heure arriver. Mon Dieu, je Vous conjure de nous protéger du mal. Si nous avons péché, c'est Vous qui nous avez donné la vie et Vous seul pouvez la reprendre. Je Vous en supplie, Seigneur, accordez-nous votre protection !

Elle était au bord de la crise de nerfs. Je l'ai secouée par les épaules et l'ai fait asseoir sur le siège que je venais de quitter.

— On est dans un cauchemar !

Le regard vide, elle fixait le plafond.

— Encore un prénom de prophète ! David à la voix enchanteresse, David qui charmait ceux qui l'écoutaient. Et de quelle manière il est mort ? En perdant sa voix ! Oui, je le sens… mon tour approche.

Elle n'avait pas l'air de vouloir se calmer. En plus, elle commençait à me taper sur le système depuis deux jours. Je me suis légèrement reculé afin de créer un espace libre entre nous et lui ai donné une bonne gifle. Des éclairs de colère ont traversé ses yeux, mais, au moins, elle a recouvré la raison.

— Sale garce ! fulmina-t-elle.

Ses mains aux ongles longs comme des serres d'aigle s'avancèrent vers moi. Je l'ai saisie aux poignets et l'ai stoppée dans son élan. La réalité de la situation lui revenant à l'esprit, elle ne manifesta aucune résistance. Elle se contenta de tenir la joue qui avait changé de couleur.

— Tu n'y es pas allé de main morte. J'ai mal.

— Je te prie de m'excuser. Je ne suis pas dans mon état normal non plus.

— T'aurais pu taper un peu plus doucement,

quand même. Tu sais à quel point je suis sensible. Si j'ai un bleu, je ne pourrai pas aller au travail pendant trois jours.

Je commençais aussi à en avoir plus qu'assez de sa petite nature. On l'effleurait à peine que madame avait des bleus partout.

Elle était résolue à ne pas se rendre au travail ce soir-là ; le fait de s'être provisoirement installée chez moi devait l'y inciter fortement, mais j'aurais souhaité qu'elle montre un minimum de compassion pour mon état psychologique, à moi aussi. La grande considération que je lui porte et l'importance que j'attache à notre amitié n'induisent nullement que je doive vivre avec elle sous le même toit.

Une fois remise de ses émotions, elle mit la table pour le dîner. Nous fîmes un topo sur la situation tout en absorbant des lasagnes généreusement garnies, et autant de calories, qui réduisirent à néant tous les efforts que j'avais déployés au squash. Le nombre de décès était de sept : Abraham, Joseph, Moïse, Mohammed, Jonas, Salih et David. Chaque fois que son prénom – Zacharie – lui venait à l'esprit, mon invitée avait une bouffée d'angoisse qui allait jusqu'à son paroxysme, et dès qu'elle se rappelait être chez moi, en ma présence, elle reprenait le dessus. Elle devait s'imaginer, dans quelque recoin de sa tête, que j'étais une sorte de Rambo indestructible. Cette pensée m'enorgueillit évidemment, mais en même temps je trouvais stupide qu'elle s'en remette ainsi à moi.

Pour compléter notre soirée italienne, elle posa sur la table un énorme tiramisu. Au même instant, nous entendîmes la sonnerie de la porte, accompagnée d'un cri en simultané de Pompon. Je ne sais quel regard je lui ai jeté mais elle s'est vite ressaisie :

— Que veux-tu que j'y fasse ? Je n'arrive pas à me contrôler. J'ai les nerfs à vif. Je ne sais même pas ce que j'aurais fait si tu n'étais pas là avec moi. Si je m'écoutais, j'irais demander une protection à la police. Ou bien je pourrais faire un séjour dans un hôpital privé. Ça grouille de monde dans ce genre d'endroits ; avec toutes ces infirmières. Et aussi tous ces aides-soignants, si charmants.

C'était Hasan. Il entra tout en tirant sur son jean qui lui tombait des fesses. Sa tentative était vaine car c'était un taille basse qui ne dépasse pas le niveau du pli de l'aine.

On s'est installés autour du tiramisu. Il n'était pas au courant de l'affaire David mais il avait réussi à apprendre le nom de famille de Jonas. Il nous a également confié qu'il était impossible de situer le moment exact de sa mort et que, comme je le pensais, des traces de congélation ont été constatées dans certains de ses organes internes.

— Toutes mes félicitations, Pompon. C'est délicieux, dit Hasan.

— On est bizarres nous aussi, fit remarquer Pompon. On est là à parler de cadavres pendant qu'on mange. Seigneur, aidez-nous, je Vous en prie ! Sinon, je ne donne pas cher de nos vies.

Je les mis dans la confidence quant à mes soupçons sur Adem Yıldız et mon intention de lui tendre un guet-apens. Pompon m'écouta tout en émettant différents sons exprimant son effroi après chaque mot qui sortait de ma bouche. Quand j'eus exposé mon plan, elle poussa son assiette au milieu de la table, et déclara :

— Ne compte pas sur moi. J'en frissonne déjà rien qu'à y penser. Je ne ferais rien d'autre que de te gêner dans ta mission.

Les yeux de Hasan brillaient d'excitation.

— C'est O.K. pour moi ! s'exclama-t-il. Je te suis !

— Très bien mais je te préviens, ce n'est pas sans risques. Et encore, je pèse mes mots. Il est question ici de la vie d'une des nôtres. S'il devait lui arriver malheur, on aura sa mort sur la conscience pour le restant de nos jours.

— J'ai compris et je suis toujours partant. Dis-moi juste ce que je dois faire et je m'exécuterai aussitôt.

— D'abord, il va falloir trouver une fille très jeune. Courageuse, qui ne craint rien ni personne, et surtout attirée par l'argent.

— Le prénom n'est-il pas important aussi ? demanda Pompon.

— Pas vraiment, fis-je. On l'inventera au besoin.

C'était le point le plus délicat de l'opération : le prénom. L'élue n'avait absolument pas besoin de décliner sa véritable identité lorsqu'on la lui demanderait. Je réfléchis même à la possibilité de lui fabriquer de faux papiers avec un prénom du style Jésus, Noé ou Jacob.

Pompon se leva en soupirant et nous demanda :

— Quelqu'un veut du café ? Je ne vais pas en boire, mais je peux vous en préparer si vous voulez.

Je ne trouve pas mes mots pour décrire l'expression de mère dévouée qu'elle avait à cet instant. Elle venait d'ajouter une nouvelle dimension à cette catégorie de seconds rôles si prospère à Hollywood dans les années quarante, cinquante.

28

La personne que Hasan a fait venir à la boîte était réellement belle à voir. Il s'appelait Gürhan. Ses manières et sa façon de parler indiquaient qu'il avait reçu une bonne éducation. Ce n'était donc pas la catastrophe à laquelle je m'attendais. Il avait fait ses études secondaires dans un lycée français mais n'avait pas encore entamé d'études supérieures ; il végétait dans l'oisiveté. Il disait être gay mais le vernis de ses ongles, ses sourcils épilés, le mascara sur ses cils et son fond de teint le plaçaient quelques pas en avant dans la catégorisation. Je me suis gardé de lui en faire la remarque.

Nous sommes tous montés dans la pièce au plafond bas qui nous sert de bureau, à l'étage supérieur. En réalité, il serait plus juste de la qualifier d'entrepôt. Des caisses de boissons, des paquets d'essuie-tout et de papier toilette jonchaient les lieux.

Hasan avait déjà briefé Gürhan en lui disant que nous attendions de lui qu'il compromette un homme très important. Celui-ci était en couple avec un très célèbre travesti qui, jalouse de son homme, le soupçonnait de la tromper, mais n'avait aucun moyen de le prouver. Notre cliente lui avait consacré tant d'années de sa vie alors que lui ne ratait pas une occasion de la cocufier avec des travestis plus jeunes qu'elle ; ensuite, il se comportait avec elle comme si de rien n'était. Évidemment, la dame n'acceptait pas de se faire traiter ainsi et attendait de nous que nous prenions son amant infidèle en flagrant délit afin qu'elle puisse lui demander des comptes avec des photos à l'appui.

Le scénario était assez grotesque, je dois l'avouer, mais nous n'avions pas le temps d'en élaborer de plus subtil, et, de toute manière, Gürhan n'avait pas l'air de vouloir en savoir plus.

Hasan en rajouta une couche en lui disant que s'il acceptait de jouer le jeu, non seulement il allait accéder à un certain rang dans notre microcosme, mais il allait aussi s'assurer le soutien des filles les plus influentes et connues, et même le mien. Ce sont des considérations qui ont leur poids pour n'importe quelle nouvelle faisant son entrée dans le milieu.

Gürhan s'était installé avec des manières à la Winona Ryder. À la fin de l'exposé de Hasan, il nous dit :

— Ma mère ne veut pas me payer l'épilation.

Nous nous regardâmes, Hasan et moi, c'était gagné. Des cervelles de moineau, il y en a beaucoup, mais à ce point-là je ne l'espérais pas.

— Et ? lui répondis-je.

— J'ai des poils qui poussent sur le torse. Je les épile à la cire mais évidemment ils repoussent. J'en ai parlé à ma mère mais elle ne veut pas en entendre parler. Je veux une épilation définitive.

— Très bien, on le fera.

— Et aussi... tu ne trouves pas que mes seins sont trop petits ?

— Quel âge as-tu ?

— Dix-neuf.

— Il ne les fait pas du tout, dit Hasan.

— Sois sincère, fis-je à Gürhan.

— Je t'assure que c'est la vérité. J'ai commencé l'école plus tôt que les autres enfants.

— C'est un peu prématuré pour les hormones.

— Oui, mais moi je suis décidé.

L'idée qu'il se croyait encore au stade de gay était drôle. À cette vitesse, il ne tardera pas à se transformer en une superbe et jolie jeune femme avant même ses vingt-cinq ans.

— On verra ce point plus tard.

Gürhan m'observait.

— Pourquoi ne t'es-tu pas fait refaire les seins ? me demanda-t-il.

— Je me préfère ainsi. J'aime être des fois en homme et d'autres fois en femme.

— Tu ressembles à Maria Callas.

Ce n'est pas elle que j'aurais choisie en premier. De plus, il y a plusieurs Maria Callas correspondant à chacune de ses périodes. Il y a d'abord la Callas en chair, ensuite carrément grosse, suivie de sa période « Audrey Hepburn » où elle sortait avec Visconti, et après, sa période « lady » datant de l'époque où elle était la maîtresse d'Onassis, et n'oublions pas celle où, ce dernier l'ayant quittée pour Jacqueline Kennedy qu'il épousa, elle était vulnérable. Je ne lui ai pas demandé à laquelle de ces périodes il m'identifiait mais j'ai toujours considéré que c'était celle d'« Audrey Hepburn ».

— Avant que j'oublie, je préfère vous prévenir : je ne fais pas de trucs bizarres. Et aussi, si on doit prendre des photos, je n'en veux pas d'osées. Je n'ai aucune envie que ça arrive aux oreilles de ma famille.

Nous ne pouvions évidemment pas deviner ce que ce dérangé d'Adem Yıldız risquait de lui faire, mais nous acquiesçâmes.

— Tu dois également savoir qu'il est passif, ajoutai-je.

Hasan ouvrit grand ses yeux avant même Gürhan ; il le savait déjà, pourtant. J'ai continué de parler sans prêter attention à sa réaction.

— Comme je viens de vous le dire, je suis gay. Je suis ouvert à tout ; je peux le prendre aussi.

Je fis un grand ouf ! de soulagement dans ma tête.

— Il y a encore une dernière chose, intervint Hasan. Ton prénom.

— Oui ?

— Le type a un faible pour les prénoms sacrés ; de prophètes et autres personnages tirés des livres saints. C'est pourquoi, il est préférable de ne pas lui dire que tu t'appelles Gürhan mais plutôt Jésus ou Noé, comme tu veux.

— Aucun des deux ne me plaît. Ce qui me botterait comme prénom, ce serait « Ceren ».

— On parlait d'un prénom masculin, rectifiai-je.

— Est-ce vraiment indispensable que ce soit un prénom masculin ?

— Oui, ça l'est. Ça a même une importance capitale.

— Alors, dans ce cas, je veux aussi que vous m'aidiez pour les injections.

En disant cela, il tentait d'empoigner ce qu'il s'imaginait être des seins, mais en vain.

Notre candidat accepta finalement de se faire appeler Jésus. Seulement, j'avais remarqué qu'il avait la langue bien pendue. Ceci s'ajoutant à sa cervelle de blonde, je craignais qu'il ne se trahisse à la première occasion.

Ayant conclu notre affaire, il ne nous restait plus qu'à lui trouver une carte d'identité indiquant son nouveau prénom, et ensuite à le jeter dans la gueule du loup.

Nous avions décidé qu'il allait rester chez moi jusqu'au départ pour qu'il puisse rentrer dans son personnage. Pompon y était aussi depuis quelques jours. J'étais convaincu qu'elle allait s'occuper de lui comme une mère poule, lui préparer de bons plats, le faire profiter de son expérience de « femme », lui inculquer les bonnes manières mais aussi celles qui allaient lui servir à attirer notre proie dans le piège.

Je compris à la façon dont Şükrü regardait Gürhan que ce dernier ne le laissait pas indifférent. Cela m'amena à constater qu'il était d'un type à plaire aux hommes branchés « petits minets ». Notre barman plissa les yeux d'une manière qu'il devait s'imaginer ravageuse et les fixa sur Gürhan jusqu'à ce que nous sortions.

La personne visée ne fut pas en reste non plus.

— Votre barman est très mignon, me confia-t-il.

— Je le sais. Je ne travaille qu'avec de belles personnes ; je choisis moi-même chaque membre de mon personnel.

— Tu pourras m'arranger le coup une fois notre travail terminé ?

Je voyais déjà Şükrü aux anges.

— Bien sûr. Tu lui as aussi tapé dans l'œil de toute façon.

— Je l'avais compris. Il me dévorait des yeux.

La carte d'identité de Gürhan avait rendu l'âme. Elle avait perdu toute rigidité à force de contorsions dans la poche et le film plastique qui la recouvrait se décollait de partout. Je n'ai pas eu beaucoup de peine à le décoller entièrement en m'aidant du fer à repasser. Ensuite, j'ai ajouté le prénom « Jésus » dans le champ « prénom » en prenant soin d'utiliser la même sorte d'encre et d'imiter le même caractère d'écriture. Le lendemain matin à la première heure, j'y mis la dernière touche en la plastifiant.

Les dossiers que *Cihad2000* m'avait envoyés concernaient Bodrum. Ils m'ont appris qu'Adem Yıldız s'y trouvait, dans sa résidence d'été qui se situe précisément dans la baie de Mazı. Nous pouvions nous y rendre, mais l'éventualité qu'il retourne à Istanbul pendant que nous serions en chemin me traversa aussi l'esprit. C'est encore ce cher *Cihad2000* qui pouvait me renseigner sur ce point. Étant donné qu'il avait collé un mouchard au *nickname* de notre suspect, il pouvait aisément le suivre à la trace sur le Net. J'aurais pu m'en occuper moi-même, avec un peu d'effort, mais pourquoi me serais-je donné cette peine alors qu'il le faisait déjà pour moi ; il en tirait même plaisir.

Je lui ai immédiatement envoyé un courriel détaillé à ce propos, tout en espérant qu'il ne serait pas fâché contre moi. Je pris soin de peser mes mots mais j'adoptai tout de même un style convaincant. Je lui fis notamment part de mon souhait de collaborer avec lui et de nous échanger des contrats malgré ce qui s'était passé.

D'après ce que j'ai pu comprendre, la baie de Mazı n'est pas un lieu très peuplé. Il n'y a même aucune infrastructure hôtelière. Et l'idée d'attendre patiemment à Bodrum qu'il vienne nous découvrir était absurde. Cependant, il y avait un endroit à Mazı où nous pouvions rester : la résidence de Cengiz. Vu que c'était la rentrée scolaire, son ex-femme et ses enfants ne devaient plus y être. Il y avait donc de grandes chances qu'elle soit vide. Il ne me restait plus qu'à user de mon charme pour obtenir les clés.

La réponse de *Cihad2000* ne s'est pas fait attendre. Il me faisait des recommandations mais il n'y avait ni prière ni sourate ; il était en progrès ! Il y avait notamment l'emploi du temps d'Adem Yıldız. J'ai ainsi appris qu'il allait encore passer quatre jours à

Bodrum, qu'ensuite il se rendrait à Ankara, pour un jour, afin d'assister à des réunions d'affaires, et qu'il irait également à Kayseri pour l'inauguration d'un nouveau point de vente de la chaîne familiale.

Nous n'avions pas de temps à perdre. Quatre longs jours dans la plénitude de la baie de Mazı étaient tout ce dont j'avais besoin pour mettre mon plan à exécution. Ç'aurait été beaucoup plus délicat dans une chambre d'hôtel à Ankara ou à Kayseri, avec juste un jour devant nous.

Malgré ses insistances, Pompon ne devait pas être de l'expédition. Elle tenta de me faire changer d'avis, de sa manière habituelle lourde et insistante. Elle plissa les paupières et fit remonter des larmes à ses yeux afin de nous montrer à quel point elle craignait pour nous. Il n'y avait pas de quoi : je maîtrisais la situation. Je n'avais pas besoin non plus qu'elle me facilite la tâche en me présentant d'abord Fehmi Şenyürek pour qu'à son tour il nous présente à Adem Yıldız. Elle eut beau continuer à insister, il était hors de question qu'elle nous accompagne.

— Mais je vais perdre la tête à vous attendre ici, toute seule, pendant que vous serez là-bas, en compagnie de ce malade !

Las de lui répéter les mêmes mots, je lâchai un « c'est non ! » emphatique. Elle afficha une expression d'enfant boudeur et alla s'asseoir. Je n'aurais jamais imaginé qu'elle puisse tordre sa lèvre inférieure à ce point.

Hasan était en charge de la gestion du club durant mon absence. Lui aussi avait voulu se joindre à nous en se déchargeant de ce travail sur Pompon et Şükrü, mais j'ai également refusé : je ne voulais pas qu'il y ait trop de monde autour d'Adem Yıldız, cela risquerait de le dissuader de tenter une action. Avoir affaire à une ou deux personnes est une chose, avoir affaire à quatre folles tordues en est une autre. Se faire inclure dans la catégorie des homosexuels, qui plus est, des folles tordues, coupa court à ses récriminations.

J'ai toujours eu des soupçons à son sujet mais sans confirmation ; même si travailler dans une boîte de travestis avec la raie des fesses à l'air et fréquenter uniquement des membres de ce milieu sont autant de faits révélateurs. Sa manière de regarder les garçons qui enlèvent leur haut sur la piste de danse, son intérêt pour la manière dont les filles contrôlent la « marchandise » des clients qu'elles emmènent dans les tables du fond, et sa manie de leur demander, à toutes, de lui raconter au détail près ce qu'elles ont fait et les mensurations de la marchandise en question m'ont toujours interpellé. Je suis arrivé à la conclusion qu'il était sur la bonne voie. Si seulement il voulait bien passer le cap et aller jusqu'au bout en se faisant prendre, il se libérerait enfin et moi, je n'en serais que plus heureux pour lui. À ce propos, j'ai décidé que j'allais allumer un cierge à cet effet dès que j'en aurais l'occasion.

Pompon est connue de par son activité artistique ; quant à Hasan, Adem Yıldız l'a vu au club ; il les aurait tous les deux aisément reconnus, tandis que moi, il ne m'a vu qu'en tenue de travesti. Il était impossible qu'il me reconnaisse habillé en homme, même avec des manières efféminées. Je m'avance peut-être en pensant que c'est impossible ; je ne dois pas faire l'erreur de sous-estimer l'adversaire. Somme toute, il allait avoir beaucoup de difficultés à me reconnaître, surtout avec mon jeune protégé Gürhan, alias Jésus, à mon côté.

Dès le moment où ce dernier s'est installé chez moi, nous avons commencé à l'appeler, avec Pompon, par son nouveau prénom. Pour être excité, il l'était, mais ni lui ni moi ne nous doutions de ce qui allait nous arriver. Il était ravi de vivre avec nous et, durant tout ce temps, il prit un réel plaisir à essayer toutes les perruques et tout le maquillage à disposition. Il n'avait pas encore la main mais ce n'était qu'une question de temps.

J'avais une tonne de choses à faire avant notre départ. La première étant de réserver au plus vite des billets d'avion pour Bodrum, destination très prisée, et ensuite de demander les clés de sa maison à Cengiz après lui avoir offert une petite gâterie.

Je réussis à tout faire sans encombre.

29

Nous avons atterri à Milas, l'aéroport de Bodrum, après un vol agréable. Je crois que nous avions exagéré avec la tenue de Jésus-Gürhan qui était on ne peut plus tape-à-l'œil. Dès le moment où nous sommes sortis de l'aéroport, nous avons attiré tous les regards ainsi que certaines mains baladeuses. Nous ne passions pas inaperçus. Ça n'avait pas l'air de gêner mon associé, mais moi, oui. Moi qui me suis toujours fait un principe de ne jamais fréquenter tous ces petits jeunes que je trouve si vides d'esprit, voilà que je m'affichais en public avec l'un d'entre eux, dont je n'ai pu que constater la futilité. Mais je ne pouvais blâmer personne d'autre que moi-même. Je devais prendre mon mal en patience.

Nous avons pris le premier taxi qui se présentait afin d'échapper à l'employé de l'aéroport qui nous a aidés à porter nos bagages et à sa question insistante sur l'endroit où nous allions séjourner. Ce n'est qu'une fois arrivés dans la baie de Mazı que j'ai réalisé l'erreur que j'avais faite en ne marchandant pas le prix de la course avec le chauffeur[1].

1. En Turquie, il est possible de marchander le prix d'une course de taxi lorsque le trajet est conséquent.

J'avais emmené avec moi tout ce dont je pensais avoir besoin, même plus, et notamment un grand sac rempli de matériel d'espionnage. Je m'étais procuré la plupart de ces objets au SpyShop de Queensway, à Londres. Il y avait, entre autres, des jumelles pour voir dans l'obscurité, un appareil permettant d'entendre ce qui se dit à distance et une caméra pouvant résister à une haute température.

Gürhan-Jésus portait une valise qu'il avait entièrement remplie de vêtements choisis un à un, dans ma garde-robe et dans celle de Pompon. Il les avait absolument tous essayés, mis à part les costumes de scène de Pompon qu'il trouvait grotesques. Pour mon amie, ils sont aussi importants que la prunelle de ses yeux.

Le chauffeur de taxi était assez jeune. Il nous avait évidemment repérés dès le début, mais je n'avais nullement la tête à ça. Il n'était pas intéressé de toute manière ; il nous a juste fait comprendre qu'il nous avait déchiffrés et s'est contenté de conduire. J'étais assez tendu comme ça. Je l'aurais envoyé sur les roses s'il nous avait fait du gringue.

Le chemin était plus long que je ne le pensais. Nous avons donc eu le temps d'écouter de la musique à volonté, si bien que Gürhan accompagnait toutes les chansons par un marmonnement et faisait même, par intervalles, des commentaires sur leurs interprètes. Sa voix était affreuse, mais à sa décharge, on ne peut pas dire que celles des interprètes étaient plus belles.

La baie de Mazı est un de ces endroits qui n'ont pas encore été défigurés par d'innombrables constructions. La maison de Cengiz se situait vers l'extérieur de la baie. Le taxi fit demi-tour après avoir empoché une véritable fortune pour la course.

— Mais c'est le désert ici, dit Gürhan-Jésus d'un air déçu. Il n'y a pas âme qui vive à part nous deux.

Et en plus, on est loin de Bodrum. On a fait tout ce chemin pour rien.

Je me suis contenté de le regarder de travers. Il fit la moue et se résigna à partir à la découverte de la maison.

En fait, il n'y avait pas grand-chose à découvrir. Elle n'était composée que d'un salon, dans lequel nous entrâmes directement par la porte d'entrée, de deux modestes chambres à coucher, d'une cuisine donnant sur une terrasse et d'une petite salle d'eau contenant non pas une cabine de douche mais juste une pomme de douche dans un coin. Par contre, la terrasse couverte de thyms sauvages et de romarins était magnifique. La table et les chaises de jardin étaient rentrées, en attente de la prochaine saison. L'espace libre du salon en avait été considérablement réduit. Nous devions donc les transporter à l'extérieur. Ayant horreur de ce genre de corvée, j'eus une petite pensée pour Pompon, si différente. Elle adore s'atteler à la décoration intérieure, à déplacer les meubles sans se plaindre, et ce, jusqu'à ce que leur nouvel emplacement lui convienne.

Avant de commencer notre besogne, je pris soin de placer la radio sur la terrasse et mis une musique dansante dans le but d'attirer l'attention d'Adem Yıldız, s'il se trouvait dans les parages. Les mélodies suaves commencèrent à remplir le silence qui régnait. Nous avons également remplacé nos tenues par des shorts moulants afin d'en rajouter. J'ai tout mis en œuvre pour que Gürhan-Jésus soit le plus aguichant possible, avec une tenue super provocante. Le bandana orange que je lui ai noué autour de la tête fut la dernière touche. Nous nous sommes alors mis au travail, non sans pousser quelques cris hystériques.

La terrasse était pleine de poussière. J'ai pris le tuyau d'arrosage en main et commencé par asperger

Gürhan de la tête aux pieds. Il apprécia d'autant plus que nous avions étouffé de chaleur dans le taxi, tout le long du trajet. Il poussa des cris si forts qu'ils ont dû résonner dans toute la baie et ont certainement annoncé aux montagnes, aux rochers, à la grande bleue et aux âmes vivantes, s'il y en avait, que nous étions arrivés et surtout ce que nous étions, sans aucune équivoque. Un chalutier lui a même répondu par un signal sonore. Il était réellement sexy dans ses vêtements mouillés qui lui collaient à la peau.

Nous avions à peine sorti deux chaises qu'Adem Yıldız fit son apparition.

— Bonsoir, nous a-t-il dit.

Il s'exprimait d'une voix grave. Il devait s'imaginer que ça lui donnait un certain charme. Les paupières plissées, il nous observait d'un air qu'il supposait sans doute irrésistible, mais c'était horrible à voir.

— Je viens vous souhaiter la bienvenue, reprit-il. Je m'appelle Adem. J'occupe la maison d'à côté. Je vous ai entendus et j'ai eu envie de venir voir. C'est tellement désert par ici à cette époque de l'année.

Je me suis à mon tour présenté, et j'ai ajouté :

— Et voici Jésus.

Ce dernier émit un ricanement, sûrement à la pensée du personnage que nous lui avions décrit avec Hasan. J'ai guetté une réaction sur le visage d'Adem Yıldız en prononçant « Jésus », mais je n'ai rien décelé.

— Vous êtes des amis de Cengiz, je crois, reprit-il.

— Effectivement. Nous avions besoin de faire un break, de nous reposer l'esprit, et il a eu la gentillesse de nous prêter sa maison.

Je n'aurais eu aucune réponse à lui fournir s'il m'avait fait une réflexion du genre « quelle drôle de manière de se reposer l'esprit », en faisant allusion au volume sonore de la musique.

— Les environs se vident dès que la rentrée scolaire approche. En ce moment, il n'y a personne d'autre que nous trois dans toute la baie. Il n'y a de toute façon pas un grand nombre de résidences. Nous avons eu un été si chaud. Vous avez bien fait de venir.

— Je vous remercie.

— Je dois avouer que je commençais aussi à me lasser d'être la seule âme vivante dans le coin.

J'ai décidé à ce moment de faire ma blonde :

— Vous vivez ici toute l'année ?

— Non, je ne viens qu'épisodiquement.

— Ah, d'accord ! Et moi qui croyais que vous habitiez ici.

Ma réflexion n'était pas complètement dénuée de sens si je m'en référais à son teint qui avait pris des couleurs depuis que je l'avais vu au club.

— En fait, j'habite moi aussi à Istanbul mais dès que j'en trouve le temps, c'est ici que je me réfugie. Sinon avec le travail… enfin, vous comprenez.

— Je comprends.

— Allez, je vous aide pour que vous terminiez au plus vite et ensuite on n'aura qu'à dîner tous ensemble.

On peut dire qu'il allait vite en besogne, du genre direct ; il nous avait invités à dîner sans perdre de temps.

— Il y a aussi l'homme à tout faire et son épouse à la maison. Elle pourra nous préparer un petit festin.

Jésus prononça ses premiers mots en s'exclamant :

— Quelle bonne idée ! On n'a rien emmené à manger et le frigo est complètement vide.

S'il y avait réellement des employés chez lui, la présence de ces derniers aurait pu le dissuader dans son dessein. La pensée de passer la soirée en sa compagnie sans que nous puissions rien faire ne m'enchantait pas vraiment, mais je songeai que je pouvais considérer cela comme une sorte de premier contact. Et puis, ainsi que venait de le faire remarquer Jésus-Gürhan, nous n'avions rien à nous mettre sous la dent. Nous pouvions toujours descendre en ville faire des courses, mais la seule idée de devoir à nouveau payer une somme astronomique en taxi m'en a vite dissuadé.

— Ce sera avec plaisir, lui annonçai-je.

Sa façon de fixer Jésus pendant qu'il me parlait m'insupportait, mais cela indiquait que mon plan fonctionnait.

J'ai remarqué, pendant que nous reprenions notre travail, qu'Adem Yıldız était plus fort et plus agile que je ne l'avais pensé. Avant de s'atteler à la tâche, il avait ôté son T-shirt blanc Burberry et n'avait plus que son bermuda mauve sur lui. Son corps, qui n'avait pas attiré mon attention à la boîte, n'était pas mal du tout. Les blagues qu'il nous racontait par moments étaient assez drôles. J'ai même ri à certaines. C'était un homme plus appréciable que je ne l'avais imaginé.

Il avait déjà commencé à faire son numéro de charme à Jésus, mais j'y avais moi aussi droit dans une certaine mesure. Il se trompait s'il croyait pouvoir envisager un plan à trois !

Les manières agréables du tueur en série qu'était Adem Yıldız ont eu pour effet de brouiller mon jugement à son égard. J'ai bien tenté d'étouffer ce sentiment, mais le type avait un charme que je ne pourrais définir. Certes, ce n'était pas un prix de beauté, son corps n'était pas parfait non plus, le regard n'avait rien d'exceptionnel et seules quelques-unes de ses blagues étaient vraiment drôles. D'un point de vue purement logique, on ne peut pas dire que c'était un homme attirant, mais je ne sais pour quelle raison, il m'avait charmé. Sa manière de mouvoir ses mains, de se tenir, de rire en pinçant les lèvres, de féminiser sa façon de rire comme pour nous imiter et ensuite de retrouver la virilité qui le caractérise… Aussi étrange que cela puisse paraître, quelque chose en lui m'attirait.

Pour ma part, j'étais parfaitement lucide ; j'avais le contrôle de moi-même, mais je ne pouvais pas en dire autant de mon associé, qui montrait tous les signes de celui qui est prêt à se jeter dans les bras de quelqu'un. Je me suis demandé si j'avais bien fait de ne pas lui raconter la vérité. Mais il n'aurait pas accepté s'il avait tout su. Les choses étaient mieux ainsi.

30

Après avoir terminé notre travail, nous sommes convenus de nous retrouver à 19 h 30 pour le dîner. Adem Yıldız est retourné chez lui afin de préparer le repas et nous sommes rentrés nous mettre en tenue.

En général, il ne me faut pas longtemps pour me préparer. Je ne pouvais pas en dire autant de Gürhan ; ça a duré une éternité. Chaque fois que je lui disais de se dépêcher, il me criait « J'arrive ! » et continuait de se pomponner.

Attendre sans rien faire m'insupporte. J'ai allumé mon ordinateur portable et me suis connecté sur Internet afin de vérifier mes mails. Il n'y avait rien d'important. Au moins, rien d'urgent ne venait s'ajouter à ce que j'avais déjà à faire. Par contre *Cihad2000* avait encore fait des siennes. Il avait réussi à accéder à ma boîte mail, malgré les barrières de sécurité qui la protègent, et en guise de signature m'indiquant qu'il avait lu mes messages, il avait introduit un verset du Coran dans chacun d'eux. Il avait encore réussi à mettre mes nerfs en boule. J'aurais détruit tout son système informatique si je n'étais pas aussi pris par le temps, mais je me suis promis de m'en occuper dès mon retour.

J'ai tenté de joindre Pompon afin de la tenir au courant de l'évolution de mon plan car je ne savais que trop bien l'état de panique dans lequel elle serait si on ne lui donnait pas signe de vie ; elle devait être morte d'inquiétude. Mais je n'ai pas réussi ; ma ligne fixe sonnait sans cesse occupée. J'ai compris qu'elle avait dû se coller au combiné dès notre départ et qu'elle n'allait pas le lâcher durant toute mon absence. Je me suis préparé à recevoir une facture astronomique.

La surface modeste de la maison m'obligeait à suivre l'évolution des préparatifs de Gürhan. C'est pourquoi je n'ai pas été surpris en le voyant fin prêt : il était superbe ! Au point de pouvoir concurrencer n'importe quel mannequin. Il se mit en face de moi et affecta une pose. Je ne pus me retenir de siffler.

— Je t'ai fait attendre, mais ça en valait le coup, non ?

— Et comment ! Tu es ravissante.

Il ne faut pas oublier que je me servais d'elle comme appât. C'est pourquoi il aurait été incongru de ma part d'être plus tape-à-l'œil qu'elle ; ça aurait eu pour seul effet de déboussoler la proie. J'avais bien fait de m'habiller sobrement : un pantalon beige en coton hyper léger et un haut transparent bleu métallique. Le string blanc que je portais devait certainement être visible de dos. C'était une tenue parfaite pour la circonstance ; je ne voulais pas en faire trop. En prévision du temps qui pouvait se rafraîchir, nous avons également chacun jeté un châle sur nos épaules.

Avant de sortir, j'ai pris soin de préparer tout le matériel dont je pouvais avoir besoin et l'ai placé bien en évidence dans la pièce. J'ai même revérifié la batterie et la cassette de la caméra, et j'ai emporté avec moi le dictaphone ainsi que la caméra miniature.

Au moment de sortir, le ciel commençait à s'assombrir. Le chemin qui nous séparait de la résidence d'Adem Yıldız se résumait à un petit sentier descendant vers la plage et remontant vers chez lui. Il était en grande partie bordé de haies sauvages. Jésus avait peine à tenir debout sur ses escarpins à talons compensés ; j'ai passé mon bras sous le sien. La distance à parcourir avait beau ne pas être longue, l'obscurité de plus en plus pesante et le mauvais état du sol nous donnaient l'impression du contraire. La baie de Mazı, qui n'est déjà pas un endroit très lumineux, basculait dans une totale obscurité. J'ai regretté de ne pas avoir laissé au moins une lampe allumée dans la maison avant de sortir. Notre retour n'allait en être que plus difficile.

— Mais je ne vois même pas où je mets les pieds, se plaignit Gürhan.

— Ne t'inquiète pas, moi, je vois.

— Et ces escarpins qui me sortent des pieds.

— Tu n'as qu'à les enlever si tu veux. Prends-les à la main.

— Surtout pas. Je vais m'abîmer la plante des pieds. Sans compter qu'ils seront noirs de poussière, et j'ai horreur de ça. Je ne vais tout de même pas me planter devant lui avec les pieds sales.

— Tu n'auras qu'à les tremper dans l'eau de mer. Ce sera rafraîchissant, en plus.

— T'es un vrai numéro, toi ! T'as réponse à tout !

Je n'ai pas pu m'empêcher de rire.

— Et même, je ne pourrais pas mettre les pieds dans cette eau froide, continua-t-il. Il n'a qu'à attendre. Il n'est pas dehors, que je sache. Il est bien au chaud, chez lui.

Nous continuâmes notre chemin en silence.

La maison d'Adem Yıldız était beaucoup plus grande que celle de Cengiz et bordée d'une pelouse. De plus, il y avait un grand hangar à bateaux à proximité. Nous nous trouvions dans la partie la plus reculée de la baie. Un yacht était amarré à l'embarcadère.

Je n'avais pas remarqué tout cela depuis la maison de Cengiz.

Une faible lueur provenait de la maison du côté donnant sur la plage. Jésus-Gürhan cria pendant que nous montions les marches conduisant à l'entrée principale :

— Hou ! Hou !... On est là !...

L'image de Marilyn Monroe dans *Certains l'aiment chaud* me vint à l'esprit à ce moment précis. Elle produisait sa voix la plus suave afin de prendre un homme riche dans son filet. Le cours de ma pensée m'a évidemment conduit à me mettre dans la peau de Jack Lemmon qui s'était aussi travesti en femme dans ce film. J'avais envie de rire.

J'ai tourné la poignée de la porte qui s'est ouverte ; nous sommes donc entrés. La table était mise, des bougies allumées et une bouteille de vin ouverte, mais je ne vis ni notre hôte ni aucun des employés de maison.

— Hou ! Hou ! monsieur Yıldız, on est arrivés !...

Jésus-Gürhan avait une voix insupportable. Celle d'Adem Yıldız nous parvint de l'intérieur :

— Installez-vous, j'arrive !

— Mais où êtes-vous donc ? lui criai-je.

— Servez-vous un verre de vin, répondit-il.

Nous nous exécutâmes. Au moment de lui donner le sien, j'ai demandé à Jésus-Gürhan quels étaient ses rapports avec l'alcool.

— Bons.

— Nous devons à tout prix rester lucides. Tu vois ce que je veux dire ? lui dis-je en le regardant dans le blanc des yeux.

— Tu as raison.

J'ai reposé les verres sur la table. Des hors-d'œuvre, des pistaches, des *börek* du label familial et une grande salade y étaient disposés. J'ai pris quelques pistaches et je me suis installé sur un siège.

— Surprise !

Je fus sidéré de voir ce que j'ai vu en me tournant vers cette voix. Gürhan le fut autant que moi et ne put s'empêcher de lâcher un « Oh, mon Dieu ! ».

Adem Yıldız se tenait devant nous, en tenue de femme, les bras levés en l'air à attendre que nous le complimentions !

Il portait une perruque noir foncé et une robe fourreau noire qui faisait ressortir ses formes masculines. On pouvait voir les poils de son torse.

Je ne réalisais pas ce que je venais de voir. Mon étonnement ne devait pas se lire uniquement sur mon visage mais aussi dans chaque parcelle de mon corps.

Sans quitter la pose, Adem Yıldız nous demanda de sa voix la plus virile :

— Eh ben, alors ? Comment me trouvez-vous ?

J'aurais voulu lui répondre que c'était hideux. Au lieu de ça, je lui ai donné la réponse la plus hypocrite qui soit – celle qui s'imposait :

— C'est très réussi.

— Profitant de l'occasion, je leur ai donné leur soirée. Ils sont partis à Milas ; ils ont de la famille là-bas. Ils ne reviennent que demain.

Il devait parler de son homme à tout faire et de l'épouse de celui-ci.

— Bonne idée, fis-je évasivement.

Il n'avait pas perdu de temps pour les libérer afin que nous soyons seuls dans la maison. Il avait donc carte blanche pour agir sans personne pour le gêner. Nous nous trouvions seuls, sans autre âme qui vive dans toute la baie et par cette nuit sans lune !

J'ai commencé à imaginer le pire en me souvenant du Zodiac amarré à l'embarcadère. Je n'avais pas pensé que les choses iraient si vite. J'avais bien pris quelques précautions, notamment en emportant avec moi quelques appareils de filature du SpyShop, mais je dois avouer que j'avais considéré cette première soirée comme une sorte de repérage des lieux, une approche.

Jésus s'était installé et patientait, l'air boudeur. Saucissonné dans sa longue robe, Adem Yıldız s'approcha de nous à petits pas de geisha et nous embrassa chacun sur les deux joues. L'homme viril que nous avions découvert quelques heures auparavant avait laissé la place à cette folle tordue. Quel spectacle grotesque il offrait !

— J'ai juste eu envie de mieux participer à la fête. Sinon, ce n'est pas une chose que je fais tous les jours, se justifia-t-il.

— C'est pas mal réussi, fis-je.

— Arrête, dit Jésus.

— C'est vrai ? Vous trouvez que ça me va bien ?

— Assez, oui, je dois l'avouer, insistai-je.

C'était faux évidemment.

— Vous savez, ma mère m'a habillé en fille jusqu'à mes sept ans. Elle me cousait même des robes, avec des dentelles, des jupons. Elle m'attachait aussi les cheveux avec de gros rubans ; des cheveux tout bouclés. C'est ainsi que je suis sur toutes mes photos d'enfance.

— Vous voulez dire que c'est à cause de ça que vous êtes devenu homosexuel ? demanda Jésus. Parce qu'on vous habillait en petite fille ?

— Je ne le suis pas, le corrigea-t-il. Je ne suis pas gay.

— Comment ça ?

— C'est simple : je ne suis pas gay mais j'aime m'habiller en femme de temps en temps. Des sous-vêtements en soie, des bas, des jarretières… des matières soyeuses qui me caressent la peau. C'est tout.

En tout cas, rien qui m'empêche de désirer la beauté que vous êtes…

Ce qu'il venait de dire me rassura. Nous avions encore toutes nos chances de mettre mon plan à exécution.

— Votre famille est-elle au courant de vos penchants ? lui ai-je demandé.

— Non.

— Comment faites-vous avec les vêtements ? Où les cachez-vous ?

— Dans une valise au fond du coffre de ma voiture.

Je m'étais imaginé qu'il était venu en avion.

— Avec qui je pourrais faire ce genre de choses sinon avec vous ? Un ami m'a emmené dans une boîte de travestis, l'autre jour. Qu'est-ce qu'elles étaient belles, les filles !

Il parlait de mon club. Et les filles auxquelles il faisait référence étaient les nôtres, et j'étais peut-être dans le lot aussi. Je craignis l'espace d'une seconde que Gürhan n'ait la bêtise de lui révéler que la boîte dont il parlait était la mienne. J'ai ouvert grand les yeux et lui ai lancé un regard chargé de sens. Il n'a pas semblé comprendre.

— Mais ce que vous me dites là, c'est carrément du lesbianisme, dit-il, deux filles ensemble.

— C'est ce que vous croyez, rétorqua Yıldız.

En prononçant ces mots, il lui avait fait signe de regarder son sexe dont nous vîmes, à la faible lueur des bougies, le relief s'amplifier.

À mesure que le temps passait et après l'avoir attentivement observé, je convins qu'en dépit de son état ridicule il avait une certaine classe. Il avait une très bonne conversation sur des sujets variés, une vision très intéressante des choses. Il savait recevoir, présenter le menu de la soirée, et sa manière de courtiser Jésus-Gürhan relevait du savoir-faire d'un gentleman. En fait, il était comme un film britannique au scénario bien ficelé. Il réussissait même à jeter les bons regards aux bons moments. D'un autre côté, les manières féminines qu'il affectait, ses battements de cils, ses mains qui virevoltaient et les « mon chou » qu'il plaçait dans ses phrases à intervalles réguliers étaient parfaitement ridicules.

Nous avons discuté de l'ancien et du nouveau Bodrum, et avons débattu de la raison pour laquelle Mazı n'avait pas encore été envahi par les promoteurs immobiliers. Jésus demanda à Adem Yıldız à qui appartenait la maison se situant à l'autre bout de la baie qu'il schématisa de son doigt sur sa jambe. Son voisin de table ne manqua pas le coche ; il prit pour plan de travail la cuisse de Gürhan afin de lui expliquer, une à une, à qui appartenaient les résidences de Mazı. Sa main n'a pas quitté les jambes de Gürhan.

Au moment de terminer les hors-d'œuvre, il en vint au fait :

— Restez avec moi cette nuit.

Il nous regarda dans les yeux, chacun à son tour.

— Tous les trois ensemble…

Le plus grand étonnement se lisait sur le visage de Jésus.

— Comment ça ? fit-il.

— Nous pouvons faire ça à trois si vous voulez. Il y a assez de place dans le lit et la nuit nous appartient.

Aucun mot ne sortit de ma bouche. Je voyais bien son jeu : il allait nous demander de le prendre. Il voulait peut-être même faire les deux vu qu'il nous avait demandé à tous les deux de rester. Il était du genre recto verso.

Il n'aurait tenté aucune action dangereuse si nous nous étions retrouvés avec Gürhan dans son lit ;

commettre un meurtre ne lui aurait même pas effleuré l'esprit en la présence de deux personnes, et je me serais retrouvé en train de me faire tringler en lieu et place de l'attraper en flagrant délit. J'ai arrêté net de boire mon vin.

— Vous me plaisez grandement tous les deux. Depuis le moment où je vous ai quittés cet après-midi, je n'ai pas arrêté de penser à tout ce que nous pourrions faire.

— C'est certainement parce qu'il n'y a personne d'autre que nous dans les environs et...

Il me coupa la parole d'un rire profond, et reprit :

— Je n'insisterai pas si vous ne voulez pas, mais j'aimerais que vous sachiez que je suis sincère. Je ne vous dis pas ça par dépit mais parce que vous me plaisez réellement tous les deux, chacun avec son charme ; je vous désire l'un comme l'autre.

J'ai toujours détesté ce terme de « désirer », et il en était toujours ainsi.

— Je suis très jaloux sur ce point ; je ne partage jamais mon partenaire de lit, me contentai-je de dire.

Je cherchais à détourner son attention de moi afin qu'il se concentre sur Gürhan. Mais s'il tenait absolument à se faire prendre par le plus viril de nous deux, il est évident qu'il m'aurait choisi. Ma tentative était vaine.

— Vous aurez un gros pourboire, continua-t-il.

Je voyais mon plan voler en éclats. D'autre part, qu'il ait pensé que Gürhan tapinait ne m'a pas dérangé outre mesure ; en revanche, me mettre dans le même sac m'a quelque peu refroidi.

— Je crois qu'il y a un malentendu, ai-je dit pour clarifier la situation. Je ne suis pas de celles à qui vous pensez. Faire ça pour de l'argent n'est pas ma tasse de thé, je le fais uniquement pour mon plaisir personnel.

— C'est pareil pour moi ; seulement pour le plaisir.

— Moi aussi, dit Gürhan pour participer.

— Arrêtons de nous vouvoyer, voulez-vous ? nous dit Adem Yıldız.

— On ne se connaît que depuis quelques heures et je n'aime pas être ami-ami dès les premières secondes.

Il se pencha pour m'embrasser. Je pensais à la grosse trace de rouge à lèvres qu'il avait dû me laisser.

— Nous ne serons pas ami-ami, mais amant-amant.

— C'est très coquin, ça.

— Nous n'avons encore rien fait de coquin, a-t-il dit en posant sa main sur mon sexe. Ce n'est qu'un avant-goût de toutes les vilaines choses que je vais te faire si tu viens dans mon lit.

Après avoir empoigné mon sexe à pleine main et l'avoir testé, il a retiré sa main en esquissant un sourire. Ce qui a à nouveau provoqué un gloussement idiot de Jésus-Gürhan. Un seul regard de ma part a suffi pour y mettre un terme.

— Je crois qu'il est temps de rentrer, fis-je.

— Il y a encore le poisson, dit Adem.

— Et après, c'est partie de jambes en l'air ! plaisanta Gürhan en réitérant son gloussement.

Notre hôte partit chercher le poisson dans la cuisine.

— Écoute-moi bien, fis-je à Gürhan, tu arrêtes immédiatement de te conduire ainsi et tu lui fais du charme comme il faut.

— Mais il te veut, toi.

— Mais non, voyons. C'est toi qui lui as tapé dans l'œil. Il m'a mis dans le lot par courtoisie, pour que je ne sois pas jaloux et que je ne crée pas d'esclandre.

— Pourquoi tu serais jaloux ? Et même, ce n'est pas ce qu'on voulait ?

— Si, bien sûr, mais lui ne le sait pas.

— Mmm…

Avant que je ne puisse mesurer ce que Gürhan avait compris et ce qu'il n'avait pas compris, Adem Yıldız revint avec un plateau de poissons.

— Et voilà les poissons ! De première fraîcheur. Ils ont tous été pêchés par moi ce matin même.

— Ah bon, tu sais aussi pêcher ? fit Gürhan.

Il avait posé la question comme si la pêche était une activité exceptionnelle.

Il y en avait beaucoup trop pour nous trois, mais je dois avouer que je n'en avais pas mangé d'aussi frais depuis bien longtemps. À peine venais-je d'entamer le mien que j'entendis une voix masculine provenant du jardin.

— Il est arrivé ! s'extasia Adem Yıldız.

J'allais lui demander « Qui donc ? » quand Fehmi Şenyürek apparut devant nos yeux. Il déposa son sac à terre et nous fûmes présentés. Cet imprévu nous laissa pantois.

— Fehmi est mon ami le plus proche, dit Adem Yıldız. Une très grande amitié nous lie ; nous n'avons aucun secret l'un pour l'autre.

Cela ne faisait aucun doute, vu qu'il s'affichait en toute tranquillité en tenue de femme devant lui. J'ai tout de suite compris qu'ils étaient en train de manigancer quelque chose aux regards qu'ils se lançaient mais sans pouvoir dire quoi exactement. Adem Yıldız ne s'était pas étonné de l'arrivée de son ami, il s'était même exclamé : « Il est arrivé ! » Donc, c'était prévu.

Fehmi a desserré sa cravate et s'est installé à table, entre Gürhan et moi.

— Une de mes connaissances devait se rendre à

Bodrum et j'en ai profité pour venir. J'aurai ainsi eu le plaisir de faire votre connaissance, nous dit-il.

Adem Yıldız disparut rapidement de la pièce et revint aussitôt, une bouteille de *rakı*[1] à la main.

— Bonne idée, patron, lui dit Fehmi avant de se tourner vers moi et de poursuivre : Le vin, ce n'est pas trop mon truc, je suis plutôt *rakı*. Le boss aussi le sait. Surtout s'il y a du poisson au menu.

Gürhan prit la parole pour lui demander :

— Vous l'appelez toujours « patron » ?

— Ça dépend. Un coup, je l'appelle « monsieur Yıldız », une autre fois c'est mon « amande[2] », ou encore « patron ». Tu vois ce que je veux dire ? C'est selon le moment et le lieu.

Il s'est révélé être encore plus rustaud que je ne le pensais et dans un état d'ébriété total. Il avait une manière de vous fixer qui ne me rassurait pas. Et quand j'attrapais un des regards qu'il échangeait avec son « patron », il ne trouvait rien d'autre à faire que rire bêtement.

Les événements avaient pris une tournure à laquelle je n'étais pas préparé du tout ; Fehmi Şenyürek n'était pas prévu au programme. Nous étions au beau milieu d'une nuit sans lune et la baie de Mazı était plongée dans une obscurité abyssale. Tous ses résidents l'avaient désertée pour retourner à leur vie de travail et nous nous retrouvions avec pour seule compagnie un tueur en série et son complice ! Je me suis demandé par quel moyen de transport l'invité-surprise était arrivé. Je n'avais remarqué aucun bruit

1. Eau-de-vie parfumée à l'anis et qui se boit comme le pastis, allongée d'eau ou avec le verre d'eau à côté.

2. En ajoutant la lettre « b » devant le prénom « adem », on obtient le mot « badem » qui signifie « amande ».

de voiture et le Zodiac était toujours à sa place. Ma trop grande confiance en moi m'avait joué un tour.

J'avais forcé la dose avec le vin ; mes réflexes perdaient de leur vivacité. Jésus-Gürhan aussi n'était déjà plus lui-même ; un sourire niais s'était installé sur son visage et il n'avait pas l'air près de s'en défaire. Il chantonnait quelque chose dans son coin.

— Vous seriez aimable de me préparer un café, ai-je dit. Un café turc, corsé.

La caféine allait me remettre les idées en place, sans quoi je sentais ma fin approcher. Il était hors de question que je tire ma révérence à la vie à mon jeune âge alors qu'il y avait encore tellement d'endroits sur terre que je voulais voir, de choses que je voulais m'acheter et surtout tellement d'hommes avec qui je voulais coucher. Je ne voulais pas me retrouver, en page trois d'un quotidien, illustrant un article parlant de la mort d'un travesti. J'eus froid dans le dos rien qu'en m'imaginant la chose, et j'ai commencé à paniquer en entendant Fehmi demander à Jésus-Gürhan :

— Tu t'appelles vraiment Jésus ? Comme le prophète ?

Je craignis que mon complice ne baisse sa garde et qu'il ne lui réponde que non, il s'appelait en réalité Gürhan. Mais j'ai constaté qu'il était toujours alerte, lorsqu'il lui a répondu :

— Oui, évidemment ; Jésus… comme Jézabel, Gertrude.

L'étrange lueur qui anima les yeux de Fehmi à cet instant, et qui a fait se dérober le regard d'Adem, ne me parut pas de bon augure.

— La petite demoiselle voudrait-elle encore un peu de vin ?

Il s'adressait toujours à Gürhan. La séduction et la condescendance se mêlaient dans son choix de l'expression « petite demoiselle ». Gürhan s'était aussi rendu compte que quelque chose n'allait pas car il avait posé son verre de vin et pris un verre d'eau.

— Et ce café alors ? ai-je dit pour retenter ma chance. Si vous avez la flemme, je le ferai moi-même.

Je me suis levé à ce moment mais j'ai dû aussitôt me rasseoir car j'avais la tête qui tournait. J'ai réellement commencé à paniquer car l'alcool provoque bien en moi une somnolence mais certainement pas de l'étourdissement, d'autant que je n'en avais pas abusé. Adem était en train d'ouvrir une deuxième bouteille. Il était peu probable qu'il ait pu verser une substance dans la bouteille car il s'en était aussi servi un verre. Lui n'en subissait pas les effets, mais moi je me transformais doucement en mollusque. Je n'arrivais presque plus à contrôler mes réflexes. La seule chose que je voulais à ce moment était quitter cet endroit et retourner dans la maison de Cengiz.

J'ai pris mon verre d'eau en main et l'ai entièrement vidé. En le reposant, la trace de rouge à lèvres que j'y avais laissée a attiré mon attention, ce qui m'a amené à regarder le verre d'Adem Yıldız qui était encore à moitié plein. Il n'y avait pas la moindre trace de rouge sur le sien. Ce qui signifie qu'il n'y avait même pas touché. Le bord du récipient brillait de propreté. Il nous avait fait boire, à nous deux, une bouteille entière de vin, et qui sait ce qu'il y avait mis comme substance.

Fehmi était déjà en train de tripoter Gürhan dont les paupières s'alourdissaient de plus en plus. Il avait beau tenter de le repousser de sa main, Fehmi continuait de l'embrasser et de rejeter le *rakı* qu'il avait en bouche dans la sienne. Une partie de la boisson lui ressortait de la bouche et coulait sur la joue que Fehmi s'empressait de lécher. J'ai compris en voyant cette scène que Gürhan était autant dans la brume que moi. J'ai ouvert la bouche afin de renouveler ma demande de café mais aucun son n'est sorti. Mon cerveau était toujours éveillé mais mon corps était complètement hors circuit.

— Il n'a pas de seins, celui-là, a dit Fehmi.

Il était affairé à déshabiller Gürhan. Et lorsque son soutien-gorge rembourré lui fut enlevé, la planche à pain aux côtes visibles qui lui sert de torse fut entièrement à l'air.

Ne se souciant plus de notre présence, ils ne parlaient plus qu'entre eux. Adem Yıldız avait relevé le bas de sa robe jusqu'à la taille, ce qui fit découvrir son boxer blanc avec des petits papillons colorés. C'est le résultat qu'on obtient lorsqu'un amateur décide de se travestir en femme. Mettre un boxer sous cette robe aguichante ! Il avait mis sa main dans son sous-vêtement et se tripotait le sexe tout en regardant Jésus et Fehmi.

J'avais l'impression que je commençais à recouvrer mes facultés mentales. Du moins l'ai-je pensé en relevant des détails futiles alors que j'étais en train de vivre les derniers instants de ma vie.

J'ai fait une nouvelle tentative pour me lever, toujours sans résultat. Fehmi m'ayant remarqué, il s'est tourné vers moi et a dit à son acolyte :

— Patron, je crois bien que j'ai déjà vu celui-là quelque part.

31

En entrouvrant les yeux, j'ai vu que j'étais nu comme un ver. Nous l'étions tous, par terre, sur le tapis, au beau milieu du salon. Gürhan était endormi, non loin de moi. Je sentais des mains se promener sur moi. Ayant épuisé le peu de force qu'il me restait à garder les yeux ouverts à peine quelques secondes, je dus à nouveau les fermer.

J'avais l'étrange sensation que, soit le temps s'écoulait très vite, soit il s'était figé. Lorsque j'ai à nouveau entrouvert les yeux, j'ai eu l'impression d'étouffer ; je sentais sur moi le corps d'un autre. Je n'arrivais pas à voir son visage d'aussi près ; je ne pouvais donc pas savoir lequel d'Adem Yıldız ou de Fehmi Şenyürek était sur moi.

À mesure que mon organisme replongeait dans un état de sommeil, les neurones nous permettant de faire des rêves entraient en action. Les derniers instants de vie vécus par les nôtres défilaient dans ma tête comme un film. Chaque scène semblait si réelle, toutes étaient maculées de sang, à la différence près que c'est moi que je voyais à la place de chacune d'entre elles.

Je me voyais tomber dans le vide de la cage d'ascenseur. C'était une chute interminable. J'étais en proie à la loi de la pesanteur. Ensuite, je voyais mon corps allongé sur le béton du sol. Il fut secoué d'un dernier spasme et ne bougea plus.

Je ne savais pas si j'étais toujours vivant ou mort. J'essayais de sentir mon corps mais sans résultat. Quel que soit le produit que notre hôte m'avait donné, on peut dire qu'il était très efficace.

Je n'arrivais pas à comprendre les bribes de conversation que j'entendais. D'ailleurs, je n'arrivais même pas à déterminer quelle langue était utilisée.

Ensuite, je me voyais au bord du périphérique en train de monter à bord d'une voiture aux vitres teintées. Je ne voyais pas le chauffeur. Je m'installais à l'arrière, à côté d'Adem Yıldız. C'était un grand véhicule, du genre limousine. L'habitacle était très vaste et nous faisions l'amour comme des bêtes sauvages plusieurs fois d'affilée. Cette partie de mes rêves était assez excitante, je dois dire. C'était si fort que j'avais l'impression que mon corps, qui ne m'obéissait plus, en frétillait de plaisir, mais cela ne dura pas. J'étais jeté au fond de la mer, complètement nu. Je sombrais de plus en plus profond dans le fond marin, les poissons me touchaient et les méduses se collaient à moi. Ne supportant plus tous ces contacts, je gigotais dans tous les sens pour m'en défaire.

Je n'étais pas en état de réaliser ce qu'Adem Yıldız et Fehmi Şenyürek faisaient mais le peu de conscience qu'il me restait encore me rendait certain d'une chose, c'est que toute cette scène n'allait pas s'arrêter tant qu'ils n'auraient pas tous les deux joui ; c'était une évidence. Ils étaient le genre de types qui n'arrêtent pas jusqu'à ce qu'ils aient pris leur pied, se laissant ensuite envahir par un sentiment de culpabilité et la haine qui en découle. Ayant repris le contrôle d'eux-mêmes, une fois le feu de l'excitation éteint, le sentiment de plaisir est réprimé par la mauvaise conscience. Gagnés par la sensation d'avoir commis un acte avilissant, ils rejettent sur nous la responsabilité de cet acte qui opère en eux un dérèglement psychique. Certains répondent à cet état mental en partant au plus vite, vaguement gênés ; d'autres en commettant les actes les plus barbares qui soient.

Il ne me restait plus beaucoup de temps. Leur jeu sadique d'élimination des « élues de Dieu » allait reprendre dès qu'ils auraient terminé ce qu'ils avaient à faire.

Mon subconscient m'avait projeté au milieu des flammes qui avaient dévoré Abraham-Ceren. J'étais dans un immeuble abandonné et elles s'avançaient vers moi, mais je n'arrivais pas à mouvoir mon corps, ce qui renvoyait à l'état réel dans lequel je me trouvais. Les flammes m'avaient rejoint et elles effleuraient ma peau, mais j'étais toujours dans une totale inertie. Chacune des caresses du feu augmentait ma peur. J'étais en train de périr, mais je ne pouvais rien y faire.

J'ai fait une nouvelle tentative pour ouvrir les yeux. Je ne sentais plus le poids du corps qui m'avait écrasé un instant auparavant et j'avais l'impression de voir des centaines de petites lumières. Peut-être me trouvais-je dans un endroit d'où les étoiles sont visibles. Je sentais la présence de quelqu'un qui respirait bruyamment juste à côté de moi. La force me manquait pour tourner la tête et voir qui cela pouvait être, mais j'en avais assez pour deviner qu'il prenait du plaisir.

Ne se préoccupant plus de nous, Adem et Fehmi s'étaient mis à faire l'amour. Les gémissements venaient d'Adem. Son maquillage, déjà si peu réussi, avait coulé. Il se mordillait la lèvre inférieure et gémissait à chaque inspiration et expiration. Ses yeux étaient à demi fermés par l'ivresse de l'extase. Il se tenait à quatre pattes et Fehmi était derrière lui. Il se faisait enfiler par son propre employé ! Je n'arrivais pas à voir le visage de Fehmi, mais je pouvais déduire des sons qu'il produisait qu'il crispait ses mâchoires et, chose que nombre d'individus trouvent excitante mais que je n'arriverai jamais à comprendre, il proférait des insultes qu'il terminait par une sorte de sifflement.

Mes yeux se refermèrent. Je n'étais pas au bout de mes peines. Vuslat la Poupée m'avait confié qu'Adem était passif. La plupart des hommes qui ont ce penchant confient leur corps aux travestis et seulement un tout petit nombre d'entre eux le font avec de vrais hommes. Adem faisait partie de cette minorité. Il se travestissait et se faisait prendre par Fehmi. Je me suis demandé depuis combien de temps durait ce petit jeu entre eux.

Ma tête devenait de moins en moins lourde et je sentais nettement s'évaporer la brume qui m'empêchait de réfléchir. J'étais en train de reprendre conscience, mais je n'avais toujours aucun contrôle sur mon corps. Quelle que fût la substance qu'ils nous ont donnée, son effet allait en diminuant, sans pour autant se dissiper entièrement.

J'eus à nouveau l'impression d'une durée illimitée, ou alors c'est Fehmi qui prenait son temps. Quant à Adem, je l'entendais toujours gémir juste à côté de moi. Nous ayant oubliés, ils avaient concentré toute leur attention sur eux-mêmes. Jésus-Gürhan gisait non loin de moi, entièrement dévêtu. Il était immobile.

Ce à quoi ils étaient occupés avait beau durer longtemps, il allait bien arriver un moment où ça prendrait fin. Je n'osais imaginer ce qui se passerait alors.

Je voyais à nouveau les innombrables lumières au-dessus de ma tête. Pourquoi y avait-il autant de lampes au plafond ?

Inspirée par des films que j'avais vus, la Passion du Christ défilait dans ma tête. Il portait une croix bien plus grande que lui sur son dos, marchant sur un sol plein de poussière, vers le sommet d'une colline.

Une couronne d'épines couvrait sa tête. Ensuite, ils l'ont crucifié. Pas un son de souffrance ne sortait de sa bouche, mais du sang coulait en abondance de ses mains et de ses pieds. De l'image que j'ai gardée de lui, il avait une barbe sur des joues creuses. Mes souvenirs me venaient, en grande partie, du film *Jesus Christ Superstar* que j'avais vu je ne sais combien de fois et dont je connaissais, il fut un temps, les chansons par cœur. C'était ce qu'on appelle un opéra-rock, composé par Andrew Lloyd Webber, avant ses musiques pour les films *Evita*, *Cats* et *Le Fantôme de l'Opéra*. Ces succès lui valurent d'être anobli.

Jésus se faisait aussi flageller ; trente-trois coups pour être exact. Je crois que c'est en rapport avec son âge ; un coup de fouet pour chaque année de son existence. Jésus ne manifestait toujours aucune souffrance et l'assemblée venue suivre l'événement versait des larmes en silence.

Les images s'interpénétraient dans ma tête et je voyais maintenant Willem Dafoe en Jésus, rôle qu'il a réellement interprété dans une des nombreuses adaptations. Il avait une puissante mâchoire, décelable malgré sa barbe.

J'entendais toujours les coups de fouet. Mon rêve était si fort qu'ils me semblaient réels. C'est qu'ils l'étaient !… Lorsque j'ai ouvert les yeux, j'ai vu que Jésus-Gürhan se faisait fouetter. Son maquillage complètement défait, Adem faisait claquer sur son dos une ceinture en cuir. Il était bâillonné avec un slip en dentelle rose et ses yeux étaient grands ouverts de terreur. Il était attaché à une espèce d'anneau métallique à l'aspect antique, fixé au mur et dont je ne sus l'utilité. Son corps, complètement exposé, avait viré au rouge sous l'effet des coups de fouet. Il tremblait de tous ses membres.

Il n'était pas seul à trembler. Son tortionnaire était également secoué, mais par ses sanglots. Son mascara, qui avait coulé, avait rendu son expression encore plus horrifiante qu'elle ne l'était déjà au naturel.

J'étais couché sur le dos, par terre, pieds et mains liés, et bâillonné à l'aide de bande adhésive. Affalé sur le canapé situé à ma droite, Fehmi tirait des bouffées sur sa cigarette.

— Les relations contre nature… le plus abominable des péchés ! Tu es un pécheur ! disait-il.

Sa voix et sa façon de parler étaient neutres, comme s'il était sous hypnose. Chaque syllabe qui sortait de sa bouche avait le même ton.

— Qui t'a poussé dans ce chemin ? continuait-il. Comment est-ce arrivé ? Les prophètes ne sont-ils pas la pureté même ?

J'ai fait une tentative pour bouger, mais en vain. Le mouvement que nous devions exécuter pendant le cours d'éducation physique au lycée et consistant en un saut agile permettant de se lever d'un bond alors qu'on est couché sur le dos me vint à l'esprit. Je ne l'ai jamais réussi. J'aurais tant voulu pouvoir le faire, surtout à ce moment, mais je n'y arrivais toujours pas.

— Jésus est mort pour racheter les péchés de toute l'humanité ! continuait Fehmi. Pour les péchés des pécheurs… y compris pour les tiens. Il a payé de sa mort les péchés des êtres humains !

Qu'est-ce qu'il était agaçant ! Il s'exprimait de la même voix plate, à l'intonation monocorde, que ces types qui participent aux émissions religieuses.

— Il a aussi payé pour tes péchés. Nos péchés à tous.

Adem levait son bras avec effort, comme si la ceinture qu'il tenait était très lourde. Chaque claquement sur la peau de Gürhan le secouait lui aussi. Contrairement à Jésus qui s'était résigné à payer de sa vie pour tous les péchés du monde, Gürhan pleurait ; et il n'avait pas de barbe non plus.

— Récite la profession de foi ! a dit Fehmi.

Tel un enfant sage écoutant la parole de ses aînés, Adem commença à réciter en marmonnant. Étouffé par ses sanglots, il a tout de même réussi à prononcer les paroles dont je me souvenais plus ou moins.

32

Je n'ai jamais été aussi heureux d'entendre les cris hystériques de Pompon. La maison a littéralement été prise d'assaut. Il y avait d'un côté Selçuk, brandissant son arme à feu, et de l'autre, Cengiz et Pompon, ainsi que quelques agents de police. Nous venions d'être sauvés. Quant à nos persécuteurs, ils furent mis en arrestation.

La paranoïa de Pompon avait eu son utilité. Sans nouvelles de nous, ne réussissant pas à nous joindre, elle avait aussitôt commencé à imaginer le pire, ce qui l'avait conduite à appeler toutes les personnes susceptibles de nous aider qui lui étaient venues à l'esprit. Elle avait réussi à les faire paniquer, d'une manière qui lui est propre, en dramatisant la situation.

Cengiz, qui m'avait donné les clés de sa maison en pensant que j'allais m'y reposer, était entré dans une colère noire en apprenant la véritable raison de ma présence à Mazı. Et Selçuk avait décidé de venir dès qu'il avait eu connaissance de mes soupçons concernant Adem Yıldız, sans même attendre les résultats des tests ADN. Quant à Pompon, se sentant investie d'une mission, le sauvetage de sa meilleure amie, elle n'a pas hésité une seconde à se joindre au voyage. Toutes ces attentions m'allèrent droit au cœur.

Me retrouver en tenue d'Ève devant tous ces agents de police et Selçuk n'était pas très agréable mais je n'en fis pas cas. Pompon attrapa une nappe de table dont elle me couvrit.

Le pauvre Gürhan était à moitié conscient. Il s'était uriné dessus. Je me sentais affreusement coupable de l'épreuve qu'il avait endurée. Je l'ai pris dans mes bras et je l'ai embrassé ; je lui ai demandé pardon tout en pleurant et sans être certain qu'il m'ait entendu.

Les policiers ont fait déshabiller Adem Yıldız et Fehmi Şenyürek, après quoi ils les ont menottés et emmenés. Aucun mot n'est sorti de leur bouche mais ce n'était qu'une question de temps.

Ensuite Pompon, Cengiz, Selçuk, Gürhan et moi restâmes seuls. Chacun regardait l'autre d'une étrange façon. On avait étendu Gürhan sur le canapé où Fehmi était assis et donnait ses instructions à Adem pas plus tard que quelques minutes auparavant.

— Tu as perdu la tête ou quoi ? s'exclama Cengiz. Comment as-tu pu t'embarquer dans une telle affaire ? J'arrive pas à y croire !

Je n'ai pu que relever les yeux et le fixer. Que pouvais-je lui dire ?

— Tu aurais pu au moins nous prévenir, ajouta Selçuk. Je n'arrive pas à comprendre que tu aies pu entreprendre une chose pareille sans aucune aide.

— Et si on n'était pas arrivés à temps ? reprit Cengiz.

— Je vous en prie, monsieur Cengiz, il est encore en état de choc, intervint Pompon.

Oui, c'est ça, j'étais en état de choc !

— Bon, je vais vite nous préparer du café, qu'on retrouve un peu nos esprits.

C'était Pompon tout crachée : à peine le danger passé, la fée du logis qui sommeille en elle reprend le dessus !

— S'il vous plaît, ai-je dit, je ne veux pas rester ici. Je veux quitter cet endroit au plus vite.

L'anneau métallique auquel Jésus-Gürhan avait été attaché était toujours devant mes yeux et la ceinture qui avait fait office de fouet traînait par terre, non loin de moi. Mes vêtements, ceux d'Adem, de Fehmi et de Gürhan étaient éparpillés partout dans la pièce. Mon regard s'arrêta sur le boxer short en soie aux petits papillons ; j'en eus l'estomac retourné. J'ai juste eu le temps de dire « Pardon » et de gagner le jardin en courant, Pompon m'emboîtant le pas.

La nappe de table qui me couvrait glissa de mon dos. Je me suis penché au beau milieu de la terrasse et j'ai vomi jusqu'à rendre tripes et boyaux. En même temps qu'elle me recouvrait de la nappe, Pompon me souffla un « Petite sotte » d'un ton affectueux que je n'avais encore jamais perçu jusque-là dans sa voix.

Elle s'agenouilla et me prit dans ses bras. La robustesse de son corps était si reposante ; un mélange de protection paternelle et de tendresse maternelle. J'ai essuyé ma bouche avec un coin de la nappe.

L'intérieur de la maison de Cengiz, que nous avions nettoyé et rangé dans la journée avec Gürhan, me sembla infiniment rassurant. Le soleil qui commençait son ascension dessinait des jeux de lumière mauves et orange.

Pompon nous servit le café. Gürhan dormait. J'ai commencé par leur raconter toute l'histoire du début à la fin, au détail près, sans rien omettre. Le récit terminé, Cengiz se leva du siège où il était assis et vint s'installer à côté de moi, puis me prit dans ses bras. Ce geste d'amour, alors que Selçuk était présent, me procura une sensation exquise. J'en ai même ressenti une certaine fierté. Il déposa un baiser sur ma tête. Il sentait si bon et ses bras étaient si protecteurs.

33

Nous retournâmes à Istanbul. Adem Yıldız et Fehmi Şenyürek furent mis en examen. Ils ont évidemment fait la une des médias. Ni mon nom ni celui de Gürhan ne furent évoqués grâce à l'intervention de Selçuk. Le mérite de l'arrestation des deux tueurs en série revint entièrement à notre police nationale.

Les tests ADN pratiqués sur les cadavres incriminant Adem Yıldız, son acolyte et lui n'étaient plus en position de nier quoi que ce soit.

Nous apprîmes que Fehmi tenait le rôle du donneur d'ordres dans leur petit jeu mais qu'il n'était pas exécuteur. Il n'aimait qu'Adem et ne faisait l'amour qu'avec lui, et ce, depuis de longues années. Du moins, c'est ainsi qu'il a défini les choses. Nous n'avons pas pu apprendre de quelle manière leur relation a commencé mais il y a un lien avec le renvoi de Fehmi de l'école militaire.

Ils ont toujours vécu leur relation dans le mensonge, en se faisant accompagner par une bande afin de préserver l'image de leur virilité. Ils se donnaient bonne conscience en se répétant chaque fois qu'ils n'étaient pas eux-mêmes au moment des faits et qu'ils ne se souvenaient plus de ce qui s'était passé. Au début, il leur arrivait de se livrer à des petits jeux sadiques, mais ça n'allait jamais plus loin que quelques coups donnés dont ils se défaussaient en offrant des sommes importantes à leurs partenaires sexuels.

Tout a commencé par la présence de Deniz, alias Salih, dans l'appartement de Fehmi à Ataköy. Elle s'est ramassé quelques coups de la part de celui-ci lorsqu'elle a commencé à lui résister, elle l'aurait même menacé, puis elle est tombée dans la cage d'ascenseur dans la panique qui a accompagné sa fuite. Adem n'entrait pas encore dans le scénario à ce moment car il attendait le travesti qui allait compléter le trio. Lorsque Fehmi l'a mis au courant de ce qui s'était passé, il aurait vu le lien avec la mort du prophète Salih, ce qui a donné naissance à leur jeu sanguinaire. Les nôtres ont donc payé de leurs vies le prix des péchés d'Adem et de Fehmi, à l'image des saints hommes…

Le milieu dans lequel Adem a grandi, son statut de personnage public, les valeurs morales qu'on lui a inculquées et la pression qu'il subissait pour qu'il se marie étaient autant de facteurs qui l'ont conduit à perdre son équilibre mental.

C'est Selçuk qui m'a mis au courant de la suite. En qualité de commissaire de la police criminelle, il avait suivi l'affaire d'aussi près que son emploi du temps et son autorité le lui avaient permis. Selon lui, Fehmi allait pouvoir s'en sortir avec une peine légère. Adem pourrait bénéficier d'une réduction de peine en invoquant le déséquilibre mental. En ce qui me concerne, j'avais besoin d'oublier au plus vite tout ce que j'avais vécu. Pour ce faire, je me suis consacré au travail. Ali et moi avons décidé de nous rendre à Gênes afin d'analyser le système informatique de Mare T. Docile. J'ai aussi prévu d'emmener Gürhan. Je me doutais bien qu'un voyage n'effacerait nullement ce qu'il avait enduré, mais ça allait lui faire le plus grand bien. D'ailleurs, Gênes n'est pas si loin que ça de Portofino, et c'est la période idéale pour faire du tourisme.

Ses blessures commençaient à peine à cicatriser, grâce aux médicaments et aux soins prodigués par Pompon, que Gürhan me parlait déjà d'opération de la poitrine, et de la silicone qu'il voulait se faire implanter.

Pompon est retournée vivre chez elle, avec Gürhan. Elle allait l'héberger jusqu'à notre voyage. Il ne voulait pas retourner dans sa famille. « À quoi bon faire des études supérieures, de toute façon ? » disait-il. C'est dans les plus brefs délais qu'il voulait devenir top model ; il était déterminé, quel qu'en fût le prix. Je suis toujours effrayé par la témérité des personnes qui ne tirent aucune leçon des mésaventures qu'elles ont vécues.

Les affaires ont continué à tourner au club grâce à Hasan. Je n'avais ni l'envie ni l'humeur de rapporter les événements aux filles. Mon cher employé se faisait une joie de remplir cette mission à ma place. Au terme d'un certain temps, la vie reprendra son cours normal pour chacun de nous et nous ne penserons même plus à cette affaire qui sera balayée de nos esprits… par d'autres. En y repensant rétrospectivement, j'en rirai même.

J'ai envoyé un long message à *Cihad2000* dans lequel je lui résumais ce qui s'était passé et le remerciais pour toute l'aide précieuse qu'il m'avait apportée. Vu qu'il pouvait détruire tout mon système informatique en un rien de temps, il était plus que nécessaire de maintenir une sorte d'amitié avec lui. Je lui ai expliqué à quel point j'étais tendu ces derniers temps à cause des événements, et lui ai demandé de ne pas m'en tenir rigueur. J'y ai également ajouté, en caractères gras, que je n'aurais jamais eu le courage d'entreprendre une telle chose s'il ne m'avait pas aidé.

Il m'a répondu par un mail super sympa affirmant qu'il n'y avait aucun souci, qu'il me comprenait parfaitement et qu'il n'attendait rien de ma part ; du moins, pour le moment. Ses mots manquaient d'originalité, mais son autre message, dans lequel il me listait tout ce dont il était capable en informatique, me laissa perplexe. On peut affirmer que c'est un expert dans son domaine. Je l'ai lu du début à la fin avec admiration, et aussi un zeste de jalousie. Il nous restait encore une ou deux affaires à régler ensemble, mais il n'y avait pas urgence.

Une des raisons qui m'ont conduit à me rendre moins souvent au club fut Cengiz : il a quasiment élu domicile chez moi, et il m'aurait été difficile de passer du temps avec lui en gardant mes horaires habituels. C'est une chose que je voulais éviter car rien ne me paraissait plus agréable que de poser ma tête sur sa poitrine aux poils châtain clair et m'y endormir. À ce propos, il m'a fait remarquer que je parlais pendant mon sommeil. Il a également ajouté qu'il me serrait encore plus fort dans ses bras, et qu'il m'embrassait dans ces moments-là. Cela avait pour effet de me calmer. Nous sommes convenus que j'avais besoin de cette thérapie pendant un long moment encore.

Nous sommes allés au cinéma le week-end suivant avec ses enfants ; il tenait à me présenter à eux. Dès le moment où il m'a fait part de la nouvelle, des questions sur la tenue que je devais porter et la manière dont cela allait se passer ont suscité en moi une effervescence qui a gagné tout mon corps.

Remerciements

Pendant toutes ces années où j'ai regardé des cérémonies de remise de prix, à commencer par les oscars, j'ai toujours écouté les discours de remerciements avec une grande attention mêlée à de l'envie. C'est avec délice que j'écoute, chaque fois, la liste des personnes remerciées par les lauréats, allant des parents qui les ont soutenus dans leur carrière à leurs professeurs qui les ont encouragés, en passant par leurs voisins et leur chien – ou chat – qui ont été une source d'inspiration. C'est pourquoi je ne peux laisser passer l'occasion de remercier à mon tour sans l'exploiter à volonté. Avant de commencer, je souhaite présenter mes excuses aux personnes que je vais oublier de citer parce que mon éditeur et mon agent ont omis de me les rappeler.

En premier lieu, je voudrais remercier ma famille : ma « Meloş » (ma mère), mon père (même s'il n'est plus des nôtres pour me lire), mon frère dont je suis convaincu qu'il mène son existence plus sérieusement que je ne le ferai jamais, et son épouse que je lui ai présentée. Ma défunte grand-mère maternelle qui égayait notre foyer par sa joie de vivre et ses cris dans la maison de mon enfance ; le modèle de sagesse qu'était ma (également défunte) grand-mère paternelle, et pour ceux qui sont toujours de ce monde : mes tantes, mes oncles, mes cousins de ma génération et de la suivante – mis à part certains qui se reconnaîtront –, celle qui ne me pardonnera pas si je l'oublie, ma chère cousine Yeşim Toduk, et enfin, mes oncles et tantes par alliance.

Mes remerciements vont ensuite à mes amis : au spécialiste des romans policiers, Naim Faik Dilmener, qui a eu la patience de lire les épreuves de mes livres, de me faire part de ses remarques et m'a aidé à asseoir mon style ; aux membres de sa famille, particulièrement à Belinda, à Berran Tözer qui, après que nous avons commencé cette série de cinq volumes de polars, s'en est vite lassé et m'a abandonné au bout de la vingt-septième page ! Je remercie même son fils, tout comme mes chers associés du bureau de conseillers financiers où je travaille pour gagner ma vie – car on ne peut vivre des seuls revenus de droits d'auteur –, Işıl Dayıoğlu Aslan et A. Ateş Akansel, ainsi que leurs époux Burçak et Suada, qui est, par ailleurs, mon professeur de reiki ; Zeynep, la fille d'Işıl et Burçak, et le chien d'Ateş et Suada.

Viennent ensuite Mehmet, « Serdar » et Omay, qui n'ont pas manqué de m'apporter leur soutien moral même s'ils n'ont rien su de la nature de mon projet ; Murathan Mungan : la lecture de ses livres et son amitié depuis plus de vingt ans m'ont permis d'avoir une autre vision de la vie et m'ont ouvert différentes portes dans la découverte de ma personnalité ; Füsun Akatlı et sa fille Zeynep – même si nous ne nous sommes pas vus depuis fort longtemps –, Zeynep Zeytinoğlu, Yıldırım Türker, Nejat Ulusay, Nilgün Abisel, Levent Suner, Nilüfer Kavalalı ; Mete Özgencil, car j'aime à me perdre dans la contemplation d'un de ses tableaux accrochés au mur de mon bureau lorsque j'écris ; Barbaros Altuğ, mon agent, qui m'encourage toujours à aller plus loin dans mon travail sans même que je m'en rende compte.

Mes pensées vont également au spécialiste du feng shui et hypnothérapeute qu'est Miraç Atuna, la seule personne que je peux joindre au téléphone avant sept heures du matin puisqu'il se réveille, comme moi, alors que le soleil n'est pas encore levé ; je remercie même sa famille que je n'ai jamais vue.

Je n'oublie pas mes collègues de travail : Kezban Eren, Derya Babuç, Pelin Burmabıyıkoğlu[1] – son nom est authentique –, Remzi Demircan et Meral Emeksiz qui sont les personnes les plus souriantes et positives que je connaisse ; tous ceux que j'ai connus ou simplement croisés dans les différentes entreprises où j'ai travaillé jusqu'à aujourd'hui, plus particulièrement les secrétaires tyranniques et capricieuses ; Ergin Bener dont je me rappelle avec nostalgie chaque moment passé en sa compagnie, ainsi que mes anciens responsables et patrons excentriques que je n'ai jamais eu l'occasion de rencontrer.

J'aimerais poursuivre ma liste avec les « filles ». Je les remercie d'exister et de vivre leur vie avec autant de courage. J'ai une pensée toute particulière pour chacune de celles que j'ai connues à différentes périodes de ma vie, parce qu'elles m'ont donné, volontairement ou non, matière à écrire avec leurs mimiques, leurs manières, leur style et autres particularités propres à leur existence.

Je n'oublie pas la maison d'édition qui va imprimer les livres, l'éditeur ou les éditeurs, les correcteurs, les metteurs en pages, concepteurs de couvertures, les commerciaux, distributeurs et détaillants.

1. *Burmabıyıkoğlu* signifie : fils de l'homme à la moustache à volutes.

Venons-en aux écrivains : Honoré de Balzac, Patricia Highsmith, Saki, Truman Capote, Christopher Isherwood, Reşat Ekrem Koçu, André Gide, le Marquis de Sade, Choderlos de Laclos, Yusuf Atılgan, Hüseyin Rahmi Gürpınar, Gore Vidal, Serdar Turgut et tant d'autres encore.

Les compositeurs : G.F. Haendel, Gustav Mahler, Schubert, Bellini, P.I. Tchaïkovsky, Erik Satie, Philip Glass, Cole Porter, Eleni Karaindrou, Michel Berger, et en fait, aux compositeurs du monde entier ! Ensuite, les interprètes qui donnent vie à la musique avec leur voix, particulièrement aux chanteurs d'opéra, à commencer par Maria Callas, Lucia Popp, Leyla Gencer, Anna Moffo, Teresa Berganza, Montserrat Caballe, Inessa Galante, Gülgez Altındağ, Yıldız Tumbul, Aylin Ateş – heureusement que vous avez existé –, Franco Corelli, Placido Domingo pour leur voix et leur physique, Thomas Hampson, José Cura, Tito Schipa, Fritz Wunderlich dont les photos sont accrochées dans ma chambre à côté du portrait de Maria Callas, Suat Arıkan qui me fait sentir jusqu'aux tripes la passion avec laquelle il exerce son art, Leonard Bernstein qui est également compositeur, Yekta Kara qui m'a redonné goût aux représentations d'opéra grâce à ses productions aussi spectaculaires qu'uniques, et dans une autre mesure, Florence Foster Jenkins, célèbre pour être la plus mauvaise soprano de tous les temps.

Les chanteurs : Mina dont j'achèterai le CD même si elle y rote, la Barbra Streisand d'avant 1980 qui ne transformait pas encore ses chansons de trois minutes en opéras de cinq actes, Yorgo Dallaras, Hildegard Kneff, Sylvie Vartan, Véronique Sanson, Jane Birkin, Patty Pravo, Michael Franck, Lee Oscar, Manhattan Transfer, Supertramp, Juliette Gréco, Ajda Pekkan – celle d'avant 1988 –, Hümeyra, Nükhet Duru qui donne une âme à ses chansons bien qu'elles soient à jeter à la poubelle, Gönül Turgut dont je n'arrive pas à me faire à l'idée qu'elle a abandonné la chanson, ce qui a laissé un grand vide dans le show-biz, Ayla Dikmen pour ses costumes et Madonna que j'ai plaisir à regarder même si je ne raffole pas de ses chansons.

Venons-en maintenant aux professionnels du septième art, même si la liste peut sembler interminable : Luchino Visconti, John Waters, Joseph Losey, Pedro Almodovar avec ses films dérangeants, en particulier *La Ley del deseo*, Bertrand Blier, Fassbinder avec *Querelle*, John Huston, Truffaut, Salvatore Samperi avec *Scandalo*, Mauro Bolognini, Ernest Lubitsch, George Cukor, Billy Wilder, Alain Tanner avec le film que j'ai visionné le plus grand nombre de fois, *Dans la ville blanche*, sans oublier Audrey Hepburn, Jeanne Moreau, Elizabeth Taylor – particulièrement pour sa voix –, Lilian Gish et Bette Davis dans *Baleines du mois d'août*, même si celle-ci a pris quelques rides qui n'enlèvent rien à sa beauté, Catherine Deneuve, Faye Dunaway avant qu'elle ne se transforme en la caricature d'elle-même, Giuletta Masina, Cate Blanchett, Tilda Swinton, Emma Thompson, Divine – l'exemple le plus parfait du travestissement –, Bruno Ganz, Rupert Everett, Alain Delon – dans sa version jeune –, Patrick Dewaere à qui j'en veux de nous avoir quittés si tôt, Dirk Bogarde même s'il nie le contenu de toutes ses biographies, Montgomery Clift, Gary Cooper, Terence Stamp avec *L'Obsédé*, *Théorème* et *Priscilla folle du désert*, Franco Nero, Steve Martin, Dennis Hopper, John Cleese dont je suis allé voir tous les films, plus nuls les uns que les autres, pour l'unique raison qu'ils y jouaient, y compris *Monty Python* et *Fawlty Towers* ; Hülya Koçyiğit, Müjde Ar, Serra Yılmaz – pourquoi pas ? –, Banu Alkan, Güngör Bayrak pour ses jambes et sa détermination, Kadir Inanır avant qu'il ne prenne du poids, Metin Erksan, Atıf

Yılmaz, Barış Pirhasan pour ses scénarios et Sevin Okyay pour ses traductions, ses critiques et ses écrits.

Pour la seule et unique raison que ce sont des mâles à l'état brut : John Pruitt, Tony Ganz, Jason Branch, Mike Timber, Taylor Burbank, Aidan Shaw, le défunt Al Parker – son décès m'avait terriblement attristé – et les innombrables autres hommes dont j'ignore même l'existence.

Pierre et Gilles, les maîtres du kitsch, Tom of Finland, Jérôme Bosch, les Bruegel père et fils, Edward Hopper, Tamara Lempicka, Botero, le Greco, Modigliani, A. Vizzi, Picasso le précubiste ; Léonard de Vinci, Michel-Ange et le Caravage pour leur génie et parce qu'ils « faisaient partie de la famille » ; Latif Demirci dont j'attends l'émission télévisée chaque dimanche avec impatience, le studio photo Zümrüt dont je ne peux m'empêcher d'admirer la vitrine, sur l'avenue Sıraselviler, chaque fois que je passe devant.

Mae West, Tallulah Bankhead et Bedia Muvahhit, dont l'esprit pétillant et le sens de l'humour me rappellent que la vie vaut la peine d'être vécue ; Gencay Gürün et Truman Capote – encore ! – pour leur raffinement et leurs bonnes manières.

Pour finir, je remercie plus que tout le monde Derya Tolga Uysal qui a été à mes côtés dans les bons et mauvais jours depuis sept ans et qui a supporté mes sautes d'humeur, mes dépressions, mes moments de fatigue et mes caprices.

Merci à toutes les personnes dont j'ai mentionné le nom.

Avec tout mon respect,

Mars 2003, Gümüşsuyu.

John Burdett

Bangkok 8

Le district numéro 8 de Bangkok présente un sacré bestiaire humain : épaves crackées, ex-Khmers rouges dealers d'amphé, transsexuels et autres filles de joie...Un folklore dont l'inspecteur Sonchaï Jitpleecheep n'a aucun mal à maîtriser les codes. Il a d'ailleurs une méthode d'investigation bien particulière : c'est Bouddha qui l'inspire et le guide dans ses enquêtes. En dépit des quelques libertés prises avec l'ascétisme karmique, il met un point d'honneur à combattre le crime et la corruption qui gangrènent la mégalopole thaïlandaise...

n° 3789 – 8,60 €

DOMAINE POLICIER

Matt Ruff

Bad Monkeys

De nos jours, dans un monde qui ressemble comme deux gouttes d'eau au nôtre et qui pourtant n'est pas tout à fait le même... Arrêtée en flagrant délit de meurtre, Jane-Charlotte avoue aux inspecteurs qu'elle fait partie d'une organisation secrète dont la mission serait de mettre les « Bad Monkeys » hors d'état de nuire. Mais il est impossible de démêler dans ses propos le vrai du faux, le délire de la réalité... jusqu'à l'étonnant coup de théâtre final.

n° 4305 – 7 €

Impression réalisée par

BRODARD & TAUPIN

La Flèche (Sarthe), 56416
N° d'édition : 4242
Dépôt légal : février 2010

Imprimé en France